陕西省榆林市2020年重大文化精品项目
陕西省作家协会首届主题创作扶持项目

石峁

苗雨田 ◎ 著

陕西新华出版传媒集团

太白文艺出版社·西安

图书在版编目（CIP）数据

石峁 / 苗雨田著. -- 西安：太白文艺出版社，
2021.7（2022.1重印）
ISBN 978-7-5513-1926-3

Ⅰ. ①石… Ⅱ. ①苗… Ⅲ. ①长篇小说－中国－当代
Ⅳ. ①I247.5

中国版本图书馆CIP数据核字(2021)第117776号

石峁
SHI MAO

作 者	苗雨田
责任编辑	刘 涛 林 兰
封面设计	郑江迪
版式设计	新纪元文化传播
出版发行	陕西新华出版传媒集团 太 白 文 艺 出 版 社
经 销	新华书店
印 刷	涿州军迪印刷有限公司
开 本	787mm×1092mm 1/16
字 数	249千字
印 张	16.75
版 次	2021年7月第1版
印 次	2022年1月第2次印刷
书 号	ISBN 978-7-5513-1926-3
定 价	98.00元

第一章

晌午前后，红日炙烤着大地，突然令人欣喜地冒出团团乌云。

一阵响雷过后，天空又骤然放晴，已进入雨季的高原大地，在刮过几次黄尘之后，又陷入了无边的旱孽。

牛远昌的父亲牛德承这几日都处在心急火燎之中，终于，他在邻居张候树的儿子张跃回到石峁村里的当天，知道了自己儿子高考落榜的消息。

尽管牛远昌一再恳求过张跃，希望他回到村里先不要将这一坏消息告诉父亲，但是，当老实巴交的牛德承一脸愁苦地询问起来的时候，张跃就完全丧失了试图哄骗这位善良而可怜的老人的勇气。结果是，牛德承先得知了张跃考上了陕南的一所大学，后得知了自己的儿子不是才学不高，而是那要命的五分实在太让人委屈。可是，无论怎样，最后一个不可逆转的要命的结论是：儿子今年悲惨落榜！

异常凝重憋闷的空气，被时间的刻刀艰难地镌刻了好一阵之后，才在牛德承一阵咳嗽声中渐渐释放开来。但是，一种更为紧张而可怕的气息，却立刻涌来：牛德承，他那干瘪的胸脯抖动不止，咳嗽声一次比一次剧烈了，他额头上的青筋暴突得比挣红了的脸颊更显得突兀，人也被迫弯下了脊梁，他只好顺势沿着墙壁渐渐地滑溜下去。

年轻的张跃被这长时间的咳嗽声吓了一跳，他急忙去叫父亲过来。

张跃的父亲张候树喂牲口没顾得回来。张候树的婆姨孙桂英端了碗熬好的红砖茶水走上前来，牛德承双手抖索着接住了茶碗。热气刚一沾着了

他那不断抽搐的嘴角，他双肩颤抖的幅度就逐渐小了下来，咳嗽声逐渐缓和，最终消融在那碗茶水之中。

张跃见牛大叔单薄的身子渐渐平复，才觉得自己的慌张有些多余。但是，他的心里却好受了许多。

"远昌他爸，受苦也活一茬儿人，你可要将这事儿往开想噢。"孙桂英说着，接过牛德承手里的茶碗，又要给他去添续茶水。牛德承连连摆手，说："唉，这娃娃，就连那五分都学不来？咱们一样样的人家，看你们家的张跃多有出息。我们牛家这是作了哪辈子的孽了！"牛德承感觉眼睛有些热烫、模糊，不好意思地将目光从孙桂英身上移了回来。他将烟锅子从嘴里拔出，低头在老布鞋底上一磕，烟灰顺从地掉在了地上，尚有的一丝火星"刺"的一声，正好被从他眼里滴出的一颗晶亮的泪珠给熄灭了。

门外一阵急匆匆的脚步声过后，孙桂英的男人张候树喂完牲口回来吃晌午饭了。他的后面紧跟着一个衣衫灰黑、身板羸弱、焦眉皱眼、肌肤被太阳暴晒成焦炭般的中年妇女。这位十分疲乏的女人进屋后，将那被汗水浸透成一绺一绺纷乱地交织在一起的半披着的短发随便向后一拢，那满头发的沙尘，立刻就将从屋外射进来的明亮的太阳光束搅成了一片浑浊。

这位看上去十分面老的农村妇女，其实，今年也只不过五十有二。她正是牛德承的妻子郭高娃。郭高娃一大早出去锄地，接近晌午时，那两亩多沙地糜子眼看就要锄完了。

在这毛乌素沙漠的风沙草滩与黄土高原丘陵沟壑接合地带，天气越旱，锄地就要越勤。老天不下雨时，据说锄地也能减轻旱势。庄稼人就在那里拼命地锄地，权当是给禾苗浇水呢。直到庄稼旱死了，那才算是想尽了法子。

"哎——高娃——高——娃——"一阵吆喝声从身后的沙梁上传来，正在锄地的郭高娃直起酸痛的腰背，回过头来，用锄把顶住了上半身。

邻居刘候娥在远处吼叫着，身子在炙热的黄沙坡上失去了重心，三颠两荡后，最终在郭高娃对面止住了惯势。刘候娥就像会耍魔术似的，一阵手舞足蹈之后，就令郭高娃即刻撂下了锄把，朝着张跃家的方向直奔而去——张跃回来的消息，对她来说太重要了。

郭高娃远远地看见，张跃的父亲张候树正在给羊添草，焦急的她正要打探张跃是否回来时，张候树却已经折转身，往自己家里走了。她遂紧跑了两步，当张候树前脚进门时，她后脚就紧跟了进来。

郭高娃进门后，一眼便看见了蜷缩在墙圪垱的牛德承。她当时心里就咯噔一下：昨天晚上梦见儿子远昌用自行车带着她，眼看就要上得那道坡了，却偏偏又倒退着翻跌了下来。儿子今年真的是栽跟头了？

郭高娃已经完全相信命运了，很多事情是命中注定的。看人家张跃，眉宽脸大，必定有官，就考中了；远昌呢，嘴尖脸窄，还硬要考学，能成什么大器？唉，受苦的命，不回来受苦，也是不由得人呀，谁愿意在这苦焦之地遭这份罪呢？那都是命运的安排，没办法呀。郭高娃这样一想，心境倒宽松了许多。她俯下身，扯了扯牛德承的衣角，艰涩地说："他爸，咱先回吧，啊？"

郭高娃心里想：人家张候树家现在是贵子高升，喜气盈门，和往日不一样了。以前与咱们一样都是穷困的供书人家，能说得上话。现在，你再怎么给人家诉苦，人家也未必能体谅得来。况且，在人家张跃面前，无形中和咱们自己的孩子一对照，不是更让人难过吗？

"哎，大晌午的，你们俩就在这儿吃饭。灰溜溜的，回家也吃不上个饭。"张候树说话间，他的婆姨孙桂英已将热腾腾的饭菜端了上来。牛德承左推右辞不下，勉强喝了半碗米汤。郭高娃却一口气吃了两大碗黄米干饭、一小盆土豆熬白菜，前后还顺便捎带了两小碗米汤泡饭。她今天拼命锄了那么多地，实在是饿极了。

回到家里，郭高娃不住地开导老汉也开导自己，说："既然已经跌在河里了，无论怎样煎熬，反正都是湿了；再怎么愁肠，反倒于事无补，于己无益。"经过一些天的煎熬之后，牛德承的精神状态也渐渐地好转了起来。不过，他仍然吃不下饭，还时不时地打出一连串的气嗝来。郭高娃说："你

的胃病又犯了。"

牛德承家里,三间柳木结构的起脊房,五口之家,现在只住着夫妻俩。除了二儿子牛远昌已经读到高中外,他的小儿子牛吉昌今年也已到五十里外的乌拉镇去上初中了。吉昌平时吃住全在学校,只在星期天偶尔回家一趟。与这两个儿子不同,牛德承的大儿子牛定昌小学还未毕业,就死活不肯念书了。他回家放了十来年的羊,如今,二十大几的人了还未能娶个媳妇。牛德承每次提上酒瓶,请好媒人到女方门上去提亲,媒人又总是提着空酒瓶、带着一脸的晦气跑了回来,对他说:"人家说了,你牛德承家穷得叮当响不说,还偏偏养活着三个光棍把子。那两个还念了些书、识得几个字,还多少有了些出息。这个老大呢? 整天戳羊屁股,活脱脱一个榆木疙瘩,谁家姑娘愿意嫁给他?"

牛德承一想,说来也是。农村人要有出息,要想走出这绝命的黄土窝窝,到那花花绿绿的大千世界里去风光,混出个人模样来,其实只有两条路可走:除了念书,就是去当兵。

是啊,定昌虽没有念书,但还可以去当兵呀!

牛德承狠劲儿地拍了一下自己的枣核脑壳,感叹道:"怎么就没早一点儿想到这儿呢? 不然,二小子远昌那年初中毕业,不是正好可以去当兵吗? 这样,哪怕是不上高中,不也照样有出息了吗? 若是早那样,不就不用他老子花那么多冤枉钱搞成现在这等紧巴、可怜的穷样子了? 唉!"

牛德承想到这里,是既后悔,又十分兴奋。对,现在正在征兵,机会难得,定昌的事可不能再耽搁了。

牛德承说干就干,提上了给定昌娶媳妇用的烟酒,套上驾驴拉车,一路撵畜喊驴声中没觉得啥,就从石峁村到了乌拉镇人民武装部的门前。

一个硬肩章熠熠生辉的年轻人招呼他坐在了一边的办公室里。牛德承说明来意后,年轻人问:"你儿子多大了?"

"二十五。不! 不不不! 新米新谷也已吃上了,该是二十六岁了。"

"噢,年龄偏大,已经过了征兵的年龄,要不成。"

"哎！哎！这孩子是大年三十生的，就是二十五了，没有二十六那么大。对了，是年三十的后半夜生的。其实，今年才二十四岁。灰庄户人，糊弄成二十六岁了。"

"征兵正常年龄段是十八岁至二十岁。你儿子足足超了五六岁。"

牛德承仔细一掐算这年龄，意识到问题的严重性。他慌忙将随身带来的一整瓶二锅头烧酒和两条黄公主香烟摊在了这年轻人的办公桌上，厚着脸面央求道："老汉没钱，就这点儿意思。不管三七二十一，只要能给我儿子穿上个绿军装，年轻人，以后老汉还会重重谢你！"

牛德承本来还打算拿出没钱又没权的穷庄户人的撒手锏——双膝跪地恳求一番，不想，却连上面那恳求的话还没说完，就被那个年轻人眼疾手快地推出了门。那些烟酒也不知在什么时候，被装入了一个塑料袋里，现在，竟被十分致命地套在了他的脖颈上，正孤苦伶仃地在他的胸前一摇一晃。

确定牛定昌当兵不成后，牛德承就彻底地晦气起来。没想到，他的婆姨郭高娃却仅用了半筐子鸡蛋，就摆平了定昌人生道路上的坎坷。

郭高娃自然是找到了她的好邻居刘候娥。刘候娥是个何等厉害的女人，她对郭高娃送她鸡蛋一事，只字未提，仅轻飘飘的一句话过去，她那当泥瓦匠的男人王越贯就将牛定昌收为徒弟。

从小放羊的牛定昌，学起泥瓦工来，却并不怎么显得笨拙。他跟着在各地城市里打工的王越贯，凭着一身子好力气，学成一把手艺，似乎并不会有多大的问题。

耿县县城距乌拉镇石峁村大约有二百里的路程。在这相隔二百里地的两端，高考一过，牛家老小就休想再有好日子过了。

得知自己落榜后牛远昌昏睡了三天三夜，一直到第四天，被一双异常粗糙的手轻轻地摩挲醒。

他醒过来，睁开了双眼，紧接着，却又痛楚而深沉地闭合住。好像是

从灵魂深处才闭合回去的双眼，等到再次睁开的时候，眼珠上就涌满了无以穷尽的酸酸涩涩。

他嘴唇剧烈地抖动着，本想说句什么话的，不料，不知哪儿来的一股浊浪猛然泛滥开来。他既像是被长期禁锢的囚犯，又像是久受委屈的孩子，面对眼前的父亲，突然间放声号啕起来。

从石峁村赶到县城来看望儿子的牛德承，一进门就见孩子已睡着了。他没敢吱声，将行李轻轻地放在了一边，悄悄地坐在了儿子的床前。他静静地看着儿子蜡黄消瘦、百般煎熬的病态面容，眼泪竟毫无知觉地在眼里来回打转。他心里一阵阵难过，不由得将双手放到了儿子的脸上，轻轻地抚摸了起来。可是，却没想到，竟将昏睡的儿子给弄醒了。他正想要和孩子说句话，不承想，这孩子就已经哭号成了这等模样。

多年来的辛酸苦辣，终在父子俩的胸膛同时泛滥开来。于是，父子俩刚见面，一句话没说，就相拥着号啕成了一片汪洋。

这使随后赶到的张跃父子愣在一边。

牛德承感觉有人进屋来了，赶忙直起腰来。他顺手抹了把脸上的泪水，甩下了一团水样的鼻涕，然后，有气无力地抬起头说："噢，是你们父子俩。"

张候树准备送儿子张跃去上大学，于是，就和儿子一块儿坐车来到了县城。到了县城后，他们先去了张跃的姑姑家，之后又赶了过来。

今天，天气出奇地闷热。屋外灌进的热浪与屋内散发着的浊气交织在一起，使这不足六平方米的小屋变得更加郁闷难熬。四个人随手拾起了毛巾、纸片、书本，不停地驱赶着那缠身的溽热。无论是牛德承，还是张候树，他们都觉得，这城里就是比不得他们石峁村舒爽凉快。

这么一间小屋，一下子挤塞了四个大人，就有些回旋不开，走动不过来了。张候树连着抽了几支烟后，一句话没说，拉着儿子张跃走了出去。

又过了几袋烟的工夫，张候树父子捧着一些羊肉，提着六七斤软糕走了进来。

身体较胖的张候树大汗淋漓地喘着热气说："老牛，今天咱们一块儿吃顿饭，就算是给我儿子上大学送行。张跃，快将火炉子点着，咱们就吃那羊肉蘸糕，看把人肚子都快饿扁了。"

牛德承父子俩吃过张家喜糕后的第二天，张跃就起程去了陕南。他要路过去一位亲戚家小住，所以比其他的同学走得要早些。那天，张跃全家人及张跃的同学、朋友等一大帮人马，将张跃送上了车。那欢欣热烈、激动人心的场面，甚是壮观。

牛德承父子强作欢颜，送走了张跃。一回到那小屋，牛德承就果断决定：儿子远昌接着补习！明年继续考学！听他那说话的口气，显然是经过深思熟虑的，做出这样的决定，也是不容更改的。

牛德承反反复复地想：我儿子远昌和张跃同是在黄土窝窝里出生，从小一块儿读书长大，学习方面总是这里你比他高了，那里他又比你强了，成绩不相上下。可是三年高中读完，人家张跃就从这黄土窝窝里飞到大城市去了。唉！这真是把人给羡慕死了！我们难道就这样白贴了钱财，白耗了心血？儿子远昌从小到现在读了那么多年的书，如今却要一无所获地回到石崂村里？回来干什么？种地，他会吗？他能吃得下那苦头？若真是那样，还不叫村里人给笑话死了：看！人家张候树的儿子考上了，你家的儿子怎么给窝屈回来了？唉，我这老脸可往哪儿搁呀！

不行！今年短五分，再补上一年，在这三百六十五天里，我就不信连这五分也捞不回来！

连日来的痛苦煎熬使得牛德承终于赌上了气，有了一个坚定的主意：他就是倾家荡产，砸锅卖铁，也要供儿子补习！考不上大学，誓不罢休！

就在牛德承下了决心，要将儿子推向那充满无限希冀的高考独木桥征程的时候，他才惊诧地发现：儿子也已经下了决心，不再考学。人已心力交瘁，力尽汗干，彻底地从那高考的独木桥上痛栽了下来。

牛德承的绝望是可怕的。他就像火红的一簇炭火，突然被一盆水给浇灭；又像是眼看着收获的麦穗，猛然被雷雨冰雹给摧毁。他好端端的一个

人，一下子就立不起了筋骨。无论瘦小脆弱的牛远昌怎么劝说，怎么孝敬服侍，他就是蜷作一团，不肯说话，也不肯吃饭。唯一能证明他还存活着的，只有那满地的烟蒂和满屋子的烟雾。

一辈子当农民受死苦长大的牛德承，经过这一段时间的反复煎熬后，他的思维并不见得那么木讷。他整天黑沉着脸，表面风平浪静，内心却波涛翻滚。

像牛德承这样世世代代贫困的农民，能够开明一些，下狠心、吃苦受累，甚至是倾其所有来供孩子念书的，其实并不多。而一旦供孩子念书了，那就只有一个目标，就是要通过考学，让自己的子女跳出农门，跃入另一个社会层次，活出个人样来。这么功利、这么倔强的行为，大多是因为他们害怕了这世袭的贫苦的农民生活，这样压抑、扭曲着的生存状态。其实，换了谁，都一样。

几天后，牛德承扔下儿子不管，黑沉着脸，独自走了。

牛远昌缩在蒸笼似的耿县县城里整整三天了，尚未迈出房间一步。第四天突然来了精神，他将所有的课本及高考复习资料，一股脑儿地装入了一个破麻袋里。他弯下腰，将麻袋扛上肩膀，眼看就要站立起来的时候，却不由得左右一摇，向前一晃，迎面扑倒在地，麻袋重重地扣在了背上——只一眨眼的工夫，他那瘦小的身子就被狠狠地压在了下面。

牛远昌双眼一热，泪水还没来得及在眼里打转，就已经扑簌簌地掉在了地上。他心里一惊：多少天了，他还从来没有落过一滴泪呀！

不多时，牛远昌终于扛着那个麻袋出现在城郊的一处废品回收站。

一脸麻子、脸胖得令眼睛只能勉强拉开些许细缝的收破烂老板，将麻袋口解开，只稍许一看，无须称斤算两，就异常痛快地将五十元现金递在了他的面前。

身心脆弱、情绪异常的牛远昌，将人生最美好的几年时光，也将整个生命最拼搏的无数个日日夜夜，白白地耗费在那堆课本和复习资料上面，如今终于使它们变成了一堆废纸。他由痛苦到后悔，由后悔到怨恨，由怨恨到报复，在将自己整个身心折磨到极限的时候，终于将仇恨的目光锁定在这堆废纸上面。几年来，身心的折磨、扭曲和压抑，现在终于得到了暂时的释放。这个时候，他才突然记起，几天了，自己还没有吃过任何东西。脑袋眩晕的他，现在隐约感到就要栽倒下去。

怀揣五十元钱，在小吃摊上匆匆吃完两大碗羊杂碎的牛远昌，好像在躲闪什么似的，又像有啥紧要的事情，正机械地向着他那窄小的屋子匆忙赶去。眼下，那不足六平方米的空间已是他唯一的去处。他的整个世界已经完全浓缩并封闭在了这租赁的小屋里。

炙热的太阳又一次烤遍整个高原大地，直到所有的庄稼都蔫巴巴地扭曲成麻花状之后，才暂且侧转了火红的身子，向着县城西山顶靠拢。这时，街上的行人一下子多了起来，使沉闷的县城渐渐地活泛起来。

突然，一辆飞奔而来的自行车横在了牛远昌的面前。自行车上正是刚考取西北政法大学、平日里和他最要好的同桌李华。老同学突然而至，使牛远昌一下子感觉到了一种巨大的落差，又一次陷入了一种无可言状的痛苦之中。出于本能，他本想立即躲避开来，但是神采飞扬的李华却已早已紧紧地抓住了他的双手："远昌，同学们今晚特地举办了一个联欢活动。你在这里干啥，还不快去？"李华由于过分激动，尚未顾及牛远昌由于巨大的失落而悲痛地扭曲着的面孔。在他硬要将这位好朋友拉上一块儿前去的时候，牛远昌几乎是带着哭腔，低着声对他说："李华，我心里难过，就不去了。你哪天去西安上学时，我一定送送你。"李华这才猛然意识到，他由于过分高兴，竟然忘记了远昌今年落榜的事。现在，他所带来的这一消息，已经无形中深深地刺痛了牛远昌。

不知怎么搞的，在高考之后，往日的同学就会在无形中划分成两大阵营。当然，以后也就会走上完全不同的人生道路，进入完全不同的社会层面。他本想对远昌说句安慰的话语，但是，他马上想到，只要他站在这里，就会在无形之中对远昌产生一种强烈的刺激。现在，他唯一能做的，就是立刻离开这位昔日的好同桌、好朋友，这才是对远昌最大的安慰和关怀。

想到这儿，李华神情怪异地摇了摇牛远昌的一双手，然后，狠劲儿地将车子一蹬，骑向了远方。

在夕阳的余晖中，牛远昌害怕再次碰到熟人，勾起他无限的痛苦，遂折转身，向着县城西山脚下的青石河畔走去。

青石河畔，曾无数次记录下他读书、学习的背影，但在夕阳西下的时刻来到这里，却是极为少见。在牛远昌的印象中，黄昏里仍在青石河畔溜达着的人，要么是愁苦郁闷的无聊者，要么是谈情说爱的寻乐者。现在，眼前的这一对情侣相拥而过，更进一步证实了他的判断。但是，他马上又觉得事情有些蹊跷：那个甩着马尾辫，身材匀称，正含情脉脉地依偎在那个壮小伙子怀里的，不正是曾给他发出过求爱信的杨丽丽同学吗？

是的，正是！

他急忙掉转身，任由他们从背后不远处经过。

他微闭双眼，紧紧地攥着拳头，一时间，过度应激状态下所带来的紧张情绪，竟使额头沁出了一层细密的汗珠。他清楚地感觉到，他的心跳速度现在已经远远地胜过这对恋人了。

"志华，今天晚上的联欢活动，可不许你和别的女同学跳舞。"

是的，没错，这正是杨丽丽的声音。那个小伙子不正是韩志华吗？他俩今年双双考取了西北大学，无人不羡慕。

"不会的，小乖猫，我只和你在一起。"韩志华的声音逐渐远去，后面所讲的情话，牛远昌没有听清。

杨丽丽缠挽着韩志华，幸福地从牛远昌身旁经过已经好久了，牛远昌还愣是没有回过神来，一直木偶似的呆愣在那里。

夕阳的余晖在西山边上渐渐散去，无边的黑暗即将吞噬整个县城。青石河水也一声强似一声地呜咽了起来。

杨丽丽递给牛远昌求爱信一事，发生在上学期开学不久。那天，和牛远昌一同租房的同乡张跃，下了晚自习后打过招呼，说他到城里的姑姑家吃饭，晚上在姑姑家学习，不回来了。自从高考冲刺以来，张跃经常在姑姑家吃饭，晚上不回来是常有的事。他姑姑说了："要想学习好，先需生活好。"并且要通过高三这一年的强化式复习，让他努力考进大学。

晚上，牛远昌内心一边羡慕着张跃在城里有个好姑姑，一边自觉相形见绌。他黯然神伤地回到自己租赁的小屋，将火炉点燃，准备将中午吃剩的面条热着吃。他之所以租房子住，为的就是自己能有地方做口饭吃。这样一来，既省伙食费，又可"开夜车"学习。至于房租费，两个人合伙住，均摊后，自然就少了很多。其实，像他这种来自农村的学生，大多如此。与城里孩子不同，他们无人照顾起居，也很少有吃早餐的习惯。每天由着性子吃两顿饭，大多马马虎虎、简简单单，无从考究营养，只以填饱肚子为主。像张跃那样能在城里有个好亲戚，那就是享了天大的福分。

牛远昌一边热饭，一边将书本摊在了由一块小木板支成的"桌子"上，做好了向高考冲刺、向深夜进军的准备。紧靠着"桌子"的破墙壁上，贴了一大张白纸，上面十分醒目地标注着作息时间：起床五点三十分，晚睡十二点整。最下面写有一行大字：人生只此一搏！！！后面的三个感叹号显得特别豪壮而有毅力。

"嘭，嘭嘭，嘭嘭嘭……"一阵轻柔的敲门声令牛远昌舀饭的双手停在了半空。

奇怪，一般这屋是没人敲门的呀。正当牛远昌满脸疑云，颇为愣怔的一刹那，房门被轻轻地推开了一条细缝。一个颇具青春活力的脑袋从缝隙之中钻了进来。秀气的鼻梁上方，一双大大的花朵般灿烂的眼睛敏锐地向里侦视一圈后，便毫不犹豫地将目光甜蜜地锁定在牛远昌惊疑的脸上。随即，一个圆脸长发，着红底蓝花半袖衫、浅绿紧身短裙的青春倩影，便梦幻般地在这破败的小屋闪耀开来。

牛远昌一惊，手足无措，竟将饭碗丢在了锅中："哎呀，老同学！你看我这真不成样子！你往哪儿坐？坐吧！"

杨丽丽见牛远昌如此慌张的窘迫相，望着他那羞红的脸，咯咯地笑了起来。

牛远昌被这银铃般的笑声感染，也立刻放松地一笑。

紧张的空气，在一阵慌乱之后，渐渐弥散出温馨的味道。

杨丽丽是那种活泼开朗、聪慧大胆的都市女孩。她的这一特点，令来自农村的牛远昌特别欣赏和羡慕。一阵独处之后，牛远昌对这个平日里常和他探讨习题的女同学有了一种特别的好感，甚至在心灵的某个地方隐约间生出了一种甜丝丝的味道。

不！

不不！

不不不！

我现在的这个时候，这种高考的关键时刻，却有这种心思，岂不是自我毁灭?！牛远昌猛地醒悟了过来。

这时，一股焦煳味突然扑入了他的鼻腔。他猛然忆及一事，即刻中断了与杨丽丽的谈话，一个箭步冲上去，一伸手，将火炉上的饭锅扔在了地上：锅盖掉在了一边，锅里的饭成了焦煳状，一股更大的焦烟直接冒了出来，没有来得及钻出屋顶破孔漏洞的烟雾，复又折转回来，并与炉中汹涌而出的炭烟会合一处，迅疾淹没了整个小屋……

被浓烟煳味严严实实地包围着的杨丽丽，伴着一阵猛烈的咳嗽，猛然打开房门，倏然弹出了小屋。

"远昌，我对你的……都在这封信上……"门外，一个白色的信封，似风中的一片绿叶，逆着烟雾轻轻地飘入了小屋。

牛远昌一心想着高考的事情，终将杨丽丽的那封求爱信深深地埋藏、积压在了心底。他以强大的毅力克制住了这青春的躁动，终未使它发作。是的，美好的"丘比特之箭"等到高考之后再见吧。因此，尚未涉足爱河的牛远昌，一旦嗅着了前面有爱的气息的时候，就已经毅然折过了他那精明的头颅。而杨丽丽由于没有得到牛远昌的爱情回应，感觉特别委屈和伤心，特别没有面子，好长一段时间，她都感到难以抬起头来。在感觉太丢面子的时候，她一赌气，竟和县林业局副局长的儿子韩志华好上了。两人毫无顾忌大胆地开始涉足青春的秘地。现在倒好，牛远昌虽明智地拒绝了青春的诱惑和年轻的浪漫，全身心地扑向高考，但最终却碰得头破血流。而杨丽丽和韩志华，看似挥霍青春，不务学业，却双双报考同一志愿，又双双被同一大学录取，真正实现了爱情和学业的双丰收。

命运啊！在这里，竟和牛远昌开了这样一个致命的玩笑。夜，越来越深。隐约间，牛远昌感觉到有一双黑爪，正从满是星际的天空中向他伸来。

在距青石河数里之遥的红河歌舞厅里，正当考取大学的同学们在县城聚会联欢、分享成功的果实、享受放松喜悦之时，牛远昌却在一气之下要将自己青春的句号交给那条青石河水。

牛远昌被水猛地一呛，气息骤短。他猛地将头仰起，极其难受地将喝下的污水吐入了河中。之后，他就再也没有勇气将那发涨的脑袋重新没入水中了。

第二章

父亲怒气冲冲地回石峁村去了，张跃也兴冲冲地准备上大学去了，独自留在县城里的牛远昌惆怅孤寂、伤心失落、痛楚绝望，这些内心的煎熬暂且不说，单是眼前生活的困境就足以将他逼上绝境。

房租费主家已催了几次。过去和张跃分摊的费用，现在他得一个人来负担。

吃饭钱已经开始借债了。二十几天前卖书得来的五十元钱，除了还清部分欠账，应付了各种开支后，早就不够吃喝了。

路费那倒是不用花费。因为再远的路程，都会由他那坚强而倔强的双腿来完成。

如今，对于牛远昌来说，县城已经成为一座孤岛。他就是被逼上这座孤岛又困在其中的那只漂泊流浪、孤单离群、无着无落的弱鸟。现在，他这只鸟要想活命，就必须继续挣扎，继续扑腾。他明白，只要他有消沉、泄气、松劲儿的内在积怨和外在表现，那么，任何一个哪怕是很小的浪花过来，都会将他吞没。他很弱小，似一只飞虫，随时随地会被风扑死；似一只蚂蚁，不经意间便被人践踏在脚底；又似一块陈烂的墙皮，稍有个风吹草动，就会扑簌簌地抖落在荒废的墙圪塝里。

牛远昌已经感觉到了这种将要到来的悲剧性的恶果。他在内心一遍又一遍地告诫自己：尽快从高考的遥远梦幻转回到眼前的生存现实中来吧！

第一次真正地从单纯狭窄的校园环境步入复杂广阔的社会生活之中，

牛远昌选择了时下最普遍最直接的生存方式——到建筑工地打工挣钱。用漂亮一点儿的话来说,他是由一名受人供养的脑力劳动者,转变成一名自食其力的体力劳动者了。他要通过劳动锻炼来重新活人。至于要活成个怎样的人,他最好不要再去想了,免得再火上浇油、伤口撒盐般地难以承受。

紧接着的事实证明,最令牛远昌难以接受的,已经不再是那些空洞的理想、空泛的前途和空虚的命运了,而是一些具体的、实在的却更为致命的挑战。

通过数年拼搏竟然丝毫未能拓宽自己人生道路的牛远昌,现在已经转而投入县城道路拓宽改造的浩大工程之中。

那天,他的一个远房亲戚将他推荐给这一工程的包工头的时候,那个看上去肚子特别肥大的工头,就对他这个连自己人生道路都未能开拓出来的年轻人心存怀疑。要不是碍于他那位亲戚的面子,那个包工头看来是绝对不会将他这个瘦弱书生接收到工地上来干活的。

工地上,对新入职的人会有三天重活、苦活、累活以及脏活的考验期。牛远昌进入工地的第一天,仅仅被指派着用扫帚扫扫路面,再用水龙头将平整的水泥路面冲洗干净,轻轻松松地一天下来,除了管饱吃了三顿饭外,听说每天的工资至少也在几十元。

当天晚上,牛远昌便兴致高昂地退了租住的房屋,将铺盖卷扛到了筑路工人的大工棚里。他打算在这里长期生活和战斗了。第四天,牛远昌手中的扫把就被工头的小舅子给轻轻松松地接了过去。工头的小舅子说,这扫路洒水的事,一直由他一个人承包,前几天干腻了,就出去玩了一圈,现在既然回来了,就不用牛远昌再顶替了。

牛远昌顿然醒悟,他的考验期这才到来了。

现在,牛远昌就被安排去扛水泥。人世间有四累:挖河沙,打河堤,割麦子,扛水泥。他是被有意安排去扛水泥的。

拉水泥的车开到修筑着的路面的边上,工人上去先将水泥全部卸下,待车开走的空当,再将水泥扛到路中央的工作地面。等到水泥车再次开来

的时候，上次卸下的水泥必须要全部搬运完毕。否则，水泥车无法靠近作业区域，就会影响进度，延误了工时。

整个上午，牛远昌干得还挺不错，唯一令他难以适应、感觉很不舒服的，是那无处不沾而又无法阻挡的水泥粉尘。他初来工地时的一身干净的衣服，即刻就被那灰塌塌的东西给作践成了一身合适的"工皮"。他本打算脱去这身出门时才肯穿着的衣裳，而将那身褪了色的旧衣服换上当"工皮"穿。结果，总以为新活只是比原来扫地洒水略粗重，不会太糟蹋了衣裳，况且在路面上干活，来来往往的熟人也多，不太好的衣裳还真穿不出去，他就搁置着没有去换。这样一来，他仅有的这身好衣裳很快就被弄成了"工皮"。确切地说，他的这身衣服是在来到工地三天之后，才成了"工皮"的，而要做一名合格的打工者，需从外到里、从肉体到心灵、从物质到精神都要变成"工皮"的样子才行。

吃中午饭的时候，牛远昌累极了，更饿极了。他连抓水泥袋的脏兮兮的双手也未曾擦洗一把，就将那半斤面做成的大白馒头抓定在了手心。如饿狼扑倒了一只白兔，一口便将"白兔"吞去了大半。

突然，他停止了咀嚼。他感觉喉咙里已经有硬邦邦的东西堵塞着了，他试着向里咽了咽，喉咙立刻一阵刺痛。工人们笑他得了噎病。就在众人的一阵嬉笑声中，牛远昌突然感觉一阵恶心，他猛一弯腰，泪肆涕流地吐了半天，口里、鼻中、眼间的水泥结块、粉尘颗粒夹杂着饭粒，浊流了一摊。工人们一阵叫骂，端着饭碗纷纷躲到了一边。

待众人再次回过头来看时，牛远昌早已将那个被双手染成乌灰色的馒头差不多吃完了。

牛远昌在工棚前的破镜片前照了照，准备再次出工。镜子里的他，除过嘴边、鼻子及眼睛周围有些许的肤色外，其余地方全被水泥灰末遮罩着。特别是头发上和双耳里，简直就被那该死的水泥粉尘当作了家，暂且看来，休想将它们轻易赶走了。

牛远昌用梳子、布子挠擦了好一阵，终将自己修整出个人模样来。但是，那些被汗水浸湿后搅和在头发间的水泥粉尘，这时已经和毛发黏结成了一个整体，任凭你怎么梳理，终难以将它们彻底撕分开来。

一个姓徐的小工友走过来，一把夺了牛远昌手中的梳子，狠狠地摔在了一边，说："别臭美了，谁还不知道你是个受苦的？卸水泥这营生，最容不得梳洗照镜。"

牛远昌一听，觉得姓徐的这小子也敢骂他、欺负他，正愤愤不平地要揍这家伙一顿时，却又听出了这其实也是在好心提醒他。是的，马上又要去卸水泥了，还梳洗个屁！

太阳从未像今天中午这般毒辣。这颗炙热的火球一旦占据了苍穹的制高点，好像就没打算侧转身子，挪移开来。

牛远昌只穿着背心和裤衩，实在难以抵挡烈日的炙烤。他只好将脱去的短袖衫又遮盖在了头上。他扛着百余斤的水泥，屈腿弓背，异常吃力地在工地上穿梭往来，汗流浃背。

牛远昌正处在身体健壮的年龄。然而，他毕竟没有经受过强体力劳动的锻炼，身子骨明显嫩弱。如果没有坚强的意志，他定然难以承受。

然而，牛远昌却正是要通过这种强体力劳动的折磨来消磨打平掉自己心中的憋屈。现在，只要高考落榜的阴影再在他心中有所袭扰，他只须拼命地扛上一阵水泥袋子，内心的那种种痛楚与不快，便会烟消云散了。

牛远昌在筑路工地上干活已经有两周了。在这十四天的时间里，他整整扛了十一天水泥，而且看迹象，还要无限期地扛下去。而别的工人最多在这粉尘里泡上三五天之后，就被轮换顶替下去了。牛远昌感觉工头还在考验他，就没有去理论。他无奈地感慨：想不到头三天的那"扫帚把"，竟让他交来了如此厄运。他又想：大不了再多吃些水泥粉尘，多脱几层皮吧。谁让你没有考上大学呢！考上了，还用遭这份儿罪？

但是，现在一个致命的问题是，他一旦看见这水泥袋子，就不由得手抖腿颤，脊背发软。仅此还算小事一桩，关键是，连日来他的胸腔犹如塞了块铅似的，感觉沉重而憋闷，还时常痒痒得厉害。鼻子时不时地吸入水

泥粉尘后，身体就要对这灰东西表现出强烈的抗议，咳嗽声就会一阵阵地响起。这咳嗽不止，他干活就常常被迫停顿下来，时间长了，一同干活的人就有了怨气——明摆着的嘛，这么重的苦累活，你牛远昌歇了一阵又一阵，将别人当傻子？

昨天夜里，牛远昌前半夜咳嗽得没有睡着，后半夜里扛水泥的右肩膀又开始剧烈作痛。直到天快亮的时候，他才终于进入甜美的梦乡。

女同学杨丽丽含情脉脉地向他走来。好像就是在他租的那间小屋子里，杨丽丽将一份录取通知书递在了他的手心。他当时激动得竟然不敢相信这是真的。杨丽丽将她的录取通知书也拿了出来，原来他们双双考取了同一所大学。这时，牛远昌一阵兴奋，觉得自己和丽丽美妙的爱情再也无须因害怕影响考学而刻意控制、刻意终止了。想到这儿，牛远昌猛地将丽丽揽在了怀里。

"快！快快！满屋子的人都上工去了，就剩咱俩了，要迟到了！"睡在一旁的工友小徐狠劲儿地将他推醒。小徐只穿条短裤，就跑了出去。他跑出去很远了，还在大声叫喊："牛远昌迟到了！牛远昌迟到了！"

牛远昌一激灵，彻底地从睡梦中清醒了过来："妈的，这龟孙子自己也迟到了，竟然喊着说我迟到了。真是恶人先告状，老子今天揍死你个狗杂种……"

牛远昌今天上工迟到了半小时。按照工地上的规矩，这一天只能给他记半天的工。也就是说，他基本上就要给工头白白地受上这异常难熬的半天。他在心里由衷地感叹：这工地半天，真似人间半年啊！

工头对他这种无精打采、慢慢腾腾的怠工行为是看得穿的。

平心而论，牛远昌的确是异常疲乏了。现在算来，从未干过繁重体力劳动的他，已经扛了十几天的水泥了。这对于经常受苦的人而言，其实也是难以吃得消的。加之他昨晚基本上又一夜未眠，临明时好不容易睡着了，还轻轻地飘来了仙女般的丽丽。

他扛水泥的过程中，不知怎么搞的，水泥袋子猛不防就会重重地滑落在地上。如此地上、肩上，肩上、地上，往返几次，才能将这"死宝"给拖挪拽拉过去。这样，别人扛三袋子的工夫，在他这儿只能完成扛两袋子的任务。现在，尽管他虚汗直冒、马不停蹄、拼命追赶，但仍然时时招来工友们的白眼："干不了这活，就回家吃奶去！别总是让别人替你多出那份子力气！"

今天，牛远昌明显感觉体力不支，干不过人家，让别人吃了明亏。那就让人家指责、叫骂吧，反正只要坚持下来，一天就可挣到几十元钱，就能养活得了自己。

临近中午时分，最后一袋子水泥好不容易被牛远昌扛了起来。这袋子水泥一旦被扛了过去，就该是收工吃午饭的时候了，繁重的劳动也会暂时告一段落。牛远昌背着水泥袋子，身子晃荡不止。他牙关紧咬，双手抓紧袋子，在急促的气喘声中，不时有凶猛的咳嗽声强烈地冒出。他的肩膀被水泥袋子压得实在难以承受，就只好躲避似的深弯着腰，前倾着身子，这样重心便明显地倾向了前方。这样一来，他的双腿就无可逃避地被迫小跑着去追撵、支撑这向前的重心。

很显然，牛远昌双腿中肯定有一条腿耍了奸，跑得慢了点，仅靠一条腿根本就无法支撑住他身上那百余斤重物的强大惯性的冲击，只听"咚"的一声，人和水泥刹那间便跌翻在了一片尘埃之中。

尘埃落定好一阵之后，一个灰包脑袋才勉强地从那堆四散撒落着的水泥灰末中挣脱出来，但身子仍然呈麻花样地在灰堆中扭曲着，未能站立起来。

工友们都饿疯了一般，早已一窝蜂似的赶回到工棚吃饭去了。灰堆中痛苦呻吟着的这个人，看来即便是摔成了重伤，一时之间也是没有人能够发现并救助他的。

大约过了一刻钟，终于有一个和牛远昌差不多年纪，但看面相却明显比他年轻的小伙子走了过来，将他从那摊灰堆中扶坐了起来。

小伙子发现，这人除了额头被蹭破了皮，流了一些血以外，其他好像

并未有啥太大的问题。正当他急着要走开时，双手却被那个"灰人"给死死地拽住了。

"李华，你认不出我来了？我是远昌，我是牛远昌呀！"说话间，两行热泪在灰脸上冲开了两道十分醒目的印痕。

这个好心的小青年原来正是牛远昌的同桌李华。李华天天外出回家路过这条沸沸扬扬改造着的道路，竟然没有发现牛远昌在此干活，而牛远昌却常常能看见李华从这里经过。只不过，他一看见考上了大学的李华同学，往往就会暗自神伤地深弯了腰身，用背着的水泥袋子遮了脸面，躲闪着匆匆地擦身而过。

现在，李华一眼盯住这满是水泥灰土的牛远昌，竟然颤抖着嘴唇，不能组织出一句用以表达点什么的话语。看着他这般羸弱落败的破烂样，看着如此痛苦伤楚的潦倒相，看着这等疲乏倦怠的瘦小身子，李华一时竟想不起牛远昌的模样了。末了，李华随手掏出块手帕，在那张灰败的脸上擦了擦，牛远昌的轮廓这才清晰可见。

李华不由得一惊：怪了，这才不到一个月的工夫，一个好端端的人，就给"报废"成了这般光景？

看到牛远昌这般惨相，李华先是安慰他，和他一起哀其不幸，后来又十分遗憾地怨其不争了。牛远昌此时觉得，李华说到最后，甚至有点儿鄙视他的味道了。

李华本来还想对牛远昌说说心里话。但是，他现在必须要尽快赶到前边的那个饭店去。那里，家里人邀请了百余名亲戚朋友，正在为他考上大学举行送别的喜宴。最后，李华说："远昌，我们家正在请人赴宴，你这个样子，今天我就不强求你去了。明天，我、韩志华还有杨丽丽都要去省城上学了，我们明早八点整在状元桥会合，包车出发，到时候，你一定要来送我们。"李华说这话时，语速极快。现在，他心中惦记着众多为他欢庆的亲朋好友，他要尽快离开这里，前去应事。

太阳已经端直照上了头顶，毒日笼罩之下，一天之中最为难熬的时候又来了。热风不时地吹扬起那异常干燥的水泥粉尘，有好几次，这灰东西竟不识时务地直照着李华的脸面扑过去。李华躲闪着，渐渐远离了那灰堆及灰堆之中歪坐着的牛远昌。

牛远昌这时也敏锐地感觉到，那隔着距离和他说话的李华同学，叙事正经，又很客气，不耐烦中显示出某种无可攀越的高贵气息。

牛远昌眼眶发热，嘴唇颤抖，胸脯一起一伏。他鼻子吸了又吸，好不容易控制住了该死的泪水。他本想好好对自己的同桌诉说一番这一阶段的种种苦楚，却突然敏感地觉察到，时过境迁，他昔日的这个老同桌的影子已是再也难以找回来了。

牛远昌眼眶湿润，一种无以名状的悲凉气息袭上心头。后来，连李华在什么时候离开的，他也无从记得了。

第二天上午，李华等去省城上大学的同学们包车出发了。

面包车已经启动了，李华仍然没有在送行的人群中发现牛远昌的身影。直到车子颠簸着缓慢经过县城南边那段整修改造着的路面的时候，李华才隔着车窗，隐约间在纷乱的工地中搜寻到了牛远昌那灰败单薄的身影。李华想：如果不是因为昨天在这个工地偶然间碰到了牛远昌，现在，无论如何，自己都不会将他从这些受苦的人群中分辨出来的。唉，昨天忙得竟然没有将远昌拉着，去好好吃顿饭，看现在他背水泥的那个可怜样子。

李华在车上远远地看着牛远昌在工地上拼命忙碌的身影，一股从未有过的怜悯之心油然而生。他不由得倒吸了一口凉气：要是自己也没有考上，现在真不知该是个啥样子了，也许要死要活的，还不如远昌这般坚强呢。命运啊，难道就要这样无情地将生活中的人们给分出个天差地别吗？

李华想着想着，一下子便从刚才出发时欢呼雀跃的兴奋状态跌落到沉静凝思的悲凉情绪之中。

紧挨李华坐着的韩志华，看见李华盯着车窗外边发愣，就笑着在他的脸上轻轻地拍了拍，说："你怎么了，想起谁来了？舍不得撂下，就一块儿带上吧。"

杨丽丽温柔地将一只手顺着座椅靠背悄悄地伸过来，轻轻地将韩志华的腰背揽在了她的胳膊弯里，开玩笑说："人家李华撂不下的亲蛋蛋多着呢，现在正想着是该领哪个才对，是吧？"丽丽大声笑着将头轻轻地靠在了韩志华宽厚的肩膀上，继续说着开心的玩笑话。

　　突然，她的脸一沉，玩笑话戛然而止。她听到李华在说，牛远昌就在车外这尘土飞扬的筑路工地上干活，并且顺着李华手指的方向，她已模模糊糊地看到了牛远昌正扛着水泥袋子吃力地在车前不远处行进着。当他们坐着的面包车慢慢地摇晃着开到水泥工地正对面的时候，杨丽丽清晰地看到了牛远昌原本俊俏的那张脸。现在，这张脸已被粉尘和汗水涂抹得一塌糊涂，唯有那高耸挺直的鼻梁，仍然表达着他那独有的刚毅和锐利。

　　刹那间，一股酸楚楚的情绪堵塞在杨丽丽的心头，她的眼睛也已蒙上了一层灰蒙蒙的水雾，牛远昌的影子渐渐地难以看清楚了。

　　现在，杨丽丽对牛远昌曾经拒绝她的种种怨气已经荡然无存。她始终想不明白，这个曾令她魂牵梦绕的人，怎么竟灰败到如此的地步？她心情复杂地想，她该为他做些什么。

　　韩志华突然发现牛远昌近在咫尺，正欲喊他一声时，一张嘴却被李华用手死死地堵上了。

　　三个人似在沉重地观察着什么，默不作声，静静地看着牛远昌背着水泥袋子，异常吃力地从不远处经过。

　　向来活泼好动的杨丽丽，一路上却静悄悄的。任凭韩志华怎么讨好她，也难见她开心一笑。无论是韩志华，还是李华，他们根本不知道杨丽丽与牛远昌曾经有过的那段故事。

　　现在，牛远昌养成了写日记的习惯。每天晚饭过后，别的民工或是去逛街，或是在谝闲话，他却缩在工棚里往自己那卷又脏又破的被子上一靠，捧着个硬皮小本子认真地写起来。

与李华在工地上碰面，对牛远昌的震撼是长久而深远的。他最直接的感觉是：今生今世要是活不出个人样来，哪怕是最要好的同学、朋友都会瞧不起你，都会离你而去。因此，现在不单单是眼前能否生存得下去，更重要的是，自己今后该如何进一步去发展。一想到这些重大的人生问题，他就显得十分烦躁和着急。因为思来想去，除了顺顺当当考个学校外，眼下的确还没有个好的出路。他甚至想到了重新回到学校去补习，但紧接着就将这一想法否定了。他想要到某个城市去闯荡，自己开个公司，甚至想着到落后的非洲国家去一显身手……但是，所有这些想法都是模糊的。憧憬的影子多，现实的成分少。一切都是梦幻的、虚妄的、空洞的。

牛远昌想着天上的，做着地下的。每天灰溜溜地扛着水泥袋子，浑身常感觉散架了一般，几乎到了难以再支撑下去的地步。但是，他必须紧咬牙关，坚持干下去。因为，一旦离开工地，他很可能会连吃住这些最起码的生活都不能维持。这种理想和现实的强烈反差，猛烈地撞击着他那颗火热的雄心，使他备受折磨。

后来，他终于寻找到了能够解脱这种折磨、寄托理想的好办法——写日记。

令牛远昌难以预料的是，正是这小小的写日记的嗜好，给他带来了一场不大不小的灾难。

牛远昌写起日记来，有时候就会刹不住尾。待民工们都已休息了，他往往还会旁若无人地写呀写的。一次，在工友们的一片响鼾声中，他又一次陷入了痴迷的状态，写得正起劲儿。直到工头轻轻地走进来，悄悄地将灯绳子往下一拉，他才不得不停笔。

"等等，我写点儿东西，马上就完，马上就写完了。"

在一片黑暗中，突然传出了这么个声音，工头着实被吓了一跳：怪事，鼾声隆隆的，不都睡着了吗？哦，肯定是谁在说梦话了。哈哈，睡觉中做起了秀才梦，还要写些什么东西？

工头已经走出了工棚，就要回到房屋睡觉去了，回过头来，却看见工棚里的灯又亮了。咦？有鬼了？

工头急忙转身又来到了工棚。在低矮的大敞房里，他勉强伸直了腰板，两只手不住地在鼻子左右驱赶着各种异臭，一张嘴无奈地大张着，喊了起来："谁还没睡？明天不干活了?!"

"好了，好了！写完了。"一个声音打断了工头的喊叫声。

工头顺着这声音，在一摊摊、一堆堆挤塞着的脏物中，终于发现了牛远昌那蠕动着的灰黑影子。

"这么晚了还不睡觉，你在干什么？"说话间，工头已经站在了牛远昌睡觉的木板跟前，气势汹汹地逼问着他。

牛远昌将日记本在工头的眼前一晃，又迅速将它压在了枕头底下，笑着对工头解释说："就这玩意儿，写点日记。没注意到，竟然这么晚了。实在对不起，影响大家睡觉了。"

"知道影响了别人睡觉，还明知故犯?!"工头打断了牛远昌的话，继续大声呵斥道，"这是受苦汉讨生活的地方，容不得你这样天天写写画画的穷斯文。有这等文采，还用来这里打工受苦？难怪每天上工无精打采，干不出活来。我看你还是另寻高枝为好，我们这庙小，容不下你这大秀才！"

工头说着，便很不耐烦地走开了。在离开工棚的时候，他狠劲儿地将灯绳子向下猛地一拽，那绳子在电灯熄灭的瞬间，竟从闸盒上断了下来。

不几天，工头就将牛远昌开除了。

其实，工头早就看出这个小黄脸不像个正经受苦的。看看吧，背了那么点水泥袋子，就被压成了这等熊样。然而，牛远昌越是被压成这等熊样，工头就越是不肯将他从水泥工地上轮换下来。这样倒也罢了，只要牛远昌肯吃明亏，不提出异议，坚持着装卸水泥，他也许就能在这工地上糊弄下去，而不会被开除掉。关键一点是，那天，工头趁牛远昌上工之际，偷偷地看了他那该死的日记。工头的本意是，看看这不肯好好卖力气干活的家伙半夜三更究竟在搞啥名堂，结果，工头从牛远昌枕头底下翻出的那个本子里面，竟有整篇整篇的抱怨、指责，甚至是谩骂他们这些工头的话语。工头二话没说，就十分气恼地将牛远昌给开除了。

即便如此，工头仍然觉得难消心头之恨。最终，他将牛远昌本来就很低的工资标准，又下放了一个档次。这样，结算工钱的时候，牛远昌每天的工钱就由几十元变成了十几元。同时，这里边再扣除伙食费、住宿费、保险费等，牛远昌每日实际得到的工钱仅是五元两角钱，从而创下了这个工地有史以来日工资的最低纪录。

第三章

　　农历八月初，久旱的高原大地迎来了入秋以来的第一场透雨。此时，漫山遍野的庄稼草木都快旱死了。因此，这迟到的雨水无论怎么补救着浇灌，此时看来，也已回天乏术了。这场晚到的雨一连下了整整三天，天刚一放晴，牛远昌便立刻将铺盖一卷离开了筑路工地，踏上了回石峁村的路途。

　　这场雨虽然没能给绝望的庄稼人带来多少希望，却给失望的牛远昌带来了意外的惊喜。

　　那天，被赶出工地的牛远昌独自一人走上街头，毫无目的地在冰凉的雨水中蹒跚着，大脑一片空白。此时，虽然渐近中午时分，天地却依然灰蒙蒙地粘连在一起，四周显得十分昏暗。冷风裹挟着冰冷的雨水，猛不防一阵阵劈头盖脸地吹打过来。

　　渐渐地，风雨拍打的势头骤急而猛烈，最终将牛远昌逼到了街头一角，他颤抖着蜷缩在了那里。

　　刚从筑路工地出来，身心极度困乏的牛远昌在街头那避风遮雨的角落里歇息下来，不知在什么时候，竟稀里糊涂地睡了过去。隔着雨帘望去，此时的牛远昌看上去不是乞丐，就是疯子。

　　多年以后，牛远昌常常向他的员工们讲到他的成长历程，往往会不自觉地提及此事，更是对《孟子·告子下》中的那句名言牢记于心："天将降大任于是人也，必先苦其心志，劳其筋骨，饿其体肤，空乏其身，行拂乱其所为，所以动心忍性，曾益其所不能。"

牛远昌要么是被冷风吹醒，要么就是被旁边的陌生人给叫醒的。总之，这个陌生人到来之后，牛远昌刚才睡觉的那个地方就被安了张桌子，放了把椅子。只见这个人稳稳当当地在那把椅子上坐了下来，既像是在执勤，又像是在推销什么。

已经靠边歇了的牛远昌，仍然迷糊了好一阵后才稍稍地清醒了过来。他发现，那猛烈的风雨停息了下来，但天地仍然很昏暗，看样子像是在酝酿着又一次的风雨高潮。他不由得浑身发紧，全身猛烈地一阵抖动，一个冷战过后，人就彻底地清醒了过来。

牛远昌面色苍白，一脸倦怠，嘴唇干裂且毫无血色，但惺忪的双眼却逐渐明亮起来。这时候，他才完全看清了这个人的模样：高鼻梁，细眼缝，圆圆的脸庞看上去很年轻，大概不会超过三十岁。一身笔挺的深灰色西装被那件干净的白衬衫和深红色的领带衬托得特别精神而有朝气。这人前面的桌子上放了一堆各色纸张，并在后面的墙壁上拉了一条红色横幅，横幅上的七个白字特别醒目：西苑大学招生处。

西苑大学招生处？

大学招生处？

这几个温热的大字，刹那间就将牛远昌冰冷的心给焐热了。他眼前一亮，明媚的心一下子穿过灰蒙蒙的天地，仿佛在前方不远处，突然发现了万里晴空。

按理说，牛远昌应该将那些有关招生详情、入学费用、将来就业等关键情况询问明白，然后再同一些知情者探讨后再做决定。但是，走投无路的牛远昌犹如久渴的乌鸦，忽然找到了那一瓶水；又如饿急的野狼，突然扑到了那一块肉。因此，他无从问及水自哪儿来，肉质如何，他只是要先将它们迅即吞下，然后才去感知水是否喝对了，肉是否吃错了。结果，日夜渴望要上大学的牛远昌，一听说某某大学招生来了，而且眼前招生的这个人，哦不，是这位老师，这么热情而有风度，他二话没说，十分信任地

报了名，签了字，说好天一放晴就回家取钱，按着这位老师名片上提供的地址去省城报到、上学。

牛远昌怀揣西苑大学的"录取通知"坐上了由县城开往乌拉镇方向的客车，缓慢前行。他终于有理由踏上回归石崮村的路途了。

汽车驶离县城，翻越了五十余里青石山地之后，便进入了浩瀚无边的黄土丘陵。望着车窗外植被稀疏、太阳暴晒着的黄土荒丘，牛远昌眼睛潮润润地一阵难受。

不知为什么，自从到县城上高中以来，每次踏上故乡的这方热土，他心中总会无端地生出些复杂的情愫来。这种情感常常令他无以言状，令他无端悲苦地难受一番，又让他无端惊喜地激动一番，而且所有这些都会积淀到自己的灵魂深处，永远无法消除。包括做梦，总是黄山土屋、父老乡亲，而很少有繁华的街巷、富丽的都市。他想，这大概就是令人牵肠挂肚的故乡情结了。

牛远昌的矛盾就在于他的追求与他的依恋正好相反。这黄土窝窝既令他牵念，又让他难耐。自从上高中以来，他求学的目的就已十分明确：他要通过考学，坚决走出这黄土窝窝。

牛远昌越是想走出这黄土窝窝，越是深陷其中。现在，他不再上学，要是真正让他踩着父辈们的足迹，在这黄土窝里扑腾一辈子，他又岂能甘心？

黄沙不埋冒蹿的柳，黄土不掩站着的人。现在，牛远昌在走投无路，将要被迫回到这黄土窝窝的时候，却意外地拿到了西苑大学的"录取通知"。尽管这不是国家统招，但对于强烈向往大学生活而又无路可走的牛远昌，这无异于救命稻草，他正紧紧抓住这根关乎命运的绳索，艰难地在人生的峭壁上攀缘。

汽车在沟壑延绵的黄土高坡之上颠簸着蜿蜒前行了百余里之后，终于在晌午时分停靠在了终点站——乌拉镇。乌拉镇距他家所在的石崮村还有二十多里的路程。牛远昌在乌拉镇上向过去的同学借了辆自行车，将铺盖卷捆绑在车架上，吃力地蹬着车子，向石峁村赶去。

中午过后，牛远昌回到了村庄。路过爷爷奶奶家时，他先进去歇了歇脚。

在外风风雨雨，一直奔波闯荡着的牛远昌，一回到爷爷奶奶的家里，他那一直紧绷着的神经即刻放松了下来。爷爷和奶奶都是年近七旬的人了，一看到自己的孙子远道归来，惊喜之余，精神倍增。他爷爷牛过喜腿脚不便，坐在炕头关切地和他问长话短。他奶奶颠着一双小脚，将灶火烧得通红，开始为他做饭。

牛过喜夫妇生有七子三女。但是，能长过十二岁，最终存活下来的却只有三子一女。老大牛德承，老二牛德树，老三牛德秉，弟兄三人的年龄正好以十岁递减。因此，老三牛德秉现在与他大哥牛德承的大儿子牛定昌又恰好同岁。当年，牛过喜和大儿子牛德承还没有分家另过，自从婆婆、媳妇在同一月之内先后在同一铺炕上生养下了德秉和定昌这一叔一侄之后，大家方才觉得有些不大合适，这才分了家，各自另过了。后来，老二牛德树娶过媳妇两三个月后，也匆匆地分了家。只有老三牛德秉一直和牛过喜夫妇合住。直到牛德秉二十五岁那年媳妇娶过了门，也没有和老人分家。

这主要是因为，这时候，牛过喜夫妇已经老了，婆媳同炕生养的可能性已经不复存在。事实上，他们的小儿子牛德秉结婚三四年了，到如今也未见在那水嫩的瓜蔓上结出个瓜蛋子来。

现在，牛过喜老汉除一个比他的大儿子牛德承年长一岁的女儿牛二女出嫁到村北百余里之遥的考乌素镇外，其余的三个儿子都在身边，加上他的七个孙子和三个外孙，真可谓儿孙绕膝，颐养天年。牛过喜现在除了腿脚有些疼痛外，精神很好。他老伴更是无病无痛，身体康健。夫妇俩坚持种地，帮着小儿子营务着庄稼，整天沙里来、土里去，日子过得倒也舒展满意。如今，两位老人一是盼望着小儿媳妇能够生子养女；二是盼望着他们牛家户族里唯一上得高中的小孙子远昌能够金榜及第，光宗耀祖。

牛远昌由奶奶伺候着，汤一阵、水一阵，稠一阵、稀一阵，吃饱喝足

后，又被爷爷奶奶像小时候照顾他那样哄着睡了一大觉。待他起身准备回家的时候，夜幕早已降临了。

他奶奶将锅里热着的饭菜再次端到他面前，招呼他再吃点喝点，他却只向从地里劳动回家的小叔和小婶娘打过招呼后，就头也不回地向自己家里赶去了。

今晚，他有重要的事情要和父母亲商讨。

五十多岁的牛德承，现在感觉自己是在过着毛驴般的生活。一方面，他要为年近三十岁的大儿子筹措结婚彩礼；另一方面，他又为二儿子的处境愁眉难展。加之今年大旱，他真感觉度日如年。

今年，除过少部分水浇地有些许收成外，大部分庄稼都已绝收。眼下，正是庄户人最难场的时候。好多年轻人、壮劳力纷纷外出打工谋生，村子里只留守着妇女、儿童、老人及部分体弱病残者。石峁村犹如遭遇了大劫，一派萧条景象。

这几天，牛德承在家里待不住了，他必须要想办法来补上这灾年的亏空。最终，他决定外出揽活、打工。当他就要迈出家门的时候，内心不由得一阵酸楚。是的，往年的这个时候，满地的庄稼都生长成熟，正鼓鼓胀胀、挤挤攘攘地等待着喜上眉梢的庄稼人不知疲倦地前来收割。而眼下的这点收成，他的婆姨郭高娃一个人睡过八大觉后，都能收拾得一干二净。因此，在农村生活了一辈子，侍弄了多半辈子庄稼的牛德承，已经是年过半百的人了，却被现实逼成了一名农村的"剩余劳动力"。

按照城里人的理解，牛德承现在该是到了退休的年龄。因此，他不能被算作劳动力，更不能冠以"剩余"这样的词汇，他应该到专门的老年人活动中心，去定点的老年人晨练场所等处放松休闲起来，美美地燃起一片红红火火的夕阳之火。然而，眼下看来，越是挨近夕阳的岁数，却越是像那朝阳了。农村的大部分青壮年纷纷离开寂寞的乡村，拥入繁华的都市，这样一来，留守寂静村庄的重任，大多就落在了这些上了年岁的庄户人身上。他们无从顾及年岁已高，无从顾及体力不支，无从顾及老弱病残，默默地沿袭着一茬又一茬悄无声息的庄稼人的生活，出尽了力，流干了汗，苦苦劳作，拼死拼活。虽然挣不来几个钱，但若不下苦去拼命，那就还真要被活活地饿死了。

事实上，现在的好大一部分年轻人，已经不会侍弄庄稼了，他们即使是待在家里，种地的细活也还得上些年纪的人来完成。这样看来，他们倒不如干脆常年外出打工挣钱，在某个城镇租房安家，去过那劳苦却省心的"市民生活"。

牛德承常想：大家都一窝蜂似的拥入城市，一旦无人种地了，莫非那城里的高楼大厦也能当饭吃了？

还别说，这城市的楼房还真是能当饭吃的。倘若你在城市有一套房，在城市生活就少了许多压力，如若自己不想住了租出去，便可以躺着、坐着、游山玩水着赚钱。甚至哪一天觉得这样也嫌麻烦，那就转手卖掉，转眼之间，这到手的钱财可就翻腾了好几倍。这样一来，你不但可以吃香喝辣、穿金戴银、周游列国，更可以再去买地置田修楼盖房了，而后再卖再买，如此几个轮回下来，你不想富贵都难，何愁吃穿呢？

可这些，对他牛德承而言，就像天方夜谭，就如梦里也难以呈现的神话。如今，他还是要外出打工了。他显然是被逼上了"梁山"，即使拼了这条老命，也要驮回一驮子钱来，为这三个要命的儿子办事。前几天，牛定昌的师傅王越贯给家里的人捎话，说今年收成不好，秋天就不回来帮着收割庄稼了。还说前阶段，他们已在一个大型建筑工地找到了活，秋天工资正高，耽搁不得。对于王越贯劳累过度生病的事，来人却只字未提。王越贯的媳妇刘候娥心想，也许这并不是报喜不报忧的缘由，很可能是自己的男人经过一段时间的休养后，身体逐渐好起来了。

郭高娃听说走了七八个月的大儿子秋天也不回来了，再想想二儿子也踪影全无，心中就时急时躁、时忧时悲，干活也心不在焉，常常偷偷地抹眼泪。

郭高娃急匆匆地赶到王越贯家，本想仔细打探大儿子定昌的情况，怎

奈王越贯的媳妇刘候娥竟然破口大骂，说自己这死不了的男人走了半年多了，竟连一分钱的钢镚子都未捎回来一个，这叫他们母子该怎么活！

刘候娥越骂越凶，白眼瞪着郭高娃，唾沫星子溅着郭高娃。郭高娃立时明白：这刘候娥不是在骂她的男人，而是在给她撒气，她是在怨恨儿子定昌跟了王越贯学手艺，害得她家的男人没给她挣回钱来。郭高娃不仅没有问到第一次出远门的大儿子的一丁点儿消息，还憋了一肚子的冤屈。

牛德承也觉得奇怪：走了多半年了，王越贯怎么连一分钱也未捎回家来？莫非这师徒二人出了啥事？莫非王越贯真如前些时候所言，一直卧病未起？莫非定昌有意外？

牛德承当下就决定到鄂东市去打工，顺便去看看定昌和王越贯。牛德承也学着自己的婆姨，提了一小筐子鸡蛋，厚着脸皮，再度找到了刘候娥，以便问清地址后，即刻出发。

刘候娥骂归骂，怨归怨，但她的担心胜于一切。对于出门在外的男人，她常常会不自觉地猜测着，冒出些令人心惊胆战的可怕念头。

现在，刘候娥听说牛德承也要去鄂东市打工，顺便去看看那师徒二人，顿时就喜上眉梢。她赶忙将牛德承提来的那筐子鸡蛋用废纸一个个包了，牢牢靠靠地打揿到了一个小纸箱子里，然后，又结结实实地用一根绳子将这纸箱子捆好。她让牛德承将这箱子鸡蛋给越贯和定昌带去，同时，将师徒二人在鄂东市打工的住址和联系方式等详细地告诉了牛德承。牛德承和刘候娥当下商定，第二天一大早，他就去后沙塔村的公路上去赶通往考乌素镇的客车，到考乌素镇后再搭坐去鄂东市的长途汽车。

这一夜，牛德承睡得比平常要早些。但是，他思前想后，迷迷糊糊的，一直没睡踏实。

门外一阵轻轻的脚步声，将迷糊着的牛德承吵醒了。

"嘭，嘭，嘭。""妈妈，开门，我是远昌！"轻轻的敲门声过后，一个声音突然惊喜而又温馨地传来。

劳累了一整天的郭高娃鼾声刚起，没有醒来。牛德承一骨碌从被窝中爬起来,先开了门,后拉亮电灯。

待远昌进了家门,郭高娃已经由被窝里摸爬到了地上。她喜出望外,拉着儿子不再软嫩的双手,眼睛直直地在儿子的脸上端详了好半天后,才开口软软地说道:"瘦了!瘦了!快不要再听你爸瞎嚷嚷着补习了,回来痛痛快快地受苦,不也照样轻松活人嘛。"

"别胡扯了!还不快去做饭!"郭高娃正亲热地和儿子说话,被牛德承一声喝断。

牛德承看到二儿子回来了,心里一片温热,本来已将这孩子不听劝说而不去补习的恼火事给忘在了一边,晾作了干柴状,不料,却被自己的婆姨一下子提起,溅起了一点火星,这火星一下子便点燃了他心中积压的那堆干柴,怒火顿旺:"不补习,就不要再进这家门!明天就滚!"

"爸,我搞到了一份大学录取通知。只是不是正儿八经的统招统分,不知道能不能去上。"牛远昌见父亲火盛,赶忙降火。

牛德承惊愕得不知说什么的时候,牛远昌已将那份录取通知展示在他的面前。牛德承一把将它接在手里,哆嗦着靠近电灯,惊喜急迫地辨认着上面每一个让人动心的字眼。

郭高娃已将灶火烧得红通通的,兴奋得不知给意外录取到大学的儿子吃什么好。

刚才,害怕父亲吼叫,牛远昌道出了最好听的理由,现在,等两位老人兴奋、激动的情绪逐渐平静下来的时候,他就将问题的要害、得失和盘托出。

两位老人这才逐渐似懂非懂地明白过来:远昌现在想要上的这种大学和张候树儿子张跃上的那种大学是完全不同的。

张跃是全国统一录取,毕业后统一分配工作,学费也由国家补贴一部分,读便宜书,走辉煌路。而远昌现在想上的这所学校,正是眼下各大学纷纷开辟出的"黄金产业",进入这些学校的学生通过自考、成人高考等途径,经过一定学时的函授、脱产教育等方式的学习后,最终取得国家成人

高等教育毕业文凭，然后回原单位工作或自谋职业。这类学校最适合的是单位的在职人员，最不适合去的就是牛远昌这样的人。

那么，远昌不去上这学校，现在就回来种地吗？可是，村里没读过几天书的年轻人，也都纷纷外出谋生，活得像模像样，而读了十几年书的他，现在却窝屈回家……要不，就干脆跟上我牛德承出门打工挣钱吧。反正，不管干啥，还不都是为了那些个谋生的钱财？千里做官，只为吃穿。

哟，不行！远昌从小细皮嫩肉，读书长大，哪能吃得下打工的苦头？要不，做生意？学手艺？

牛德承思谋着这些烦心事，感觉胸闷气塞，头脑也有些不够用。他的老烟锅子，在那皱巴巴的烟袋里不住地探进探出。不大工夫，灰蒙蒙的烟雾就将这一家三口团团围住，重新又困在了这片迷蒙之中。

第二天，天未亮，牛德承就悄声静气地摸出了家门。

刘候娥要送一送昨天已对她说好了要去鄂东市打工的牛德承，顺便再让他给自己的男人捎几件干净衣裳。她一大早赶到牛德承家，但见盛鸡蛋的纸箱子还在，却不见了人影。

牛远昌母子被刘候娥惊醒后，郭高娃顿时胡思乱想开了，牛远昌更是在内心自责道：都怨自己不争气，将父亲给逼的。

郭高娃稍稍定了定神，顺手摸了下牛德承的被窝，余热尚在，她急忙对儿子远昌和刘候娥吩咐道："这人怕是刚刚走的，咱们快去找找看！"

晌午过后，牛德承在众人焦急、惊疑的目光中，甚是稳当地回到了家中。

前一阶段，牛德承为大儿子定昌娶媳妇的彩礼钱奔波了好一阵子，有几家亲戚勉强答应，先借些钱给他。他昨晚翻来覆去思谋了大半夜，决定先不管大儿子娶媳妇的事了，他要用这些钱先供二儿子远昌去上学。虽然这是个不成体统的大学，但是，现在看来，这也许就是这孩子的一条出路，兴许也是他们牛家门上出个人才的通道呢。至于定昌娶媳妇的事，那就暂缓一步，反正礼钱一时半会儿也是凑不齐的。

牛德承大清早急着出门，就改变了昨天和刘候娥打定的主意。他没有去后沙塔村赶客车到鄂东市去打工，而是去了那些亲戚家，将人家好不容易应承下的钱先借到手。他要用这些钱打发远昌去省城上那个所谓的大学。这个上午，牛德承借钱出奇地顺利，现在只差九十几元就可凑到整整两千元了。但是，待下午再到其余较为生疏些的亲戚及熟人家借钱的时候，他就感到了异常的不顺利。接下来的三四天里，奔波的结果完全让牛德承泄气、绝望，眼看就到了西苑大学报名的最后期限，牛德承只好先将拼凑起来的两千四百五十六元钱全部拿出，打发远昌上路。牛德承说："先拿这些钱去报到，等信用社贷的款下来后，我就马上给你寄去。"

牛远昌独自一人带了这么多钱，而且又是第一次出远门，牛德承多少有些放心不下。但是，来回几百元的费用，又使他陷入了两难的境地。

牛远昌却坚决不让父亲去送他，甚至不让父母陪他到公路边去等车。

两位老人就只好倚立家门，目送儿子离去。

看着儿子远去的背影，一种从未有过的豪情壮志从两位老人心中如太阳般地升腾着、壮阔着，直到有热泪遮挡住了双眼。

现在，儿子走向的这片阳光地带，既让两位老人激动无比，又让他们感觉陌生而茫然，但更让他们感觉到：今后的生活重担将会更加难以承受！

其实，包括牛远昌本人在内，大家都已无法判断出前面的道路会通向何方。

第四章

九月末，无论是旱死的还是半死不活的庄稼，都统统以成熟的姿态呈现出土黄的色彩。此刻，天空纯净得如同刚刚漂洗过的湛蓝色绸缎。这块缎面高高地悬挂在人们头顶之上，将一种令人神往而又无望的空寂留给世人。

石峁村今年彻底地遭了旱灾。除过极少的水浇地有些许收成外，其余的指望几乎落空。中秋节过后，眼看着秋风刮起，寒露将至，庄稼人陆续开始在曾经艰辛挥洒过汗水的土地上，收获那仍不甘心的希望。

旱灾之年，收获的希望已彻底落空。牛德承遂将希望全部寄托到了二儿子牛远昌的身上。现在，他已想方设法给乌拉镇信用社的张主任送去了全家仅有的多半袋子小米和一小袋子绿豆，终于从张主任那里贷到了五千元。他本想贷一万元，但张主任说，上了这个数就得进行财产抵押。他牛德承没有值钱的东西可做抵押，就只能贷到这个数了。

牛德承又挖空心思从别处转借了些钱，与贷到的款额正好拼凑起七千多元的现金。牛远昌上次走时，身上带了两千四百五十六元，这样加起来已近一万元钱。牛德承估计，这半年上大学的费用总该够了。

现在，牛德承正焦急地等待着远昌来个信儿。得到他在省城上学的详细地址后，他就请信用社张主任将这些钱马上寄过去。

正当牛德承等得有些心慌意乱的时候，牛远昌却意外地回到了家里。

从他上大学踏出家门，到如今踏回家门，前后正好是十多天的工夫。

牛远昌在离开家门的第二天，就来到了省城。

他按照那位招生人员所提供的地址，费了好大的功夫，终于找到了那所西苑大学。他拿着"录取通知"，到写有"西苑大学成教学院"报名处的地方报到。所有资格审查、安置专业、分配班级等一整套手续都在极短暂的时间内异常顺利地办理完毕，只是在最后要缴纳全年八千五百元学费的时候，他被彻底地阻挡在了门外。

后来，牛远昌说清楚了自己的实际困难，恳求校方推后几天再交学费，学校欣然应允。紧接着，学校派了辆大客车，将他们当天前来报名的二十余名学生送往目的地。这辆汽车从偌大的西苑大学出发后，牛远昌终于长长地舒出了一口气。这时候，他才稍有情绪，隔着车窗对美丽的西苑大学投去赞叹而又羡慕的一瞥。

这所大学从外观来看，少说也有上百年的历史。从看到的情况来判断，学校占地面积足有半个耿县县城那么大。一路上，只见校园内地域开阔、植被茂密、古树参天、鸟语花香。汽车沿着校园内的林荫大道缓缓穿行，不时会有别具一格的花坛雕塑、亭台楼阁出现在眼前。一座座气势雄伟的建筑，犹如精美无比的风光影片，正从人们眼前闪过。想到自己马上要融入其中，牛远昌心里不由得一阵阵地激动。这个时候，他已将自己的困难处境和烦恼完全忘在了一边。

牛远昌没想到乘坐的这辆大客车竟然驶出了西苑大学校园，猛一转弯，驶上了一条环城高速公路。汽车风驰电掣般地凶猛向前，竟不知要驶向何方。

"离开学校，我们要到哪里？"

"不是说到班里报到吗？怎么离开了学校?!"

同车的二十几个人都感觉有点不对劲儿，纷纷焦急地喊叫了起来。

"别叫！别乱喊叫！一会儿到了地方，你们就明白了，现在解释你们也不会明白。"一个戴金丝边眼镜、看上去文质彬彬的年轻男教师从最前排的座位上站起来，示意大家少安毋躁。

大家暂且平静了下来，但每个人的心头都布满了疑云。大家阴沉着脸，无可奈何地等待着未知的结果。

大客车在高速公路上急速行驶了近一个小时之后，左右兜了好几个圈子，又驶上了一条便道。此时，车窗外面间或可见绿油油的田野、低矮的房屋以及不太雅致的楼群。一切黯然失色下来的稀疏景致提示大家：现在已是到了近郊区、郊区……车上再度混乱不堪，焦躁的情绪一浪高过一浪。正当群情激愤的态势愈显激烈、几近难以控制之时，这大客车也像是被惹得生气了一般，忽然，凶猛掉头，驶入一处很小的院落后，便气呼呼地停息了下来。

大家下车后，第一眼看到的便是院子里仅有的那一小排三层楼房，以及楼房顶上的那几个赫然醒目的大字：西苑大学成人教育学院。

众人立刻明白：这坐落在郊区的民房式院落，正是他们现在真正要上的大学。

大家顿时有了一种受骗上当的感觉。

几个和牛远昌类似的刚走出高中校门的学生，纷纷要求退还学费回家。

然而，来这里的大多数学员，因为都是单位在职员工，如今出来脱产学习，也只是为混个文凭而已。他们一边骂，却一边动手搬运着行李，作出默认状。

侥幸没有缴学费的牛远昌此时有说不出的悲哀。他扛着铺盖卷，漫无目的地在长安街头挪动着，脑子里却一片空白。

眼前一座气势恢宏的建筑将他的目光吸引了过去，紧接着，"西北政法大学"这几个金光闪闪的大字便映入了他的眼帘。他心头一亮：这不是李华同学今年考取的那所大学吗？

对！就去找找李华吧，看看老同学能否对自己眼下的处境出个好主意。

好不容易找着了李华的班级，又寻到了他的宿舍，但就是不见李华的影子。室友们告诉牛远昌，李华趁着今天是周末出去了，好像是参加一个老乡聚会活动去了。

连日来的奔波让牛远昌感觉实在是太累了。在征得室友们的同意后，他竟一头卧倒在了李华的床铺上昏睡了过去。临睡前，他看见墙壁上挂钟的时针指在了下午的四点一刻。

蒙蒙眬眬中，像是有人推搡着他，并在耳边敲着饭盆，直嚷嚷着让他去吃饭。但他终未能够彻底地清醒过来，之后不久，便又沉入梦魇。

终于，有人将他扳扶了起来。

待他完全睁开了那红肿着的双眼，看见时针还是指在了原来的那里：四点一刻。

不过，这已是第二天下午了。

透过昏暗的影子，眼前的轮廓渐渐清晰起来。

在一刹那的亮光之中，突然一下子冒出个你心底一直希望出现，但又总觉得不可能出现的人物，此时，睡眼惺忪的牛远昌正是被奇迹般地站在他面前的杨丽丽给惊得目瞪口呆。

他感觉似醒似睡，迷迷糊糊中，一颗心一阵紧似一阵地在整个胸膛凶猛地冲撞起来。耿县的同学们一下子将牛远昌团团围住。老乡聚会活动，今天下午转战到了李华所在的学校。在发现牛远昌的一刹那，杨丽丽同样是一阵惊愕。她稍作镇定，轻轻地甩脱了被男朋友韩志华紧挽着的手臂，情不自禁地走上前去，拉起牛远昌的双手，就要往外拖。

"走，远昌，跟我来！"杨丽丽难抑心中喜悦、兴奋之情，紧紧地拉住牛远昌的一只手，她对大家，更是对男朋友韩志华说："招呼远道而来的老同学的任务，就由我来完成好了。"

通过这一天多的接触，大家对杨丽丽开朗大方的秉性早有领教。她对初来乍到的牛远昌表现得如此热情与主动，包括韩志华在内的所有人，并没有太多的非议。

李华走上前来，拍了拍牛远昌的肩膀，对着杨丽丽说："那你就先替我陪着远昌转转。我这就去食堂，为大家准备晚餐。不过，你可千万别把我们的好朋友给'俘虏'了。"李华一阵坏笑，忙去了。

杨丽丽对着大家挥了挥手，牵着牛远昌的手，左转右拐，躲过众人后，来到了校园内的一处花园。牛远昌一直以为自己仍然是在睡梦之中。终于，一向沉默寡言的牛远昌此时对着杨丽丽，一下子找到了想说说话的那种感觉。如果牛远昌是刚刚从冬眠中醒来的一只动物，那么，此刻的杨丽丽正是温暖他周身的太阳；如果他是那久旱的蔫巴巴的庄稼，那么，此刻的杨丽丽便是那救命的雨水了。

牛远昌绝对是以极其动情而又沉重的叙事方式来讲述自己所遭受的经历和面对的人生问题。要不，心中向来难藏只言片语的杨丽丽是决不会一言不发，并继续沉默下去的。

沉默并不是无话可说，而是要说的话太多。而沉默过后的杨丽丽却并没有太多安慰的话语要说。正像那太阳，又像那透雨，她现在是想要实际地来解决牛远昌人生的重大问题。

"远昌，依我看，你还是不要硬着头皮去上那些旁门左道的大学了。你是否有种虚荣心理，觉得不上大学就丢脸了？"杨丽丽一改明快、娇柔的样子，极严肃地盯着牛远昌，"其实，我离家上大学的那天，就看到你在工地上打工了。来这里后，我一直惦记着你的事。最近，我们系搞社会调查，我就专门选了高考落榜生的出路这一社会问题。后来，我突然想到了我二爸的房地产公司，那里正好缺个业务员。前段时间，我还一直想办法要和你取得联系，打算将你介绍过去。这下倒好，你终于自己找上门来了。看来，你牛远昌就是要由我来安排，你逃不脱我的手掌心。"杨丽丽边笑边说。

正如李华所戏言，接下来的几天里，杨丽丽果真将牛远昌"俘虏"到了她所在的西北大学。她还将他安排到了韩志华的宿舍过夜。韩志华和牛远昌本是高中同学，这样安排倒也无妨。

杨丽丽已经当着牛远昌的面，给她二爸打了电话。她二爸基本答应了她的请求，同意牛远昌到他公司上班。然而，杨丽丽还是不大放心，又另外写了一封信，让牛远昌去报到时当面呈给她二爸。但是，时至今日，这封信仍然在杨丽丽的手里，她要挽留牛远昌多转悠几天。不知怎么搞的，她总是害怕牛远昌接了这封信后，就会立刻走出她的视野。

牛远昌这几天的生活完全处于被动状态。杨丽丽为他找到了工作，并安排他一切吃住游玩。他说不出是感激还是激动，整日里只感觉有股难以说得清的暖融融的东西在缠绕着他。

每当夜晚，牛远昌躺在杨丽丽男朋友韩志华的床铺上时，他就会不由自主地想起杨丽丽曾经写给他的那封求爱信。这样一来，前后左右一搅和，他常常就会彻夜难眠。

凭直觉，杨丽丽绝对是对自己有好感的。这种好感一时难以说得明、道得清。这是一种灵魂相撞的沟通，是一种打烙在骨髓深处的牵挂和惦念，是一种无法从世俗功利的表象来进行客观推理和主观判断的。这就是人们平常所说的缘分？缘分就像一本书，翻得不经意，便会错过；翻得太用心、太投入，又会怆然而泪下。是啊，残酷的现实毕竟不是任何渺小的力量所能抗衡的。眼下，自己和杨丽丽的差距实在是太大了，无论怎样，韩志华和杨丽丽才是相配的，况且他们已相恋，自己岂敢有非分之想？牛远昌呀牛远昌，你真是不知天高地厚。就算是人家杨丽丽愿意和你好，你敢和人家好吗？

迷糊了几天之后，牛远昌终于从那团溺爱般的温柔薄雾中，彻底地清醒了过来。他当下决定：回家。

在做出这决定的一刹那，牛远昌感觉特别自卑，他为自己这几天的行为感到无比的愧悔。

为了避免和杨丽丽再有太多的接触，同时也为了在韩志华面前表明他和杨丽丽之间的清清白白，牛远昌大清早一起床，就和志华匆匆告别，扛起了行李卷就走。

韩志华要叫杨丽丽来，好一块儿去车站送他。牛远昌坚持说："就不必再惊动大家了。"他说，杨丽丽写给她二爸的那封推荐信，过几天可直接寄到她二爸单位，反正她二爸已电话答应接收他了，写信也是个多余。

韩志华当日给杨丽丽说起此事时，正是第一节早课刚下，杨丽丽将书包甩手扔给韩志华，独自冲出校门，顺手拦了辆出租汽车直奔车站。结果是，杨丽丽有点情绪失控地空跑了一趟，耽误了功课不说，还惹得韩志华心里疑疑惑惑的怪不是滋味。不明不白的，两人的关系就紧张了那么一段时日。

　　对于二儿子的选择，牛德承说不出是喜还是忧。现实地讲，如今远昌在这家房地产公司打临工，总算能养活自己了。而若真去上学了，那么昂贵的学费，还真是让人难以承受。

　　牛德承的三个儿子，是他这一生一世的希望和依靠，三个孩子的前途和出路问题，正是他眼下必须攻克的坚固堡垒。对二儿子这座堡垒冲锋陷阵了一个阶段后，他觉得如今该是停火观望的时候了。现在，他将主攻方向转向了大儿子。他给自己确定的目标是：年底前，定要让定昌将媳妇娶过门来。他不信，自己就啃不动杨狗吃这块硬骨头。

　　不过，一想到杨狗吃索要的那两万元彩礼，他的兴头就又败下来了。好在远昌不上学了，原本为他借贷的近万元学费，现在正好就送到杨狗吃手里了。至此，杨狗吃这块硬骨头总算被牛德承啃下个尖尖角。但是，一想到还欠杨狗吃一万多元的彩礼，要赶在年底前结清，牛德承心里自然又寒怯起来。

　　有人被时代的风潮推向了浪尖，而牛德承则是被儿子们面临的困处卷进了命运的旋涡。他现在是人在旋涡，身不由己，无论前面是激流险滩，还是那万丈深渊，他都要按部就班地去涉足。

　　到了他这个年龄，谁都难以逃脱被某种旋涡揉动旋转的命运。

　　眼下，牛德承正是被这种旋涡由二儿子的那一面，旋转到了大儿子的这一面来了。与二儿子那一面不同的是，他现在面对的难题更现实、更直接，那就是单纯的金钱。一分钱逼倒英雄好汉。现在，要牛德承做的，不是出谋划策，而是想方设法老老实实去弄钱。有一分钱，就能算上一分钱；少一分钱，就啥也不是。

第五章

　　牛德承觉得，他们老牛家在他这辈子里，是又没有希望了。有一天，他放羊路过张候树家的祖坟，只见这里三面环坡，一面向阳，有一条清澈的小沙河从前边流过，像是有意环抱着。他想：张家的祖坟也许正是因这条小河的滋润、补养，终于出了张跃这么个大学生。我们牛家的祖坟也是三面环坡，但是北边却有一个缺口，往往北风吹扬，沃土尽数随风卷走，要不是年年清明节在这缺口上栽红沙柳、扎黄沙蒿，那么，这里应有的底气，也许早就被吹扬得荡然无存了。

　　突然，牛德承灵感闪现，竟有点激动不已，要想远昌这娃娃有个出息，还是尽快将这祖坟搬迁了，另外安顿到一个阴泽厚旺一些的地方去。哎呀，要是早点搬了这祖坟，说不准远昌早就考上大学了！

　　但是，他回过头来又一想：现在的问题是，这孩子已死活再不肯补习了呀！不去补习，即使搬迁个好坟地，他又到哪里去考学，能出息到哪儿？

　　牛德承反反复复这么思量，满腔的焦躁难耐，实在是不知所措了。

　　一只小花羊悠然地啃着青草，缓缓地往牛德承的脚边亲切地靠过来。

　　对这柔弱的小生命，一向百般疼爱并守护着的牛德承，今天不知是怎么了，突然狠狠地一棍子敲下去，一下子便击中了那羊的后腿。小花羊突然遭袭，异常惊慌地跛着一条后腿，拼命狂逃。

　　牛远昌落榜，牛定昌从师学艺未还，牛吉昌到乌拉镇去读书未回，这

43

个家庭就更是日复一日地消沉静默了，偶尔的一两声牛哞、驴叫、羊咩、猪哼、鸡鸣、狗吠声传来，倒显得特别生机勃勃。

牛德承两口子出完早工，刚从地里回来。现在，郭高娃正撅着屁股一个劲儿地往灶火口里添着柴火，开始做早饭了。

牛德承坐在炕沿边，端着水烟锅子不停地向着那盏豆油灯靠近又移开。在柴火的噼啪声中，他突然听到门外有脚步声传来。

同村的瘸跛子张二换，被郭高娃热情地迎到了牛德承的面前。坐在炕沿边的牛德承将双脚向下稍一倾斜，烂布鞋"啪"的一声，顺从地掉在了地上。张二换双手在炕上一抓，双膝跟着就跪了上去，然后，四肢联动，便速速地爬到了炕里边。张二换叫过一声"牛哥"后，将那因小儿麻痹而留下瘸疾的左腿吃力地向上一抬，他那尖瘦的臀部就贴到了牛德承刚刚坐过的那个留有余热的屁股印上了。

牛德承将水烟锅子向张二换递来。张二换没接，顺手将放在炕角圪坮的老旱烟锅子捏在了手里。他将金黄闪亮的干碎了的土烟叶子装进了烟锅，按了又按，直到结结实实了才侧躺了身子，将长长的烟杆探了过去。那烟锅头对准了牛德承脚边的豆油灯，豆大的火苗向烟锅里钻了好几下后，他就直起了腰，有滋有味地贪婪地过起了烟瘾。

"德承哥，定昌的对象有眉目了，就看你要不要。"瘸跛子张二换一连三锅子老旱烟下肚后，随烟冒出了这么个"炸弹"。

牛德承不相信被这么好的"炸弹"击中，惊诧地急问："二换，你说啥？你说啥来着?!"

"哎呀，定昌的媳妇，看你要不！"

"要呀！怎能不要？我想媳妇都快想疯了！"

牛德承是说，他想着要给定昌说个媳妇都快想疯了。两人话语赶得急，让外人听了，还以为是给他牛德承自己说媳妇呢。

"那你请个媒人，这几天就到同村的杨狗吃家去说合说合。"张二换重新给老旱烟锅子装上烟，向牛德承递来。牛德承将手中的水烟锅子晃了晃，说："你说的是杨狗吃家？上回去了，人家已经回绝了咱，再厚颜没脸地去求人家，能行吗？"

"哎呀，德承哥，前几天杨狗吃对我说了，说是你家的定昌现在学手艺又出门在外，有出息了，若还想要说他家的大闺女，就请个媒人过去吧。"

这样一来，牛德承便对张二换所言深信不疑。他"噗"的一声，异常畅快地吐尽了水烟锅子里的烟，顿时觉得一身轻松、一身爽快，浑身的筋骨不由得兴奋起来。当郭高娃将饭菜端上来，他连看都没看一眼，就穿着那双破布鞋走出了院落。

郭高娃一边招呼张二换吃饭，一边问清了缘由后，也匆忙小跑着撵了出去。

张二换双手抱碗，急急地往嘴里扒拉着饭菜，狼吞虎咽。他心里想：我在家一人，出门也一人。这下倒好，趁机多吃他几碗，今天就再不用自个儿生火胡熬乱煮地瞎吃了。

准备前往后沙塔村直奔杨狗吃家打探虚实的牛德承，出门往北，翻过第二道黄土坡后，就被郭高娃撵上了。这女人双手提着上回乌拉镇武装部的那位同志退回来的烟酒，气喘吁吁地挡在了老牛的面前。牛德承眼盯住她的脸，顿时笑得前仰后合，最终才捂着肚子说："你就这模样去见'亲家'？"

郭高娃连忙用手擦了把脸，脸上的煤灰即刻便涂满了双手。她连忙又以手抹脸，手上的乌黑复又罩在了脸上。从手上到脸上，又从脸上到手上，顿时就涂抹得一塌糊涂。牛德承突然就不笑了，他着急而嗔怒地说："哟，一个老鼠害一锅汤，你这不是成心要搅和了这桩好事吗？"

郭高娃将双手在沙子上一阵乱蹭，手上的乌黑就被沙子擦得如同水洗了一般。然后，她双手将脸一擦，脸上的痕痕道道就少了许多。如此反复几次后，她的手和脸便被这沙子擦洗得一干二净。"洗"过脸后，郭高娃才说："老牛呀，你就空脚落手地去人家杨狗吃家呀？我是给你来送这些烟酒的。二换还在咱家，我还得回去照应，你就拿上这些自个儿去吧。这回说

啥也要将这儿媳妇给说成了。定昌眼看就快三十的人了，难道真的要让这娃娃打了光棍不成？"

郭高娃一个"光棍"出口后，牛德承就蔫下来了。他接过郭高娃递来的烟酒，缓缓地将手向她沉重地一摆，夫妻俩就各怀了沉沉的心事，一南一北地走开了。

快到杨狗吃家时，一阵狗叫声突然将陷入沉思状态的牛德承惊醒了过来。

他陡然回过神来，猛然想到：对呀，我得先去请个媒人。要不然，下次请了媒人再去杨狗吃家时，还得再去买些烟酒啥的。那样一来，这次的这些烟酒不就白搭了吗？哎呀！杨狗吃家的这狗可真好，多亏它及时提醒，才节省了许多。

牛德承折过身，左手搭在额前，挡住了刺眼的阳光。他看了看太阳这时所处的方位，心想：对，请到媒人后，正好是歇晌午的工夫。这样，人家杨狗吃才好有闲空来和咱说合这桩婚事。眼看着接近晌午，太阳渐毒，天气愈热。牛德承干脆就在杨狗吃家的南沙梁上就地挖了个坑，将烟酒埋了，上面用沙蒿扫过刨挖的痕迹，又做了些简单的处理。可以肯定，除他以外，任何别的人是不会知道这里有东西的。埋好了烟酒，牛德承就一身轻松地折向南行，原路返回，请媒人去了。

牛德承要请的这个媒人，住在石峁村的最南端，是方圆百里声名远播的高福些。此人虽年过花甲，但看上去却像刚到不惑之年的样子。这一点就不像一般庄稼人——本来才刚四十来岁，看上去却像六十岁似的。

某一年，也是像如今的这大夏天，当时，不满十岁的高福些在自家屋后的大榆树底下睡觉。突然间，一阵旋风从他头顶经过。这旋风越旋转威力越大，所掠之处，沙尘被急速卷起。它气势凶横，劫掳无度，行无定势，呈圆柱状，眨眼间，竟将那棵老榆树连根拔起，吸卷褒挟进了风眼。高福些当然也就无从定身，只轻轻地一旋绕，就一同被卷入了那一风眼。高福些一惊，费了九牛二虎之力，终将自己从这梦魇中挣脱了过来。

他人虽醒了，但这梦境却一直挥之不去。直到后来，他常常犯迷糊，还时不时蹦出些莫名其妙的惊人的怪话来。他说，张三在年三十里走了。结果不到半年，有一天，张三临睡时还好好的，半夜里，突然一声接一声杀猪般地号啕过后，便口鼻冒血，怪异地直挺挺地死了。他说，李四家要出乱子了。结果一月未出，李四的媳妇挺起了一个大肚子，这肚子越长越大，直到有一天尿尿时，突然涌出了一摊接一摊的黑血，肚子随之一瘪，人就紧跟着蹬腿瞪眼地完了。

从此，人们就再也不敢对他所说的话语半信半疑，或者一笑了之了。

村里上了些年纪的人，首先对高福些家屋后的那棵老榆树有了兴趣。这棵老榆树，五个大男人手拉了手才能勉强将它环抱起来，榆树浓荫如盖，敦实粗壮，枝头百鸟栖息，枝叶扶疏，早晨和傍晚隐约可见云雾缭绕其间，似乎透出了一股神秘的气息。打从村里最年长的人记事时起，这棵老榆树就是这般模样。人们推算过，时至今日，它少说也有几百年的树龄了。在茫茫沙滩草地，竟然生出如此茁壮强悍的大树，村民们本来就对它有了一种敬畏之感，而高福些这娃娃在这棵大树底下睡过之后，突然间，就说出了如此骇人听闻的警世预言。至此，大家就开始对这棵老榆树已经修仙成神的说法深信不疑。

老榆树修炼成仙的说法，一传再传一直到最终被确认后，村民们立刻在它的周围盖起了一座庙宇。

这庙宇院落宽阔，老榆树静默地矗立在院子中央，披红挂绿，烟火缭绕。

高福些就是随着这棵老榆树的逐渐荣耀发达起来的。后来，他的怪话一出口，人们只要到这庙上一祷告，经他神神道道地禳治一番，保准就不会有事。再后来，高福些长大了、成家了，怪话也不说了，但敬畏他的人却一天比一天多，前来求他预凶测吉、上庙求拜者更是一拨又一拨的。直到如今，虽是农村长大，但他不会营务庄稼，在沙窝窝里活到这么老，居

然难以分清哪是禾苗哪是草。就这样，他与老榆树一样顶天立地，而又鹤立鸡群。他矮墩白胖，整日摇里摆出，一晃已是六十多岁的人了。除了有妻无子女外，他就是比别人有福享、有威望。

眼看就要过了讨老婆年龄的牛定昌，这次要想将杨狗吃家的女儿杨秀柳娶到手，绝非易事。而若能请动高福些来做媒人，那当然是再好不过了。借助他的威望，这事可能希望更大。

这天，临近中午时分，牛德承终于步行来到了高福些的家。

在牛德承家往南的十里地处，便是高福些的家。这样算来，牛德承是多绕了二十里的冤枉路，却省下了一瓶二锅头酒和两条黄公主香烟。他以为，那些烟酒安安稳稳地埋在了杨狗吃家的南沙梁上，除他以外，是不会有人能够挖掘到的。

高福些的家如今已在榆树庙的前坡下面。牛德承判断得一点没错，夏忙季节，正是神事的淡季，福些老人在这一阶段，一般没人叫，常在家里，今天也不例外。牛德承从高高的榆树庙往下走时，就已经看到福些老人正在自家院子里的一棵大树底下乘凉。自从榆树"成仙"后，福些老人就养成了在树荫下纳凉的习惯。

牛德承急急忙忙走进院子，看见福些老人双眼闭着，半躺在一张藤椅上面。那把黑漆漆的铁扇，握在左手，半开着置于滚圆的腹前，胖乎乎的胸脯，隔了白生生的背心，正均匀地一起一伏。

牛德承抹了把脸上的汗珠，看着那把扇子就要掉地了，他正要伸手去拿过来时，却发现福些老人的手同扇子一起掉地，然后，又突然一同上举，紧接着就在半空中扇了开来。

原来福些老人是醒着的。对了，这神人看似睡着了，其实，本来就是醒着的。

"德承，大晌午的，有事？"

"……"牛德承看着福些老人睁开了蒙眬的细眼缝，他赶忙对老人笑了笑，努了努嘴，竟然不知话从哪里说起为好。看，只顾赶路，竟忘了盘算两句正经词了，万一贸然开口，话不投机，福些老人不肯做这个媒人，问题可不就大了？

牛德承是老实人，就这老实脾气。他一紧张，干脆就老实得一言不发，做起了实实在在的老实事来。只见他将灰布上衣胸部以上的那三颗纽扣从上往下依次解开，一只手吃力地伸进了贴身内衣兜里，从里面摸了半天，隔着布衫掏出塞进了几个回合后，终将那确切的十元钱捏在了手里，递在了福些老人的面前。然后，他才总算找到了说话的机会。

"老叔，你看，大热天的，我也没好带个啥，就这，这……"牛德承举着十元钱，在福些老人眼前展示出一道优美的弧线后，便卑躬笨拙地将钱压在了老人旁边的水杯子底下，而后，他心里一下子便踏实了许多，遂理直气壮地说明了来意。

福些老人听了之后，半天一语未发。

牛德承瞟了一眼水杯下面压着的皱巴巴的钱，觉得自己出手的确是有点儿小气了。正当牛德承无限谦卑地狠狠自责之时，福些老人已吃力地伸直了身子，扇子轻轻摇过后，一股暖烫烫的热风扇进了他的耳朵眼："今天这时辰去不得，明天太阳上来一竿子高时，拉个毛驴车来接我。驴脖子和驴尾巴分别系上一小片红布和绿布，明天到了杨狗吃家后，将红布、绿布取了，揣在怀里，不要声张。"

福些老人说过这话后，从神案上分别取下了一小片红、绿布，递在了牛德承的手中，便头也不回地起身进屋去了。

牛德承猛一愣怔，突然双膝跪地，异常虔诚地磕了个响头，嘴里说了声"报答神恩"后，激动得泪水都流了下来。

第二天，天还未亮，郭高娃就将饭菜做好了。牛德承胡乱扒拉着吃了几口，一看窗子上亮堂起来了，就将毛驴车套整好出发了。出发前，他特意将系红挂绿的毛驴检查了一遍，确信自己的老婆完全按他说的做过了，这才放心。

鲜红的太阳在大漠边上刚刚露出嫩脸儿的时候，牛德承就已赶到了榆树庙的坡上。现在，他就站在这庙坡上，定定地看着那太阳一点一点地拔高。他要等到这逐渐刺眼的红嫩的脸儿升到一竿子高时，就奔到坡上去，将福些老人接上，去干一件大事。一想到就要干成这样一件大事情，他心里就激动无比。

　　牛德承一直等到太阳爬到一竿子高时，才将福些老人接上，一阵快"驴"加鞭，来到了杨狗吃家的南沙梁上。

　　牛德承今天没有带任何礼物，他的礼物早在昨天就已埋藏在了这沙梁上。

　　在杨狗吃家的南沙梁上，牛德承叫定驴车，看了看车上的福些老人，说："老叔，现在就将这驴车身上的红布和绿布拿下？"

　　老人看了看，前面就是杨狗吃家了，就点了点头。

　　牛德承溜下车来，先将驴脖子上的红布片解下，后将驴尾巴上的绿布片松开，然后将它们一块儿裹了。牛德承正要将这两片布揣到怀里时，福些老人却示意，将布片拿给他。老人接了这布片，双眼略微向上一翻，白着双眼，对着布片吹了三口气，之后，又将布片递了过来。牛德承连忙将布片小心翼翼地接在手里，牢牢地揣进了怀里，一如揣着救命的菩萨。

　　"老叔，你先下车走几步，我在这儿撒泡尿，马上就到。"牛德承想，先将福些老人支走后，才好将埋在这里的烟酒取出来带上。这样，才好有情有义地到人家杨狗吃的家里去求亲。

　　福些老人早就坐得双腿有些困麻了，遂应声下了驴车，缓缓地顺着沙坡下去了。

　　牛德承装作撒尿的样子，来到了昨天埋藏烟酒的那地方，禁不住就将深黄的尿水撒了一裤裆：妈呀，我的妈妈呀！这烟酒让谁就给开挖走了？！

　　——埋烟酒的地方，现在已被挖成了一个大沙洞。

　　后来才知道，这是杨狗吃家的那只大白狗，嗅到酒味后，一阵刨挖吼叫，将杨狗吃给吸引了过来。因此，牛德承给杨狗吃带来的这些礼物，在他那天刚埋下还不到半个时辰后，杨狗吃就已经收到了。杨狗吃当时看到他家的那只大白狗正对着一个大塑料袋子狂撕乱咬，还刨了个大坑，他就觉得这家伙可真有灵性：不知它从哪里叼来了这些东西，现在还打算挖个坑埋了，难不成等以后享用？

待杨狗吃发现那些东西是些有价值的烟酒后，他就赶忙将它们从狗嘴里抢夺了过来，据为己有。

这就是高福些和牛德承坐在了杨狗吃家的土炕上，边喝茶水，边谝闲话时，杨狗吃讲给他们的稀罕事。杨狗吃讲述这件古怪事情的时候，惹得他老婆李兰香和两个闺女秀柳和秀梅不由得发出了一阵又一阵的哄笑。在这阵阵哄笑声中，牛德承觉得裤裆里又有了一股细水。这水一热，他连忙憋住，磨蹭着下了炕，到南墙根底努了半天，却也未见着撒出多少尿来。

再次回坐到杨狗吃家土炕上的牛德承，没有了任何的思维。木讷得有点发傻的牛德承，给杨家的第一个印象就是：这老牛，可真是个老土疙瘩！

高福些和杨狗吃天上一言、地下一语，闲谝得终于有了个空当的时候，牛德承双手颤巍巍地将三百元钱递了过来："狗——狗吃兄，你看，来你家门上，我也没带个啥，这——这三百块钱，你就暂且买点烟酒啥的……"

牛德承话未说完，福些老人就一把拿过了他手里攥着的那几张纸钱，转而塞在了杨狗吃的手心里，直截了当地说明了来意。

杨狗吃其实早就预料到了牛德承会来他家门上求亲，因为他曾给瘸跛子张二换有意透露过这方面的意思。但是，他没有想到，这一回牛德承居然换了个媒人，竟将神人高福些给搬来了。高福些就是高福些，求亲可以，但彩礼却万万不可少要。他心里想：我杨狗吃这辈子就这么两棵白菜心般水灵灵的女儿，连个儿子也没有生下，如果彩礼再不高要，将来两个女儿都跟着人家跑了，剩下我们老两口无人光顾照应，还不给活活地饿死？

令高福些惊奇的是，对杨狗吃提出的两万元彩礼，牛德承竟然一口应允。作为媒人的他，竟然还没讨价还价发挥作用，倒落得个轻松省事。也许是牛德承的那儿子在外发了大财，有钱了。也罢，我这媒人倒当得省心，

省去了不少口舌。

其实，心胸狭窄的牛德承是一直在为那件"狗事情"而生气着的。他这人又犟性子得厉害，越气，就越赌气；越烂，就越摔烂。因此，杨狗吃彩礼要得越多，越使他不能负担，他就越是坚决应承，绝对要担当。这样一来，一桩亲事就在牛德承的气头子上被赌了回来。

这门亲事大概就约定成了这样：他牛德承的两万元彩礼钱一到，杨狗吃家二十三岁的大女儿杨秀柳就能做他家二十六岁的大儿子牛定昌的媳妇。一句话，有钱了，杨秀柳是他牛德承的儿媳妇；没钱了，杨秀柳还是人家杨狗吃的女儿。杨狗吃说不准在哪天还会将他的女儿另聘个人家。但是，在有钱的前提下，他牛德承的大儿子还必须要将手艺学成功。

两万元在牛德承的心里究竟是个什么概念呢？时至今日，五十多岁的牛德承连两千元钱放在一起是个啥样都未曾见识过。他接触最多的钱数是前年卖那头老黄牛的时候，那买主将整整十八张百元大钞摆弄成一个扇形后，又"唰"地一合递给了他，他当时就被这众钞云集的造型和气势给镇住了。但这钱来得唬人，花得也快，还没半天工夫，就被各路债主索要一空。当时，是为了供养二儿子远昌念书，才不得不将家里那头唯一的"壮劳力"给卖掉了。后来，没有畜力连地也没法种了，才不得不再度借债买了那头小毛驴。

这几天，牛德承就思索着该如何弄置这两万元了。他和老婆郭高娃算计过，他家除了一溜三间土木房和那头小毛驴外，就剩十几只羊、几只鸡和一头猪了。要不，就将这些家产全部卖掉？但是，那也不过只是三四千元罢了。借债？为供远昌、吉昌念书，已经欠下一屁股的债了，还能到哪里去借呢？

平日，土里刨、沙里滚，埋头劳累，不想不算，也就那样活过来了。如今，这细细地一思索，牛德承顿时觉得窘迫难耐，活不成个人了，加之胃病一犯，他就真的想到了去死。还是郭高娃心大些，她觉得，既然往出想无路，那就往回想吧。既然比上不足，那比下不就有些余头了？余头多了，心头不就宽泛了？她心想，管屎呢，活了一天没一天，车到山前，总该有个路路呀。于是，她就给牛德承讲东家的苦难事，西家的绝命事，南家的难场事，北家的破屁事。牛德承听了后，也觉得不管怎么说，现在三个儿子都已拉扯大了，而且一个学手艺，两个还念了些书，都出门在外，说不定总还会有些出息的。别的人家，还真的不如他们呢。虽说他杨狗吃家生活富裕、财气粗，张口就是两万元，但就两个女儿，连个长把把的都没有。神人高福些，乡里乡外受人恭敬，富甲一方，却没有生养，无人延续香火……唉，看来人人都有愁苦的事，家家都有本难念的经，活人也都难场。这样一想，牛德承心里便豁然开朗。他将止痛片扔在了一边，他坚信，只有婆姨郭高娃才是养治他胃病的最好良药。

但是，话说回来，郭高娃也仅仅是个止痛药而已。因为，路总还得往前走，这两万元还就得他牛德承想办法来弄。他不惆怅是暂时的，惆怅是长久的。

思来想去，牛德承这就踏上了"走西口"的路途——到鄂东市去打工。顺便也好看看定昌师徒二人究竟怎样了。

第六章

　　春节还未过完，王越贯便引领着牛定昌出门打工去了。师徒二人在距石崂村往北三百余里的考乌素镇，用了近三个月的时间，为几家致富了的农户修盖了数间平房，做了三整套家具，翻修了两处牲口圈室之后，又一直北行，到了鄂东市打工。

　　他们先在市郊以每月几十元钱的价格，租了一间简易房屋。牛定昌看着这四面干垒砖、上边盖木板、里边老鼠乱窜的奇特堡垒，正寻思着该怎么住人的时候，他的师傅王越贯已从外边抱回一摞砖块，腋下夹着三四块木板。牛定昌立刻明白了，师傅要在这地面上支撑起个双人床面来。

　　一切拾掇停当，安了家后，已是午后两点多钟了。师徒两人解开干粮袋，匆匆吃了几大碗干糙米。牛定昌很得意地仰躺在木板上面，用身子前后一等，说："这窝还挺舒展的。"

　　牛定昌的脑袋一挨着铺盖卷，浑身立刻就酥软了下来。他刚才还在说什么，话一停，鼾声紧接着就上来了。

　　小暑已过，大暑将至，日头正是一年之中最为狠毒的时候。王越贯上身一丝不挂，下身穿个短裤头，正汗流浃背地在门外紧挨窗子的地方垒着灶台。等到牛定昌睡眼惺忪地出来撒尿的时候，王越贯已经开始在灶台上生火做饭了。

　　牛定昌将一泡尿撒入了夕阳的余晖中之后，便彻底地清醒过来。他十分歉疚地接过师傅手中的做饭勺子，急急忙忙地忙活了好一阵后，热气直冒的黄米焖山药饭便端在了师傅的面前："王叔，你垒的灶火真旺，往后做饭就省事多了。"

王越贯自从收了牛定昌做徒弟后，他每天的生活起居就有人为他打点了。现在，他遇到的一个最大的难题是：难以找到活干！师徒二人每天早出晚归，到满城里的各个大大小小的工地去转，竭力打探哪个工地缺人手，是否需要雇人。但是，每到一处工地，当他们千辛万苦满怀希望地找到包工头后，工头们都是以不同的态度给了一个类似的答案：现在正是夏闲时节，农民工正大批拥入城里，各个工地更是人满为患。工资降得很低了，还是有人来干。你们俩实在要想干，就只好有饭没工钱了。

师徒二人一听，心想：实在没办法了，只要肯白卖力气，还是可以换碗饭来填饱肚子的。

在刚开始满城转悠寻找营生的几天里，第一次进城的牛定昌感觉一切都特别新奇，特别刺激。牛定昌一入闹市区就会变得呆滞迟钝，就会傻傻地发愣。那些川流不息的人群、车流，各种色彩斑斓、稀奇古怪的景致、物品一下子就将他的目光给死死地勾定，不得动弹了。望着那么多拔地而起、气势恢宏的奇特大楼，他惊奇地问师傅："王叔，那么高，人怎么进到里面，又怎么上去？"师傅淡然一笑，说："进到里面，就上去了。"

置身这热闹纷繁、耀眼闪亮景象之中的牛定昌，每天觉得像是在他们乌拉镇赶集，又像是在他们石岽村里过年。可无论是石岽村，还是乌拉镇，都已远远落后、逊色于这鄂东市了。牛定昌觉得，他原来真是白活人了，这么好的大地方竟没有来过，现在自己总算比那石岽村，甚至是乌拉镇的一些人要强多了，他们自出娘胎以来，根本就未曾见识过这等天地。

牛定昌这种见识过大地方的荣耀感，是在几天以后就被无情地打击了的。

由于长时间找不到营生，养家糊口的王越贯再也不愿继续闲待着吃老本了。他果断决定：到蔬菜批发市场去卸菜。王越贯细细计算过，他们在考乌素镇给人家盖房子挣来的钱，除过开支他们两个人的路费、吃住等花

销外，所剩无几。这样，如果再不另外找个营生来干，他一旦将挣来的钱全部花光后，就根本没法向老婆刘候娥交代了。更为严重的是，若一直这样待下去，最后，很可能就连回家的路费也没有了。

有钱是咱的大城市，没钱咱就待不成。牛定昌对自己处在这座美好城市的兴奋劲儿一下子就跌落下来了："唉，这个鬼城！"

现在，本是搞土木建筑能手的王师傅，携着弟子牛定昌，无奈之下，在鄂东市东郊的一个菜市场搞起打临工挣钱的营生来了。

这个市场的全称是鄂东市狼家梁蔬菜批发市场。这里距王越贯租住地足有五十里的路程，距市中心少说也有八十里。菜市场位于进城公路南侧的一个石头坡上，四周用低矮的红砖墙一圈，圈了大约百亩之阔的范围。从农村或郊区运来的蔬菜先在这里集中交易，然后再由小商贩们批发到城里的各个市场、门店去卖。

为了不影响干活，王越贯师徒二人花了几十元钱，从菜市场旁边的废品回收站买了两辆破自行车。简单修理后，两辆自行车就能驮着他们在菜市场和住地往返了。拉菜的大车一般会集中在晚上到来，白天零星开来的少量拉菜车，早在半路上就已经有人爬上去了，车一开入菜市场，那些人早就十分得意地忙活开了。好几个大白天里，王越贯就只有眼巴巴地看着人家卸菜，直到晚上车多了，才能轮上他和牛定昌来干。

白天，王越贯瞪着血红的双眼满市场打转，他一个劲儿地骂："妈的，苦也不让爷受了，给爷封皇帝呀？"

牛定昌看着师傅焦虑的神情，也甚是急躁地将满是血丝的眼睛揉得通红。突然，他灵机一动，说："王叔，咱们干脆白天睡觉，晚上出来干活好了，这白天等也是白等。这样整天不睡觉，迟早会将人给整出毛病的呀。"

"大白天的睡啥觉！要是跑这大老远地来睡白日觉，那还不如在咱们石峁村待着……"王越贯话未说完，却一拍脑袋，立即改了口，"对了，我这是想挣钱都快要想疯了。白天不是白白耗费精力嘛！快回，快回！好好睡，晚上才好多多地干，拼命地干！"他笑呵呵地盯着定昌，将定昌那只粗壮的手放入了自己的手心。又说："你看，我人上年纪了，脑筋也不灵光。只记得白天干活，晚上睡觉，就不曾灵活应用了呢。"

一连几天未合一眼，凌晨时分，师徒二人终于回去踏踏实实地睡觉去了。整个白天，师徒二人就在租住的房子里睡觉。

"王叔，王叔！八成是我们从昨天天不明开始，睡了一个大白天，现在，天又黑了。我们是继续睡觉，还是去卸菜？"牛定昌叫人的紧急情态像是狼来了。

王越贯被人从甜美的梦境中猛然叫醒，一下子对眼前的境况无法反应过来。他将被子向上一扯，又将头死死地裹定不放。

好几分钟过后，正当牛定昌又要去摇动王越贯蜷缩着的身躯时，那原本盖着的被子突然被掀翻在一边，里面冒出一张睁着血红双眼的愤怒的脸。

"睡个屁！卸菜，卸菜，就知道卸菜！

"还不快走，快快去卸菜！"

从这前后矛盾的喊叫声中，牛定昌想，师傅这是没睡醒，胡乱翻搅上了。听话音，师傅虽是厌倦了卸菜，却又要坚决去卸菜，这一矛盾的症结在他内心窝屈着，火当然就上来了。

"妈的，迟了！迟了！"在王越贯一阵强似一阵的吼怨喊叫声中，牛定昌默默地急蹬着破自行车紧跟在怨声后面，一路流涕，一路无语，没觉个啥，就来到了狼家梁菜市场。

与白天相反，晚上来的菜车出奇地多。师徒二人一入菜市场，还未来得及将自行车放好，就被车主吼叫着去卸菜了。

一主车拖一挂车，总共近四十吨的白菜、柿子、青椒等，车主愿出六十元卸菜钱。王越贯心里觉得合适，嘴上却说："少了，再涨点！"但车主却一口咬定说："不涨了，不涨了！再要涨，就去喊别人来卸了。"王越贯看看四周，暂且还没有发现其他前来卸菜的人，就不再理睬这车主。

牛定昌暗中扯了把师傅的衣角，将嘴巴支在了师傅的耳边，细声细气地说："王叔，行了，能卸了，卸吧。"说话间，车主就过来了，既痛快又

很不情愿地说："再涨十元钱。七十元钱，总该行了吧？但是，必须一小时之内卸完，否则一分不给！"

"行！"师徒二人异口同声地喊了一声，立即跳上了车，疯也似的干了起来。

师徒二人时不时地将手在额头上一抹，汗珠子便从车上甩在了车下。车主一个劲儿地催促着喊："今夜有雨，快干！快干！"

一个小时过去了，一主车菜眼看就要卸完了，但是那一挂车菜还丝毫未动。师徒二人却又累又饿，疲软困乏得再也欢实不起来。只听得他们互相埋怨："怎就死睡得连口饭也没吃？这活可怎么干呀！"

车主在下面继续催撵着喊："时间到了！再拖延时间，可就真不给钱了！还不再去找个人，一块儿来卸！"

牛定昌一听，觉得这主意不错。他正要去叫人时，一只手一把从后衣襟处将他给提住。

"你给我回来！咱们眼看就要卸完了，再叫人来，不是白白地来跟咱们分钱吗？"王越贯及时制止了他的这一贸然行动。

"那，再怎么说咱们还是不能按时卸完呀！又累又饿，我不干了！"牛定昌这一发火、一气馁，王越贯心里也跟着发了酥、着了软。紧接着，他就觉得整个身子骨似散架般地实在难以支撑住了。

王越贯歪斜着身子，跌坐了下来，他颤抖的双手无可奈何地向外一摆，牛定昌立刻便跑到一边雇人去了。

一个与牛定昌年龄不差上下，身材奇瘦的年轻人一起上手，终于在两小时之内将那近四十吨的蔬菜卸完，并整整齐齐地垒垛在了菜市场的西南角上。

车主一边说拖延了时间要扣钱，一边却将钱如数递给了他们。接钱的一刹那，王越贯手和腿抖动得已经不能自控。牛定昌一步跨上前去，将钱接了。但是，牛定昌也觉得双腿颤悠悠抖动得厉害，他的脚腕子也不由得一软，竟和师傅王越贯一同跌坐在了地上。

师徒二人喘着粗气，手里紧握着刚刚挣到的几十元钞票，灰溜溜地在满是星斗的天空下面，急切地探望着，看哪里能有个填饱肚子的饭馆。但是，这个甚是简单的愿望，在荒郊野外的夜晚是根本不可能实现的。师徒二人这才第一次感受到掏钱难买不卖的货是个啥概念了。

由于极度的饥饿和极度的劳累，整个后半夜里，师徒二人就一直蜷缩在蔬菜棚子下面，再也没有足够的力气去卸菜了。尽管现在是盛夏时节，但师徒二人却冻得瑟瑟发抖。他们再无睡意，饥饿感也随着黑沉沉的夜晚逐渐没那么强烈了。

东方启明星亮起来的时候，一家卖饸饹的小饭馆开了门。

一大碗饸饹五元五角，王越贯觉得贵了。他说："定昌，现在吃了饭，卸菜的精力是有了，但菜车都已被人家卸完了。咱们还不如先回家，自己做着吃饭。这样既省钱，还能又睡一个大白天了。今天晚上，一定要早早起来，不光吃饱饭，还要带上些干粮，再也不能像昨天晚上那样，搞得有枪没子弹了。"

牛定昌咬了咬牙，勉强地点了点头。两辆破自行车便咯吱咯吱，十分疲倦地将他们驮回了那窝。

掐指算来，王越贯师徒二人昼伏夜出的日子已经有一个半月了。在这一个半月里，夜夜超负荷的强体力劳动，犹如潜伏着的凶猛怪兽，在不知不觉中，已将他们噬咬得只剩两副空骨架了。现在，两个原本壮实的男人瘦削得已经不成人样了。按他们估计，只要在白天睡好吃好，是能够连续熬夜，连续作战的。但是，这种状况持续了有一个半月的时候，王越贯就彻底地倒了下来。牛定昌要送他上医院，他坚决拒绝。他说："咱没钱。就将这几颗止痛片吃了，挨一挨，会过去的。"

牛定昌突然想到：快两个月了，如此熬夜熬活，竟未沾过一丁点儿的荤腥。每天老黄米熬煮瘦白菜，怎能不把人肚皮撂荒？

牛定昌一嘴的馋口水翻涌上来，喉咙骨一滑，终于下定了要吃顿肉的决心。

牛定昌下狠心买回了五斤肥瘦各半的鲜猪肉，他将肉炖上，土豆也撂在了锅里。满屋子的鲜肉香味能将人馋倒在地，师傅王越贯却突然晕厥了过去。

待王越贯在医院里醒过来的时候，牛定昌早已哭成了泪人。

"王叔，你醒了就好。……咱们的肉，也都烧焦了。"好一阵哽哽咽咽之后，牛定昌才能够接着说话，"……医生的诊断和我的推断一致，你是疲劳过度，营养不良，还有什么，好像是血液——对，是贫血了。"

王越贯眨了眨眼，觉得自己睡了一大觉。梦中，石峁村的张世厚家娶新媳妇，家里人山人海，吵吵闹闹。席间，他不喝酒，张家的那个二小子就硬给他往嘴里灌酒水。他转过身子一跑，胳膊上就重重地挨了那小子几棒。

他醒过来时，手上还有些发痛，胳膊也感觉发困、发酸、发麻。他止不住将手扬起，输液胶管在他的视线里一阵晃荡后，消失了。

等他再次醒过来时，头脑就不那么迷糊了，然后就听定昌说什么肉化成烟飞走了，什么贫血了。

现在，王越贯倒不担心自己贫血不贫血的。他只觉得：我的血汗钱就白白地化作了这么些白水水进入血液里了，那血还贫什么呢？现在贫的是我呀。我好不容易拼命了近五十个夜晚，才挣来这几百元钱，现在恐怕就要全花完了。

在王越贯的一再要求下，他在医院里待了两天半后，就以没有钱为由，全然不听从医生的好心劝导，摇摇晃晃地出院了。医生将一大包药递给他，十分郑重地说："你的血液中，红细胞数量好像还在减少。以后如有出血或晕倒的时候，要立即到医院接受治疗。"王越贯一个劲儿地点着头，心里却想：你这地方，我是再也不会来了。这才两天多的工夫，就花了我六百多元钱，这不是要我的命吗？我的老婆娃娃一家五口人还指望着我来养活呢。将钱都上缴了你们医院，我们还怎么活？

王越贯大病一场后，身子骨就酥软发懒得厉害，常常会不由自己控制。

自从上次出院后，他由定昌伺候着，休养了快有一个月了。

刚来鄂东市时，身体健康，活却特别难找。现在适逢秋收大忙季节，民工返乡的多了，活特别好找，工资又节节攀高，自己的身体偏偏就不争气了。

王越贯时常对着牛定昌这样哀叹。那样子，就好像自己做了件丢脸的事，难以抬头挺胸了。

病恹恹的王越贯心想，实在挺不住了，就回家吧。但是，他又想，这样不挣一分钱地回到家里，怎么向老婆交代？三个要吃要喝的孩子还不把人给心疼坏了！最后，他想，算了吧，反正钱是命、命是钱，还是拼了命去挣钱，挣了钱救自己的命，也救了全家人的命。

渐渐地，某种强大的力量顽强地支撑起了王越贯这一副病弱的骨架。他的精神状态，随着工地上民工工资一天天地高涨而日渐缓了过来。最终，这建筑工地就如同一块巨大的磁体，将王越贯这块尽管是生锈了的生铁，也硬是给吸附了过去。

王越贯和牛定昌现在干活的这个工地，正是王越贯上次看病的那家医院的一座门诊楼的扩建工程。前阶段，师徒二人来这里抓过一次药，无意间在这家工地上转悠，打探到这里正缺少民工。现在王越贯一边干活，一边在想：我从你这家医院花进去的看病钱，现在还从你这家医院里捞回来。他的这种心理，就像是在赌博，一心想着要在下一个回合里实现逆势翻转。

当了十多年泥瓦工匠的王越贯，如今还是第一次挣到这么高的工资。这个工地不但工资高，一天还给他们管三顿饭。王越贯大病未愈，体力不支，但手艺高超，每天拿到了比小工工资高出许多的工匠工资。牛定昌给王越贯当小工，挣钱虽不多，却可趁着工头不注意的时候，由师傅指点着继续学习泥瓦工匠手艺。

现在，师徒二人已将行李卷搬到了工地，吃住全在这里，倒也省去了口粮和房租钱。一时间，王越贯像个没病的人似的，休息的时候，还能听到他给大家说些男盗女娼的酸溜溜的故事。

十几天过后，王越贯沉默了下来，很少有话。牛定昌见师傅干活精力不足，脸色也黯黑发黄，就不时关切地问道："师傅，你的病又犯了？"

王越贯一听就来火了，他喘着粗气，低声吼着："别叫唤好不好？让人家听到我有病了，还会用咱们来干活?!"王越贯气势汹汹地将挖灰铲子甩给牛定昌，见周围的人们都在忙着干活，并未对他们在意，就又对着定昌解释说，"工头已经说我干活不卖力，和别人比，嫌咱出活太少。你就抢着点干吧，别那么多废话了。"

牛定昌明白，师傅这是强撑着在干活了。他心里一阵难过，有一种靠山即将倒塌的悲壮和孤独，又有一种雨打浮萍般的无依无靠。他将噙在眼里的既像是泪水又像是汗水的东西，用沾满泥浆的破衣袖狠劲儿地一抹，随手拾起师傅甩过来的铲子，玩命般地干起来。

牛定昌师徒二人搬到工地不几日，牛德承就找到了他们原来租房子的地方。怎奈房主只说他们搬走了，却不知去往哪里，甚至连他们是否还留在这座城市里也搞不大清楚。牛德承就只好在附近到处打问、寻找，犹如大海捞针。想想自己这次出来，倒也并非只是为了找人，主要还是为了挣些钱，能将定昌的媳妇给娶过门。因此，没寻着亲人，他就寻找工地去了。

现在正是各大小工地用人的高峰期，没费太大功夫，牛德承就在市中心的一处广场修建工地上找到了活儿。

牛德承白天干活，晚上总觉得像是有啥事似的，常不自觉地有些心惊肉跳。当他拖着劳累至极的身子骨继续找人时，这种心慌的感觉才略有缓解。他这样一连跑了好长一段时间之后，那种寻找儿子的心劲儿，才随着日渐疲软的身子，彻底地垮塌了下来。

其实，牛德承现在所在的工地，与牛定昌他们所在的工地仅隔半里之遥。可是，他们谁也不会想到，亲人就近在咫尺。牛德承也根本不会想到，王越贯师徒二人在他身边的不远处，正面临着一场灾祸。

王越贯晕倒在工地，是在医院扩建工程即将结束的当口。怪只怪王越贯不听牛定昌等人的极力劝阻，硬要强撑着身子去上工。他常对好心规劝他的工友们说："没事，能挺得住。工程一完，我就回家呀。"

然而，工头却不买他的账。要不是工程即将结束，看到他那摇晃趔趄、迟滞缓慢的身影，早就把他抹掉了。

现在，将他从这工地上给抹掉的，不是工头，却是他自己。

那天早上，牛定昌仍像往常一样，早早地从工棚地铺人挨人的缝隙中爬起身后，顺手扯了扯挤睡在他左侧的师傅的衣袖。往日里，总要这样拉扯上好几个回合后，师傅才会艰难而吃力地爬起来，先吃了药，后去上工。今天，牛定昌只这样轻轻地一扯，师傅就睁开了那布满血丝眼屎的眼窝深陷的双眼，紧接着那结了干痂泛白的嘴唇便在那张塌陷了腮帮的蜡黄的脸上一张一翕地开始动了："……"

"什么？"牛定昌看到师傅在说话，却未听清内容。他赶忙俯下身，将一只耳朵斜侧着贴向师傅的那张嘴，极力去捕捉那微弱的声音。

"定昌，昨晚做了个瞎梦……"王越贯说着，眼里溢出的泪花盖过了眼屎涌了出来，他努了努身子，在定昌的帮助下，双手勉强地支撑起了上半身，爬挣着坐了起来，喃喃地说道，"……我梦见咱们正在拆迁那太平间，忽然，有几驾马车从远处欢腾腾地过来了。工地上的人，还有你，全坐着那些马车走了。我就拦啊、挡啊，却没有一辆马车能停下来拉我。后来，太平间突然起了黑风，我就只好躲啊、藏啊。"

"嗨！这是好梦。说明你没走，还留着。"

"留是留着，可这留着的地方是太平间呀！"

牛定昌本想给师傅宽宽心，听师傅这样一说后，顿时觉得头发倒竖，后背发凉，浑身起了一层阴森森的鸡皮疙瘩。但他马上又说："瞎梦，说了就破了。"

牛定昌将水倒来，给师傅吃了药后，再次劝他不要去上工了。王越贯却说："今天干下来，正好是满三十天的工。一个月一天工都不误，每天会另外多加两元的奖金。干完今天，我就回家养病呀。哎呀，实在是熬受不起了。"

整整一个上午，王越贯汗流浃背地硬是咬着牙关，顶着毒辣辣的太阳挺过来了。临近中午时，他也没说有啥不舒坦，只是一个劲儿地直喊口渴。大半桶的冷水，他只需咕噜上那么几口，就可见桶底了。事情就发生在下午刚上工的不久。王越贯正和众人一起上屋顶，要将这太平间连顶拔掉的时候，他却突然平展展扑倒了下来……

　　刹那间，犹如墙塌了、房倒了，牛定昌一下子就被惊愣在一边。待他回过神来，众人已七手八脚地将师傅抬起，就要离开屋顶，下到地面了。牛定昌抢先一步下去，用抖动着的双手将从屋顶缓缓下放着的师傅托着，顺势背在了身上，慌乱地颠荡着，径直从这太平间向医院急诊科奔去。

　　临近黄昏的时候，王越贯就被人从医院急诊室抬回到这破烂的太平间来了。

　　王越贯从软着身子被抬走，到硬着身子被抬回，前后不过四个多小时。在这期间，牛定昌就那样一直呆呆地守候在师傅的身边。但是，他始终未能从师傅那塌陷苍白的脸上捕捉到一丝显示有生命回归的迹象。牛定昌异常悲痛地感觉到：师傅这身子，这回，怕是被彻底地掏空了。

　　王越贯死时，极不平静，甚至有点儿惨烈。起先他像是被人狠狠打过，皮肤泛出青一块紫一块的黑斑，紧接着打吊针的液体就停顿了下来，再也进入不了他的血管内了。后来，鼻孔就有黑血汹涌冒出……

　　师傅的死，是牛定昌平生头一回看见人的死亡过程，给他留下了抹不掉的记忆，那种记忆非但不因年长日久而模糊磨灭，反倒像一块顽石，因不断地擦拭而愈加清晰。

　　几天后，工地上雇了辆农用三轮车，派了两个人和牛定昌一道，将王越贯的遗体运回了石峁村边。

　　运尸车在村子边上停了，由牛定昌进村报丧。一支烟的工夫过后，照看运尸车的两个人就听见哭喊声在村子里骤然响起。

　　不多时，几个神色冷峻的男人，在牛定昌的带领下，惊恐而慌乱地向这里赶来。众人眼睁睁地瞅定车厢中央红布裹覆着的遗体，一个个"唰"

地白了脸面。哆哆嗦嗦中，有几个人就跪伏在了地上。那样子，就好像突然被利箭给射中了。

王姓户族里，一个晚辈模样的年轻人，双手捉到了那红布，手随着红布一抖一甩了好几下，却终未能将这布揭开。

一个老者走过来，扯住一角，轻轻一抖后，一张扭曲变形的脸面便惊突突地暴露在了众人的面前。

老者在这张脸面的眼睑上轻轻揉过后，王越贯翻着的白眼便慢慢地合上了。待老者再用拳头在那牙关狠咬、双唇紧闭的地方慢慢捶打过后，王越贯便有了个平和的形态。像是哄小孩儿睡觉一般，老者将一生受罪的王越贯静静地"送"到了另一世界。

按照当地阴阳先生的章谱，王越贯未满五十岁暴亡，属"小口"。当旺火化掉遗体后，王越贯只占了一小红布袋大小的空间。在临入土的时候，这一小红布袋骨灰又被装入了一个小小的薄木棺匣。这棺匣大概是由普通棺材按比例缩小到七分之一的样子。

王越贯之妻刘候娥及徒弟牛定昌，他们怜己惜人，总觉得王越贯由阳世走到阴世时的场面有点太简单，总觉得亏欠了他点什么。

正当萦绕在两个人心头的这种怜悯、伤痛厚重堆积之时，现实的冷雨便劈头盖脸地"敲击"了下来。

首先是刘候娥，她中年丧夫，有三个碎娃娃，整天要吃要喝、要穿要戴，还要供书念字……手艺人王越贯这样撒手一走，刘候娥就失去了唯一的依靠，失去了生活保障。正如烧火做饭时，突然抽去了炉灶里的柴火，热气蒸腾的繁荣景象便转瞬即逝。

其次是牛定昌，他从师学艺近一年，其实只是跟着师傅奔波流浪了近一年。一年来，他手艺学得半生不熟，如同一锅水只烧到了四成开。如今，送走师傅后，他就成了弃儿一般，以后学艺之路怎么走，就全看有哪位好心的主儿，能够将他收留。

牛定昌在学艺路上之所以要一条道走到黑，完全是因为，只有学成这

把子手艺，他才有可能将杨狗吃之女杨秀柳娶过门来，做他的媳妇。在这件事上，杨狗吃给牛定昌父子各出了一张考卷。给牛德承的考卷是：彩礼两万元。现在他已经"答"上来了近万元，另外一万多元正在拼命"抢答"，甚至置身体于不顾，到鄂东市打工去了，现在正将"考卷"拿到工地上，试图在那里展开攻势，攻克一道又一道的"难题"。给牛定昌的考卷是：手艺学成功。现在他也已"回答"上来了四成，对另外的多一半的"回答"，因为"考场"中突然出现了意外，被迫停了下来。

牛定昌现在最担心的是父亲的安危。因为师傅王越贯的事情，他时常会在心里胡思瞎想。

"没事，好着呢。"每当牛定昌念叨他爸时，他母亲郭高娃就这样说着宽心的话。郭高娃的意思是：凡事说个好，纵有灾祸也能破除了。然而，牛定昌却不解母亲这般不着边际的思想，竟张口吼道："好，好，你就知道好！走出去的人，近一个月了，连个影子也没见着，还好？不好！不好！不好！"

牛定昌正暴着性子喊叫着，如冲锋着的战车。他的一连好几个"不好！""不好！"如连梭子弹般冲出枪膛，他母亲竟"哇"的一声，放开嗓子号了起来，然后就瘫软在地。这种阵势有点像刘候娥那天面对死去丈夫时的情形。上了些年纪的母亲如此伤心地痛哭，牛定昌还是第一次见。母亲这个样子不亚于一颗炮弹，刹那间，就将牛定昌击得粉身碎骨。他当即便被吓出了一身冷汗，满脸肌肉在颤动。慌乱中，他一把将母亲抱了起来，就要去医院。但是，转而一想：这又不是鄂东市，上哪儿去找医院？惊慌失措中，他只好双手托抱着母亲，站在当院，歇斯底里地直喊救命。

第七章

连日来，远在省城上学的杨丽丽给在耿县房地产开发公司当一把手的二叔杨有为又打电话又写信，在电话那边一会儿哭一会儿闹。被这个"疯丫头"左缠右磨了好长一段时间后，总经理兼党委书记的杨有为被迫放弃了"原则性"立场，终于同意接收了丽丽这死丫头的什么好同学兼好朋友，还说什么救命恩人——牛远昌。

总经理是那种有实力、有魄力，在当地算得上是有胆有识的人物，他那完全超脱裤带的束缚而垂下来的大肚子里面，仿佛是可以撑得起一艘小船的。但是，在面对牛远昌这艘突然冲撞而来的陌生小船时，他却难以继续做到"能撑"的境界。

凭直觉，杨有为隐约觉得丽丽这小丫头和牛远昌那小子总有点怪怪的。他一猜测到，心里就怪怪地来气、上火：癞蛤蟆还想吃天鹅肉?! 不看看自己是个啥德行，还想勾引我们"杨八姐"？来吧，你就来干这个临时工吧，有你小子好受的！

在安排牛远昌工种时，杨有为摆出的面孔和他的心境却正好相反。他内心燃烧着疑惑、愠怒的火焰，脸上显现的却是不冷不热的神色，令人顿生敬畏之感。面对杨丽丽的叔叔，就如同面对杨丽丽一样，牛远昌感觉到一种不是亲人却胜似亲人的温暖。甚至在某一时刻，他内心竟一厢情愿地要将这位杨总当成自己的亲叔叔一样来看待，就像将杨丽丽当作自己的亲妹妹来看待一样。

杨叔叔在谈笑间，轻而易举地就将牛远昌给安排好了。

牛远昌试用期为三个月，管吃管住但不管工资。试用期结束，一旦正式录用为临时工，不管吃不管住只管工资。他的具体工作是：每月至少提供三十条房屋、土地买卖等房地产交易信息，每少一条扣二十元，每多出一条奖十元；每天对所有楼道和院落清扫一次（原来雇用的清洁工不干了，牛远昌正好就补上了这一空缺）。除这些以外，因公司发展壮大需要，他要随时准备再接受新增添的任务。另外，一旦录用，每月将扣除工资总额的百分之五作为押金。

杨叔叔将这一切交代完毕后，很诚恳地问牛远昌有什么意见。牛远昌不假思索地说，他希望这三个月尽快过去，那被扣除百分之五的日子早点来。

杨叔叔觉得这话有味，竟"咯咯"地笑了起来。这笑声一起，他那肥硕的身子当即便向着老板椅那齐头高的靠背上仰躺了过去，如同挤压着什么，整个人就舒舒服服地晃荡了起来。

牛远昌打工完全有别于他哥哥牛定昌。

他哥哥牛定昌干起活来轻松自如，乐乐呵呵，不嫌脏，不怕累，不管吃的坏，不怨住的差，不考虑什么前途，也从不惆怅啥狗屁命运。总之，说干就干，由人使唤。吃饭不误事，睡觉不欠账。整天在工地上摸爬滚打，黑不溜秋，却从无一句怨言，那种满足的程度完全不亚于牛远昌梦见自己考上了一所梦寐以求的大学。

牛远昌却正好相反。按理说，他所在的公司毕竟不同于建筑工地。曾在筑路工地卖过苦力的他，也是明显地感觉到了这里的优越。但是，他的心绪却一点都不能稳定下来，或者说，他还不能从极力想考取大学的那种怪圈中解脱出来。如同一匹掉队的马儿，尽管已经找到了生存的草场，但却仍然一直迷茫地眺望着同伴们前进的道路。

牛远昌继续住在租房里，一边在公司里干活，一边暗暗地找寻自己的出路。尽管眼下这家公司搞得红红火火，他也每天能跑来不少房产信息，干得游刃有余、如鱼得水，并逐渐受到了杨叔叔的赏识。但是，他觉得自己毕竟是个临时工，在这家国有公司里能一直待下去的可能性很小，前途甚是渺茫。

　　如果牛远昌是牛定昌，脑子里空白地方多一点，只管干活挣钱，老老实实地谋求个简单的生存，那么他也就不会去胡思乱想，不会深陷"前途命运"的问题之中，更不会整天因此而睡不着觉、吃不下饭，弄得人心浮躁、不能知足。但是，牛远昌偏偏不是牛定昌。牛定昌回家放羊时，连小学都死活不肯念完。而牛远昌念完小学上初中，上完初中进高中，脑子里识的字比牛定昌不知要多了多少。他脑子里现在有那么多的知识，当然就要好好地忙活着，劳累着。自然，他就要比牛定昌多愁事、多浮心了。

　　牛远昌常常感慨："要是和我哥一样，当初不去念那么多的书，我也就不会有今天这么多的忧愁事了，那该有多好！"可是，他就没有想过，要是那样，他的知识不就少了？

　　杨丽丽给牛远昌写来第十封信的时候，正是牛远昌在房地产开发公司工作期满一个月。这样十和三十两个数字在牛远昌脑海里轻轻划过，给他留下了这样的印痕：在接下来的两个月的试用期里，他还将会收到丽丽的二十封信件。从现实的角度考虑，他并不希望收到这些信件。他设想过，他能坦然接收这些信件的唯一可能，就是他当初也能考到大学里边去，能和丽丽平起平坐、不差上下。但是，他还是热切地盼望着丽丽的来信。某种程度上讲，丽丽隔三岔五的来信，几乎成了他眼下绝望生活中的救命稻草。

　　然而，令人奇怪的是，正当牛远昌渴盼着丽丽来信的时候，他却再也未能如愿。他以为是自己过分自卑、自责的回信将她给惹恼了，一气之下，她干脆就不再理睬他这个熊包了。若是这样，熬过这段痛苦的日子后，生活也许就会慢慢地变得舒展起来。

　　但是，牛远昌在某一天晚上，还是忍不住心情激动地给丽丽再次写了封信。信中，他一改往常理智、谦卑、柔弱的格调，大胆地表达出自己内心深处对她的那种爱慕之情，还说，等自己挣了大钱，做了老板后，就和她……末了，牛远昌还用质问的口气问道：为何不给我回信？这句话在信里重复了三遍，最后又连续用了三个问号，外加三个感叹号，牵念中带出

了深深的责怪。

这封信刚一发出去，牛远昌就后悔了。他像是做了一场荒唐的梦一样，跺着双脚直叹气：这算哪档子事了！

正当牛远昌懊悔羞愧、心绪复杂、难以自拔之时，他同时收到了两封来信。

第一封信是在乌拉镇上初中的弟弟吉昌写来的。信中告诉他，父亲去鄂东市之后，至今杳无音信。倒不是说父亲会出啥事，主要是王越贯突然死去后，给一家人心头留下了无尽的恐惧和担忧。看过弟弟的来信后，牛远昌当下决定，请假回家。他现在迫切地想要向他的哥哥牛定昌问个清楚：怎么就未见着前去找寻他的父亲？

当牛远昌在租住的房子里简单地收拾了些行李准备要回到乌拉镇石峁村时，房主神秘兮兮地走过来，将一封信递在了他的手心。心绪烦乱的他还没来得及看看这信的封面，就将它撕扯了开来。一张明信片飘飞舞动、斜插着扑入了墙角的尘埃之中。牛远昌当即拾起了这张明信片，两行熟悉的笔迹映入了眼帘：愿我们携起手来，共同进步！他双手猛地一阵颤抖，急急地将它翻转了过来——丽丽那姣好姿容，猛然间在他的眼前闪亮成了一片。

在回石峁村的路上，牛远昌陷入无限的悲凉之中。他脑子里一直萦绕着杨有为的身影，满心里被这高大的身躯挤塞、压迫着。原来，作为董事长、总经理的杨有为竟然将自己侄女写给他的"非常信件"偷偷地截留了下来，甚至可能已经将它们全都"活体解剖"了。幸亏他因难抑一腔热情给丽丽写了回信，使得丽丽在觉察到这一情况后，将信件直接寄到了他的租屋，才将这一阴谋揭穿了。否则，长此下去，后果就难以预料了。

回到老家石峁村，牛远昌立刻就不再想着那事，不再恨着杨有为了。

一种因为自己卑微的身世处境和渺茫的命运前途所引发的无限悲壮情绪使他陷入了深深的绝望和痛楚之中——看着这惨淡的家境，他怎么和丽丽姑娘卿卿我我书来信往呢？这不是癞蛤蟆想吃天鹅肉——做梦去吧！关键是，他无由高攀呀！

霜降前后，田地里的庄稼被抢收一空。整个石崆村显得辽远而空阔。干涩的西北风日渐硬朗了起来，扬沙卷尘中，呈现出一派荒凉的态势。

深夜两点多钟了，牛德承家的三间柳木房里仍然灯火通明，与深秋凉飕飕的夜晚形成了某种幽怨的对峙。

此刻，牛家大小老少十余口人，在一片缭绕的烟雾中，正商议着该如何将牛德承寻找回来一事。

牛德承的父亲牛过喜老汉，看来比牛德承的婆姨及其三个儿子更显得焦急难耐。他一把鼻涕一把泪地哀叹道："和王越贯家一样，我怕是要白发人送走黑发人了……"

牛过喜老汉的二儿子牛德树和三儿子牛德秉对这事却不以为然。他们甚至坚决制止了远昌弟兄三人一起前去鄂东市寻找父亲的打算："不用怕！王越贯是病死的，又不是去鄂东市打工被人害死的。我哥向来没吃过一颗药片子，身板硬朗着呢，能苦得下来。再过些时日，他寻不着定昌，天寒地冻得熬不成活了，自然就会回来了。"

牛氏家族整整一个晚上商议的结果是：将这事暂且搁置下来，各人该干啥还去干啥，一切问题都交由时间来决断。

郭高娃显然对牛家兄弟的态度大为不满：弟兄姊妹，薄纸般的情义。风凉话谁不会说？但是，她一时也拿不出个万全之策。焦躁之中，她就领着定昌、远昌和吉昌弟兄三人再次找到了神人高福些。

按照高福些的测算，牛德承现在已不在鄂东市了。他能否平安回来，就全倚仗神灵保佑了。郭高娃理解这意思，一展手将五十元钱敬在了神龛里，随即用神秘而急迫的眼神示意三个儿子一起跪了下来。

待母子四人从一阵缭绕的香烟中直起身子之后，高福些就用平和的口吻说："杨狗吃家的女儿杨秀柳另寻人家了，拿你们的彩礼钱已退还到我这里来了，你们走时带回去吧。"

郭高娃愣怔了半天，顿时丧失了应变的能力。

牛定昌蔫头耷脑地走上前去，正欲将钱接到手时，郭高娃却突然撕裂

着嗓子将他挡了回去："慢着！他叔，你说定昌的媳妇就这样泡汤了？他杨狗吃良心卖尽，也该等到我家那口子回来吧？"

郭高娃双唇颤抖着，一张嘴扁了又扁，一时间，突然就不能够再吐出一个字来。她倒像是受了委屈的孩子，想哭，却也没能哭得出来。

"是这，她婶。"高福些没有在这事上落下什么好处，却一样用平和的口吻劝慰道，"她婶，怪只怪王越贯这人一下子殁了，定昌一时再没有人引导着将手艺学成功；只怪杨狗吃这人看近不看远，薄情寡义，能抹得下脸面，说话间，就将女儿给乌拉镇上的一个据说是很有钱的开店铺的老板说出去了。听说过几天就要办婚事了，还听说那老板……"高福些还想说些什么，一看郭高娃眼圈早已溢满了泪水，便止住了。他话一停，这妇人的泪水果然就如断线的珠子般滚落了下来。

回到家里，郭高娃的心渐渐地硬性了起来。她以一家之主的口吻吩咐远昌带着定昌立刻回城，让远昌继续上他的班，定昌则找寻个工地，边干活，边揣摸着温习手艺。至于牛德承的事，郭高娃说，现在就只好等着看了。她劝慰孩子们不要操那些闲心，任何事情，光着急不会有用的。

牛远昌和牛定昌弟兄俩回城去的第二天，牛吉昌也到乌拉镇上学去了。郭高娃独守着三间空房，突然害怕了起来。

以往她独自一人在家，并未有过如此怯惧的情形。即使是月黑风高之夜，她也敢一个人熬到深夜，将牲口逐一喂好了，然后倒头便睡到天亮，中间不会有任何头皮发紧的情状。这几天，她心里疑疑惑惑地思谋着牛德承，猛然间就会冒出些奇异而可怕的念头，随即她就看见牛德承在她前后左右的各个方位，或远或近地向她走来。她一阵欣喜，正要向他靠近时，却发现周围只是寂静的房屋和空阔的庭院，并未有任何人影出现。她当即便被吓出了一身冷汗，浑身酥软得再没有一丁点的力气去干活了。她对自己家里的庭前屋后突然感到陌生而恐惧，一种失魂落魄之感，犹如章鱼的触手，从四面八方聚拢而来，欲将她紧紧地裹住。

直到丧夫不久的刘候娥苦闷之中到她家串门时，才将她从那怯懦可怕的情绪中解脱了出来。刘候娥说，她男人王越贯刚殁了那会儿，她也是这样疑神疑鬼地怯惧。人在事中，都那样不正常。其实，这又很正常，过一阶段，等时过境迁了，也就没那档子事了。刘候娥说："你要是实在害怕了，我现在一个寡妇人家，正好可以过来陪你。不过，也只是在晚上过来和你一块儿睡觉而已，至于别的该由男人做的事情，我可就帮不上忙了。"说话间，刘候娥止不住笑出声来。郭高娃并没有听明白她耍笑的意思，却在这一片笑声中，立刻轻松了下来。

紧接着的一件事，却使郭高娃再也难以轻松起来。

刚刚跟着牛远昌进城还没几天的牛定昌，突然间又回到了家里。定昌说："妈，我再也不出门了，就在咱们石崆村，种地呀。""远昌没给你找着活干？"郭高娃焦急中，情绪显得有些急躁，话语中明显地带着唾沫星子，"我这是哪辈子造孽，得了你这么个活宝，叫我在全村人面前抬不起头来！"

"妈！"牛定昌打断了他母亲那难以入耳的话语，解释道，"妈，远昌在我们回城的当天，就给我找下活了，只是我一个人在工地上干活，怪孤单的。再说，我也不爱学这揽工受苦的泥瓦匠了。妈，我想，我还是趁早和我爸学种地吧。我觉得在石崆村比在城里舒畅。"

"没出息的东西！你就知道舒舒服服地好，可这样能过一辈子吗？挣不下几个钱，看你的老婆谁家肯白送上门来！"

"妈，老婆的事，你就不要再费心思了，我自己会……"

"怎么，你自己谈下了？"郭高娃心有所动，抢着问。

"不是，我是说，我自己会想办法的，现在还早着呢。"

"灰东西，你二十八九岁的人了，还早？马上就三十出头了，你真的准备打光棍呀?！"

"……"牛定昌被母亲这一路追问下来，至此才若有所思。他痛苦而又无奈地低下了脑袋，嗫嗫嚅嚅着无话了。

郭高娃看着他那冷寒受冻的模样，心里也不由得一阵酸楚。她表面依然强硬，内心却已犯软，便忙活着开始给他准备饭食了。

第八章

农历十一月初一，牛德承突然回到了石峁村里。不过，他已经没有了右手。

此前的三四天里，北方大地落了一场多年未遇的大雪。这雪来得有点奇怪，刚开始时还在打雷下雨，猛然间，雷声一转，竟然下起了厚棉片般的大雪。那雪，水分极重，伴着渐次远去的隐约的闷雷，铺天盖地地直压下来。有些还长着树叶的脆枝，竟被厚雪压折断裂了下来。

据石峁村上了年纪的人们讲，活这么大的岁数，他们还是头一次看到下雪时打雷，也很少遇到过树叶还全未枯落，大雪就提前来到了。

这场大雪，来得极早又猛烈，消融得却干净利索。牛德承回到村里的那天，除了背阴处还可零星见到落满沙尘的陈雪外，整个空旷的大地已经再显枯黄、再现空旷了。在阳光的照射下，地上不断有水雾蒸腾而起，整个原野隐伏在一片潮湿阴冷之中。晚秋里，那些还未来得及泛黄、飘落的树叶，此刻已经纷纷沉落泥土，光秃秃的树干在灰暗的天空下无声地宣告：今年的寒冬提前降临了。

这样的一种突变天气，使人一时感到难以适应，往往在原来单薄的秋衣上，赶忙加上了过冬的棉衣，但是，仍然感觉身子一时半会儿难以暖和。然而，现在最让人感到生活中突变的，还是牛德承。

牛德承左肩上挂着一个黑色的小包袱，右手臂十分古怪地缠绕着已经发黄了的纱布，并被一根已经分不清是什么颜色的绷带十分刺眼地悬吊在了他的胸前。

当他突然出现在家人面前的时候，死了人一般的号啕声，在石岢村的上空突然炸响。一如几天前那让人诧异的惊雷一般，立刻在每个村民的心坎里又一次惊魂动魄般地爆裂着震荡开来——牛德承残废了！

牛德承的右手自手腕处被齐刷刷地截去之事，发生在一个月之前。

他在鄂东市市中心的一处广场修建工程上干活时，正当他将右手伸入水泥搅拌机的腹腔里，准备把机器没有吐尽的混凝土使劲儿往外扒时，搅拌机却突然被人开动，疯狂旋转着的搅拌轮拽着他的手臂就要将他整个身子吸卷进去的一刹那，他拼了老命，用力向外拽出了臂膀。

血肉模糊中，他连一声喊叫都没有来得及发出，就晕了过去。

一阵刺骨钻心的疼痛使他逐渐清醒了过来。他正被几个人抱扶着，坐在了一辆疾驰着的出租车上。疼痛显然来自右臂，整个手臂被一件汗衫包扎得严严实实，但血还是大量地向外溢渗。他下意识地稍稍挪了挪那臂膀，立刻感觉手腕上的剧烈刺痛，手腕以下已毫无知觉，像是不再属于自己身体的一部分了。

当他用有点笨拙的左手，在手术单上按下手印后，再次茫然地向大夫哀求道："医生，我这手能不被锯掉吗？"

"要锯的！手已全被搅坏了，到哪里都不可能保全了。"大夫很遗憾地看了看他，即刻吩咐随同的民工将他扶进了手术室。

牛德承双眼一闭，豆大的泪珠顿时顺着脸颊翻滚了下来。

牛远昌执意要为父亲去讨个公道，却被父亲断然制止。

牛德承说，一万多元的工伤补偿款已经不少了，况且人家工头给他及时救治，补偿了医疗费，清算了工钱，并且结了路费让他回家。别的工人挣了几千元钱，好几年都催要不来。再说，责任还在自己，怨自己不小心，运气不好。反正再怎样，手也不会重新长出来了。

牛远昌却一口否定："人家是怕你不依不饶，才急着解决，趁早打发你回家的。这种致残伤害，少说也得让他赔偿好几万元钱呀！"

牛德承听着听着，眼睛就暴突了起来："你老子我能捡了这条老命回来，就算万幸了！要那么多钱干啥？供你念书吧，你也休学回来了。给定昌这个家伙说媳妇吧，刚说成，人家却又另外寻了人家。现在这小子又死活不肯学手艺，那就都回来种地吧，反正你老子我也残废了，什么也做不成……"

牛德承说话的声音，由高到低，逐渐微弱了下来，就像是这个家庭在日渐衰落了一样。

从此，牛德承像换了一个人似的。他整天垂吊着一只废了的腕子，焦黄塌陷的脸颊上不挂任何的表情。现在，他对家里的任何事情都不再过问，也对任何对他表示同情和怜悯的人们反应冷淡。到后来，他很少走到众人面前，因为他越来越害怕乡人们那种过分友善的围观。

残疾人所具有的种种苦恼，在他生活的各个领域，已经残酷地凸现了出来。他原来对这一问题看得单纯而模糊。现在，当他真正开始面对时，感觉竟是如此艰难而惶恐。庄稼人最常用的铁锹，他现在用不了了。好多看似简单的拖、拉、推、抱、扶、挪、摊、操的活儿，对于他来说，却有点像大炮打麻雀——有劲儿使不上了。最困难的是吃饭，他现在必须要像小孩子一样，将饭碗放在一张小桌子上，用勺子一点一点地舀着吃，筷子是用不了的，他习惯了使用右手，现在突然要用左手来拿东西，总是颤颤巍巍的，难以稳当。穿衣套袜、蹬裤系带、洗头擦脸也成了问题。他总不能让老婆孩子时时刻刻都伺候着他吧？有时候，他用一只手实在难以做得到了，就只好用牙齿扯，用嘴唇拽，有时还会全身滚作一团，有点像是刺猬。

有时候，他会突然在睡梦中喊道："我的手长出来了！我有手了，我能干活了！"待他从睡梦中惊醒后，郭高娃瞅着他那张苍老病态的脸，心疼地劝道："他爸，你就痛痛快快地哭一场吧。你要将自己给憋疯的呀！"牛德承却又呼呼地睡去了，间或还可听到一两声响亮的鼾声从他口中扬起。

最令郭高娃难以忍受的是，连日来，牛德承常常会将深藏于房顶椽檩之中的那个小红布包取出来，将它平平展展地摊在睡炕上，对着那只被锯截了的枯干的手，呆呆地发愣。

起先，郭高娃对他的这种奇怪的行为失去了任何的应对能力，往往十分害怕地躲到一边，甚至长时间心慌意乱的，不敢回到家里。后来，见牛德承突然又要从房梁上取下那个红布包时，她不知是从哪里猛然使出一股子蛮劲儿，弹身一跳，跃上了土炕，抢先取了那红布包。她拿着这东西，一时间，手抖身颤的，却不知该如何处置……

突然，她救急般地将在院子里干活的定昌喊进了屋来。

"快！把你爸的这东西藏了！藏了！"郭高娃将牛定昌从屋里又拽到门外后，剧烈起伏跳荡着的一颗心才略微平静。她稍作镇定后，悄悄地给定昌交代："将你爸的这个东西，搁后面那个菜窖子里去。挖个深洞藏好，不要让你爸再看见了。一定要放好，等你爸下世时，这东西还要随身入坟的。"郭高娃长舒了一口气后又说："这是秘密，你一个人去藏，只准你一个人知晓。我也只是知道在菜窖里藏着，却并不知道搁在哪里，明白不？"

牛定昌不住地点着头。刚走出不远，他却又突然回过身来，十分苦恼地举着那个红布包，一脸疑虑、满面无奈地想要说啥时，却被他母亲那愤怒的双眼一瞪，缩了回去。

牛定昌向自家屋后走出百米远后，来到了他家存放粮食的那个"土圆仓"旁。

"土圆仓"建在一个相对高些的小土坡上，外形呈圆柱状，用干土坯垒夯到两米之高，上面再盖个圆锥形的柳木框架，然后，再用麦秸黏土搅和成的稀泥抹盖在上面，这便做成了一个阴凉通风的存放粮食的土建筑。当初，牛德承在做好这个"土圆仓"的时候，在它里面的地下，又挖了一个放菜的深窖，可谓一举两得。

现在，牛定昌将"土圆仓"的小门打开，轻轻地揭去了地面上的一块小木板。猛然间，他感觉一股阴森森的气息，忽地从地窖深处直蹿而上，他浑身一阵发紧，头发即刻直竖了起来。

牛定昌慌忙将那红布包搁置在了菜窖边上，转身跑出了那"土圆仓"。他在外面长长地舒了几口气息后，才略微镇定。

他回到院子里，顺手拿了把小铁铲。等他再次回到菜窖边上时，就没有了之前那种强烈的畏怯之感。他顺着菜窖壁上的踏孔，小心翼翼地下到窖底，然后，弯着腰，用铁铲在窖壁上挖出一个四四方方的小洞。之后，他将包着父亲一只手的那个小红布包，慢慢地放入了那个洞里。爬上菜窖后，他觉得有些不妥，遂拿了块砖头，再次进入窖里，将砖头嵌在了那个洞口。

令牛定昌十分奇怪的是，那洞口的大小竟和这块砖头完全吻合，一切就好像是刻意安排好的一样。随即，他突然想到了死人墓室里也有青砖封盖了的那么一个小洞，他又想起了母亲刚才的那句话："等你爸下世时，这东西还要随身入坟的。"当即，他浑身像是抽风般地，突然异常恐惧地紧缩了起来。

他逃命般地爬出了菜窖。

此时，太阳已经完全沉落，隐约听见远处的什么地方，传来了呲怪子（猫头鹰）的嘶叫声。

此后的好些时日里，牛定昌再也不敢夜晚出门去了。

牛德承残废了，牛定昌也不愿出门学手艺打工去了。自然，他现在就成了这个家庭的一个全劳力。某种程度上，他的生活习惯、脾气秉性等完全继承了父亲。

牛德承家的又一代秉承传统的庄稼人已经长大成人。

牛定昌健硕的身材与他那敦厚踏实的心灵世界浑然一体，表里一致。他没有过多的追求和欲望，对任何事情都显得满意而知足。他不爱多想事情，有时候，和别人共事，他就喜欢有人可以支使他，喜欢由别人来出谋划策，来给自己出主意、想办法。但是，有时候，他又显得十分倔强，任何人都甭想将他的想法改变。就像他一旦决定了不去学手艺而要在家里种地，包括他的父亲牛德承在内的所有的人，都再无法改变得了他。

　　不过，无论从哪方面来说，牛定昌都是一个种地的好坯子。只是，眼下流行一窝蜂地进城吃"工饭""青春饭"，才使得人们对他背道而驰的这一行径不太理解，甚至说他年纪轻轻地窝在家里，没出息。牛定昌在心里不由自主地嘀咕：都进了城，没人养牲口种地了，你们吃什么？喝什么？城里那满世界的钢筋水泥，总不能当饭吃吧？

　　初冬时节，整个石峁村显得荒凉而空寂。长风夹杂着西伯利亚寒流毫无遮拦地吹刮过荒丘滩峁，令所有的生物都有规律地躲藏、蛰伏、迁徙。

　　此时，正值农闲时节的各个农家小屋里，炉火烧得正旺，火苗欢快地冒蹿着，倒显得异常温暖而悠闲。这种与外面的严寒所形成的明显反差，让受苦了一年的庄稼人，更好地体味到生活的温暖与舒适。这个时候，羊也宰了，猪也杀了，外出打工的年轻人也陆陆续续地回家来了。有肉吃、有酒喝、有人一起玩，正是一年之中农家人身心最为闲适舒坦的时日，就像城里人放了"五一"或"十一"的长假。

　　牛定昌闲来无事，就习惯到刘候娥家去坐坐。自从师傅王越贯去世后，他觉得师母一个人拉扯着三个碎娃娃很不容易，受了煎熬。因为师傅的离去，他对这一家人抱有深深的同情与怜悯，常会帮着做些苦重的体力活，跑腿办些事情。

　　这一天，他帮师母干完活后，和师母拉家常、扯闲话、谝闲事，不知不觉中，天就黑了下来。他赶忙起身要回家，师母却执意要留他吃晚饭。一顿异常美味的猪肉烩酸菜下肚后，牛定昌却突然感到了问题的严重性。

　　牛定昌从师母家回家，会经过他家的那个"土圆仓"。在牛定昌看来，这个"土圆仓"现在就是一座可怕的"坟墓"。自从将父亲的那只手埋藏在那里后，他胆小畏怯得像一个小孩子。白天还好说，夜晚他绝对不敢独自出门去了。他现在甚至有了一种"恐夜症"，一到天黑就害怕。现在，要让他在这黑天半夜经过那座"坟墓"回家，他是怎么都做不到的。

　　此刻，牛定昌在内心里对自己怨骂了半天，急出了满头的汗水，却仍然没有找到回家的"路子"。最后，他实在想不出个法子了，就向师母请教

道："姨，我——"

"你怎么啦？"刘候娥见牛定昌说话吞吞吐吐的，像个没长大的小孩子还围在她的身边讨奶吃似的，她不由得问道，"有话说嘛。都像一家人似的，你还有啥不好意思的？"刘候娥刷洗锅碗的声音很响，说话的声音却有点像那碗里的油渍一般腻。

"姨，我一到夜晚就害怕，今晚能不能在你们家住呀？"牛定昌这话一出口，憋红了整张脸，紧跟着又缓和了下来，内心也好似趋向松弛。

刘候娥一下子便停止了刷锅。她扭过头来，用疑惑的目光将他从头到脚打量了一遍：奇怪了，这么五大三粗的一个人，尽说小孩子话。笑死人了，一到夜晚就害怕，还不如一个小孩子呢。

刘候娥强忍着未笑出声来，却像哄小孩子似的说："住吧！别怕，呃，有我在呢。"

刘候娥将灶房里那张木板床上零零碎碎的东西十分麻利地搬挪开来，然后在上面铺好了被褥，对正在和自家的三个娃娃斗耍着的定昌说："你就在这张床上睡吧。我给你加了双层褥子，估计不会冷了。"

牛定昌十分感激地对她点了点头，感觉有股异样的东西在心头柔和而温热地泛滥开来。顺着悬吊着布帘的门洞听过去，隔壁传来了候娥姨窸窸窣窣脱衣服的声响。这温情的响声显然使牛定昌再次躁动起来，他的心脏突突地跳着，双耳极不规矩地捕捉着那奇怪而令人神往的响动。伴着候娥姨温柔甜润的呼吸声，牛定昌渐渐把被子裹紧，将脸紧紧贴向那墙壁，慢慢均匀了气息。

与牛定昌相比，刘候娥倒显得平静而自然。只是后来，牛定昌那成熟男人所特有的响亮的鼾声顺着连接两个房间的那个门洞传过来，她被吵醒了之后，突然莫名其妙地想起了自己死去的男人王越贯。王越贯从正月里打工出门，到九月里死尸运回，到现在快一年了，她再未在自家的炕上听到过任何男人那令人迷醉的呼噜声。王越贯刚去世那会儿，同村的瘸跛子张二换，癞蛤蟆一个，还痴想着想要吃了她这块无人光顾的"天鹅肉"。这个瘸跛子光棍汉虽然总是被她骂得灰溜溜地走开了，却每每搅得她心神不宁。她似乎在渴望着某种东西，却又在坚决地拒绝着它。

第二天早晨，大家显然起迟了。牛定昌匆忙叠好被褥，连声招呼都未打，就急匆匆地溜掉了。他害怕被人发现他在候娥姨家过了一夜。他十分后悔昨晚住在了候娥姨家，这令他羞愧不安。

刘候娥起床后，看着定昌叠得整齐的被褥，愣怔了半天。突然，她走上前去，将被褥重新铺开，又重新认认真真、仔仔细细地开始整理、折叠。她的双手已经触摸到了定昌留在上面的温热，她的鼻子里已经嗅到了定昌留下的令人心悸的男人气息。她已经好久没有这种感触和体味了。现在，竟觉得一切是如此新奇而又充满了刺激的诱惑。

花了好长时间，刘候娥才将这本已叠好了的被褥又重新叠好。对着折叠好的被褥，她呆呆地发愣着。

猛然间，她想起了一件事情。

她转身穿过门洞，来到了隔壁的卧室。她将覆盖在自己被褥上的那个织着一个大红"囍"字和一对鸳鸯的罩单轻轻地揭了，然后十分挑剔地将它盖在了定昌睡过的且经她一丝不苟地叠得整整齐齐的被褥之上。之后，她才立刻轻松而愉悦地开始为饿得嗷嗷直叫的三个孩子准备早饭去了。

日子就这样平淡地过着，有一天，牛定昌帮候娥姨办完事情后发现天色已晚，他面露难色，却被候娥姨劝说着再次在她家的那张小床上睡下。

此时的候娥姨十分迫切地想和牛定昌发生点什么……

当候娥姨于夜半时分，摸摸索索着向这灶间走来，像是要寻找什么十分需要的东西的时候，突然就挨着了他的床板。他正要问话，候娥姨那光滑柔软的身子就已经完全贴在他的身上了……

当即，他头脑里便失去了任何应变的能力，浑身紧张地抖动着，说不出一丁点儿的话语来。他下意识地将身子向靠墙的一边躲闪，却反而被那温绵柔细的肌肤逼得更加牢靠而贴近。他全身一阵暴涨，努力着、羞怯着，却不知该去干啥。这种感觉使他完全处在了一种迷幻痴醉之中，他似乎在

等待着。

此刻，一只酥软柔嫩的手，急切地抚摸过来。

他猛然间拥抱住了平生从未接触过的绵软与柔细，下身一下子贪婪地失去了目的地……

"满子，以后你就是个真正的男人了。你不会恨我吧?"候娥拥着定昌，呢喃细语道，"姐姐对不住你呀。你才二十多岁的嫩瓜瓜，姐姐却是四十有余了。"

定昌静静地躺在了候娥姐那绵软的臂弯里，甜蜜地说道:"娥姐，有这一晚，我就没白活人，死了也值。只是，我对不起师傅……"

刘候娥突然按住了他的嘴，说:"你对得起他。你伺候他，陪伴他，直到他殁了后，又帮我们母子扛重拿轻。他殁了，怨他苦，我们总得活人享福吧?"

是呀，这才算真正的活人，真正的享福。牛定昌心里想:我快三十岁的人了，才开始有了这等福分，要是早那么几年，该有多好。但是，要不是候娥姐（他现在已完全将候娥姨当姐了）给予他，说不准，他永生也不会享此福分的。

第九章

　　闲来无事的冬日里，人们往往会想着将一些陈年旧事重新搬上桌面，并再度付诸实施。年近七十岁却依然红光满面的牛过喜老汉，近日剃光了脑袋，刮净了胡须，正精神抖擞地再次组织儿孙开始那声势浩大的"探宝"行动。包括他的孙子牛远昌在内的所有人都被叫了回来，开始掘金探银。

　　牛过喜的父亲牛宝儿在清朝政府倒台的那些年月里，将多年喂养的牛、马、驴、骡等近千头大小牲畜尽数卖掉，换回了沉甸甸的响洋（银圆）和元宝后，举家从内蒙古草原向南迁移至黄土高坡避难。最终，又在这一带买田置产，就地安身了。为避免遭抢遇窃，牛宝儿就将剩余的银圆、元宝偷偷打封入土，暗暗深埋，作为整个宗族延续的救命钱，不到万不得已，绝不轻易去动用。结果是，牛宝儿至死也没有碰过这些银圆和元宝。临殁时，老汉对守在身边的唯一的儿子牛过喜做了如下交代：所有的银圆分装在了六个红兜布袋里，分别埋在了门前屋后的六棵红柳树下；几个元宝分两罐装了，分别藏在了房西和屋东的两口浇地井窖的上水坝子底下。

　　老父亲将宝物分散在八处藏了，图的是一个吉利的数字。但除了这"八"字确切而清晰以外，其余的说法却含混而模糊。牛过喜意欲让老父亲准确地前去指认，怎奈牛宝儿老汉两行老泪下来后，就匆匆地撒手人寰。牛过喜准备等父亲入土后，将那些银货出土，可阴阳先生却给他撂下一句冰凉的话："你父亲生前屈了财命，你们后人三年之内不得动那'响气'。"这"响气"正是指父亲遗传下的那些个银圆、元宝之类的硬货呀！

父亲去世三周年忌日一过，牛过喜就迫不及待地开始对自家门前屋后的二三十棵红柳树偷偷挖掘。老父亲生前曾嘱咐，所有银圆都是在他们刚从内蒙古草原迁到这里时，栽树时埋入的。因此，牛过喜将自家门前屋后所有的成年老树刨挖了个底朝天，最终在四棵红柳树下搜寻到了四堆银圆，剩下的两堆硬货却始终未得。牛过喜推断：从已经寻找到的四堆银圆状况来推断，剩余的两堆中，每堆的银圆数目也应该是五六十枚，而且包裹着的红兜布袋应该在土里早都腐朽烂掉了。

　　牛过喜推断着、挖掘着，年复一年，"探宝行动"从未间断过。正当他下定决心要毁了那两座浇地的井窖，准备将那两罐子元宝也开挖出来时，仅一夜之间，战争却突然就在这黄土高坡爆发了。当时，这一带的平民百姓纷纷南逃。牛过喜迫于无奈，也只好携妻带子弃宝逃命去了。

　　新中国成立之后，牛过喜又辗转回到了乌拉镇，并最终选择石峁村作为永久居住地，其根本缘由并不在于他的先人们埋在了这里，而在于他的那些银圆、元宝藏在了这里。

　　逃难出走近十年的牛过喜重新回到石峁村时，当时的旧屋老宅早已面目全非。最令他抱恨终生的是，原先埋藏元宝的那两口井窖早已不见了。红柳树倒是不少，但究竟在哪两棵树下藏了那两堆银圆？所有这些都成了困扰在他心头的迷雾。但是，牛过喜一刻也没有停止过要揭开这些谜底的想法。而且随着年岁渐高，这种行动愈显得紧急而迫切。他常对自己的子孙们讲，这事如果不趁他在世时得出个结果，那么，他死后，先人们遗留下的这万贯家财就算彻底散尽了。儿孙们异口同声地回答说："要寻！要寻！您老好好回忆，我们拼力拼命来挖掘。哪怕将整个石峁村刨个底朝天，也要将这先人遗物挖掘出来。"

　　但是，多少年来无数次开挖的结果是：除了沙中压沙、土中埋土外，别无他物。相反，"文化大革命"时期，因为这藏匿的宝物，牛过喜还背上个地主成分的"塔帽"，致使牛家再未有过荣耀翻身的机会。后来，牛过喜的三个儿子牛德承、牛德树和牛德秉对此事渐渐淡漠了，甚至对老父亲说：

"这或许是我爷爷那会儿病中发烧，对你说迷糊话呢。"只有牛过喜的七个孙子对这掘地探宝之事还颇感兴趣，爷爷指到哪里，他们就赶紧满怀期望地挖掘到哪里。

这次，牛过喜准备将孙子们再次叫回来。但他的七个孙子说，天寒地冻得难以下镢头，等来年冰消雪融了再挖不迟。牛过喜老汉眼睛瞪得像铜铃一般，孙子们能等来年，但他黄土埋到脖颈根子的人了，怎么等？

正当爷孙们对是否动土挖掘一事争执不下的时候，他们家的元宝却令人惊奇地出现了。

最先发现元宝的人应该是同村的瘸跛子张二换。准确地说，他是被那个元宝给绊倒了。元宝将人绊倒在地，你说，这人的财命该有多大？

张二换的左腿因小儿麻痹瘸了以后，双手也就跟着懒散起来。但是，对于赌牌搓麻将之类事情却显得特别积极，几乎达到痴迷的程度。他父母自前几年先后去世后，他一人空守着的那间烂土房，一下子变得红火热闹了起来，基本上聚齐了石崆村及附近村子爱耍喜赌、乐喝好嫖的闲杂人员。和他早就分开另过的两个已经娶妻生子的哥哥，看他生活得如此糟糕，曾试图将他接济着一块儿去过活，却又被他坚决谢绝。他的那远嫁他乡的妹妹，这几年开店铺、做生意挣下了百八十万，常常百八十、数千元地给他寄钱。他妹妹明明知晓他的瘸哥哥将这些钱赌输了、嫖没了，可按照他妹妹的说法，就让她哥那样过活着吧。

这日，张二换瘸跛着左腿，正和牛家的老大牛德承在村子周围的空滩场地上闲溜达。

冬日里，难得有这样晴好的天气。天空是一片淡蓝色的纯净，大地是一览无余的空旷。夏日里生机勃勃地长庄稼的田地显得尤为荒凉，远远近近的一些土梁、道路，隔三里岔五里零星地散布在村落周围，光秃秃的沙柳、柳树和杨树静默地矗立着，偶尔的鸡鸣、狗叫和鸟语声从远方传来，荒僻中透着生机，空旷中显出幽远，寂静中透着尘世纷扰。

张二换腿瘸，牛德承手残。两个人各怀心事，在旷野中毫无目的地转

悠着，相对无语。直到太阳快要在西边的地平线上落下了，他们才顺着牛德秉门前的那条小土路走来，各自回家。

走在前边的张二换突然就被什么东西给绊了一下，他那肥大的身子猛然前倾，即刻便失去了稳扎的重心。张二换只扑腾了那么两下子，便重重地摔倒在了地上。紧跟其后的牛德承没抓住他，眼看着他像一头笨驴一样栽倒下去，竟忍不住笑出了眼泪。

突然，牛德承将眼泪一抹，笑声戛然而止。

"哎呀！我牛宝儿爷的元宝出世了！看，将我这瘸跛子竟给平展展地撂倒了。"张二换在沙地上翻滚着爬起来的一刹那，突然阴阳怪气地吼叫了这么一声。

牛德承在抹干了眼泪的那一刻，确认绊倒张二换的是一个黑土色、棱角不清、有小半块砖头那么大的一个说不上是什么形状的东西。待张二换这一声吼叫出口后，他心头"咯噔"一下闪亮了：这东西确实像元宝！

牛德承小心翼翼地向着那东西挪近后，仔细一瞧——"妈呀！"他差点儿喊出声来。这个东西在被张二换从土里踢出地面的时候，已经有几处的泥土被碰掉，露出了银灰色。妈妈呀！这果真是元宝呀！他心中顿时一惊，竟慌张得有些发抖。他弯下腰，想用右手将它偷偷拾起时，一看，光秃秃的右手腕子竟拿它不得。唉！真是该死！慌里慌张地竟忘了自己的右手已是残废的了！他赶忙换了左手来抓时，张二换却突然折转身来。

"老大，是我牛宝儿爷的元宝吧？"张二换的嗓门从未像今天这样高过。

"噢，不是！不是！废砖头一块。不知是谁家的娃娃，专撮在路上绊人哩，真是些坏鬼。"牛德承说话的声音有些颤抖，当即便沁出满脑门子细密的虚汗。但是，他随即发现，张二换仅是胡乱吼叫而已，却并未将这当真。待张二换傻笑着又掉转身子的一刹那，牛德承迅速扑向那黑物，只一脚踢过去，便使它正好落入了原先固守着的那个坑穴，另一只脚几乎在同一时刻飞快地拨动浮土，将它即刻掩埋。而后，他双脚又飞快地拨动起左右两边的沙土，当即便在这"宝贝"上面形成了一个小土包。最后，他的双脚便在上面装作不经意地踩过，像是什么事也没有发生过一样。

牛德承在极短的时间内，以极其迅疾的动作完成了这一"壮举"之后，便一个大踏步跨上前去，与张二换肩并肩甚是亲密地向家里走去。一路上，牛德承内心激动不已，表面上却仍是平静如常地喘着粗气。

自然，牛德承并未真的回到家去。他假装给牲口添草喂料，在牲畜棚圈里偷偷瞄着张二换一瘸一跛地走出很远，直到那黑影一跛一跛地完全消失了之后，他才轻轻地走出圈棚，直奔那元宝"发掘地"而去。他那偷偷摸摸的样子，既像是在行窃，又像是去捉贼。

又折回原地的牛德承，当即便瘫软在地。他刚刚掩埋好的宝物突然就不见了。这是他平生遇到的第一桩惊天怪事。

他将这现场反复搜寻了不下十次。从那屁股印大小的藏宝之地扩展到方圆几十米的沙地，已被他像疯狗一样刨挖翻搅得尘土飞扬。远远看去，像是一头驴子在那里焦躁不安地打着滚，将一抹原本平静的晚霞，搅在了一片神秘的迷雾之中。

当晚，牛德承一头雾水地回到了家里。

他没有向任何家人述说这件事情。他黑沉着脸，内心却波澜起伏。他对那一幕怪异之事，有了种种猜疑和推断，这些猜疑和推断翻搅得他彻夜未眠。

第二天，天还未亮，牛德承就从被窝里爬起来。待整个屋子都陷在一片几乎令人窒息的烟雾之中后，他才将旱烟锅子收起，起身出门去了。在他跨出门槛的一刹那，一股莫名的寒气让他浑身瑟瑟发抖。他的心一下子就寒了。

迎着渐渐露出万丈光芒的太阳，他自然地向着昨天的那个地方走去。他踩着那直射大地的光芒突发奇想，这直溜溜的光束，若能浮托了人的身子，那么，他此刻一定会踩踏着这条由光芒铺就的辉煌笔直的大道，径直奔向那暖烘烘的太阳。

这样的异想天开，让他的心一下子变得暖和了起来。

突然，他的眼前有比那太阳光辉更闪亮、更暖和的东西出现了：在他昨天刨挖过的地面的外围，留有一串清晰的脚印。这脚印他一时想不起来是怎么回事，但他对这印痕非常熟悉。牛德承未来得及做出过多的考虑，顺着地里留下的这七绕八拐明显是在逃避行动轨迹的脚印一路追踪下去。

最终，随着这脚印的消失，他在一户人家的门前停顿了下来。牛德承猛地拍响了脑门，随即惊叹着失声喊道："对了！果真是这小子的脚印！"

这小子，正是他的小弟牛德秉。从元宝"发掘地"出现的脚印，最终消失在牛德秉家门口，明摆着的，那元宝是随了这脚印，入了这门的，这是其一；其二，对这脚印，他是再熟悉不过了，这是他小弟牛德秉的那双脚板所特有的印痕。

牛德承多年来形成一个习惯，那就是，他出家门后，往往会折向南行。为啥？那里有他的父母在呀。自然，和父母同住着的小弟牛德秉，常常在他去往的那条黄土路上留下的脚印，他能不熟悉吗？

可以肯定，元宝是被德秉小弟挖走了。那么，他是怎么知道这事的呢？他的家离元宝的"发掘地"尚不足百米，一眼便可望得，可他却为何要走那么多冤枉路才回到家里？他是在躲避谁呢？对了，他肯定是怕被瘸跛子张二换知道了。小弟，你完全弄错了，你根本就无须害怕张二换。那瘸小子没福，咱家先人手上传下来的元宝，是你哥我最终发现并当场掩埋好的呀。牛德承在心里偷偷地说笑着，一身轻松地进了父母的家门。

父母一家人都已起床了。牛德承一眼瞅定德秉小弟，但见他神情怪异而慌张。这可以进一步肯定，那元宝就是在他的手里。

德秉小弟和他的大儿子定昌同年同月而生。对德秉小弟，他常常会以对待自己儿子般的怜爱心态来对待。小时候，叔侄二人常在一块儿玩耍，他常会将德秉小弟当成自己的儿子。这般疼爱、呵护的情义，是一般兄弟之间所没有的。

"德秉，昨天傍晚，你可到过一个地方？"牛德承开门见山地问道，并进一步劝慰着说，"你甭害怕。这事除天知、地知、我知外，再无任何人知晓。瘸跛子张二换更是不知道的。"

"什么地方？什么知不知的？"牛德秉一脸疑惑，瞪着双眼，唾沫星子着急地向外飞溅，"大哥，大清早的，你这是来找哪门子的碴儿？"

牛德承一下子被噎住了。瞬间感觉岔了一口气，胸腔一阵绞痛。他仅有的那只左手，颤抖着伸向前方，在半空中坚硬地一指，却又不知要指向哪里。末了，那手才迟疑地一软，习惯性地从衣兜里抖抖索索地抽出了那杆老旱烟锅子。他将黄里透白的干涩的粗烟叶子塞满烟斗，正要用那只左手费力地去擦火点烟的一刹那，却突然将旱烟锅杆子猛力一挥，似利剑般地直指着牛德秉："你小子想黑心，没门儿！我顺着你的脚印都找到这里来了，你还想抵赖？"

"谁抵赖了？抵啥赖？"

"就你抵赖了！就你小子拿了，还不承认？！"

"放屁！"

"啪！"牛德承长长的旱烟锅杆子，被牛德秉坚硬的头颅拦腰撞断。

"你打人？！你打死我算了！你打！你打！打！"牛德秉一声长号，咆哮着扑向牛德承。

牛德承似一头斗疯了的公牛，左拳、右腕同时开弓，雨点般地落在了这前来找死的家伙身上。

突然，牛德承脑袋上一声脆响。他瞬间眼冒金星，脑袋一阵眩晕，身子晃荡着，十分艰难地背靠了墙壁后，就异常绵软地溜滑着落地了。但是，他的双眼依然向前方努力睁开着，他看到手里操着折断且露出了白茬子拐杖的老父亲，老父亲正指天画地、面目狰狞地站在他眼前。但是，父亲说什么，他都听不见了，他只是心里明白：自己当头那要命的一击，正是来自父亲手里这一根粗实的拐杖。当他看到和明白了这些后，就慢慢地歪斜了脖子，身子彻底地瘫软了，闭了眼。

牛德承是被一阵剧烈的疼痛强烈地刺激着醒过来的。这疼痛不是来自感觉异常沉重的那颗脑袋，而是来自他那光秃秃的右手腕子。他本能地用

力抽动右臂，才发现，胳膊已被两个儿子定昌和远昌一左一右死死地抓牢固定着了。站在面前的是本村的赤脚医生刘国光。刘大夫手里捏着一把像是老婆纳鞋底时常用的那种小钳子，正像老婆纳鞋一般，从他的皮肉里将一根穿了丝线的弯曲着的银针，用钳子紧紧夹着，缓缓向外抽出。对了，疼痛正是来自这皮肉穿针。他猛地惊醒了过来，脱口问道："这——怎么啦？"

众人"唰"地将目光投向了他。

"刘大夫，我爸醒了！"定昌和远昌几乎同时惊喜地叫出声来。

"这就好！这就好！等一会儿输液，想必问题不会太大。"刘大夫一边说，一边在第十五针的缝合处，用手术钳娴熟地打了个结。一阵消毒之后，再用一团白纱布将这尚在向外渗出淡淡血水的秃手腕子小心翼翼地包扎了起来。

牛德承在伤痛中渐渐明白：这皮开肉绽的挫伤，定是他用伤残初愈的右手腕子没命地狠戳那个"灰东西"时，带来了疼痛感呀！

牛德承卧炕休养了半个月之后，就不得不咬着牙从被窝里爬了起来。因为，只要他一直卧床不起，他的二儿子远昌就会一直伺候在他的身边。这个二儿子刚刚找了这么个临时工，一旦迟误了，人家将他开除，这个家不就彻底没有指望了嘛！

牛德承从热炕上挣扎着起了身，将牛远昌强硬地赶撵回城后，他就像一个月之前刚从鄂东市打工回来的时候一样，又将一条包裹得白黄僵硬的右臂在前胸悬吊了起来，异常枯瘦而羸弱地开始在石峁村里时不时孤魂般地出没。

当这个"孤魂"再次游移到他的父亲牛过喜老汉家的时候，正好老汉独自在家。父子之间沉默相对，顿然觉得双方失去了往日牵念的亲情，却平添了种种积怨和愤懑。

牛过喜老汉见牛德承时隔半月又找上门来，心里不由得"咯噔"了一下，紧张了起来。老汉颤颤巍巍地上了火炕，看着自己的儿子牛德承又悬吊了起来的残废了的胳膊，心里又不由得一软，本想说："伤得怎样？现在……"但是，这话到了嘴边，却又断然咽了回去，他心里很不舒服地想：都是自找苦吃！你为何平白无故，一出手就打我那"老生儿子"，打你的亲弟弟？你嫌弃我这把老骨头了是不是？跑到我门上来打人，还不如拖口棺材过来，趁早将你老子我给装殓了算了！

"老爹！你不知道呀！……"牛德承在他老子牛过喜面前呆呆地吸进去满肚子的老旱烟后，猛然间就像弃儿一般，异常委屈地哭诉开了……

随着牛德承讲故事一般的述说，牛过喜先是愣怔，后来就异常惊诧地张大了嘴巴。牛德承已经将那"元宝事件"一字一顿地给他讲述完了，牛过喜处于惊慌中，一时间没反应过来到底发生了什么。突然间，牛过喜老汉的一只手抓住白脑壳上戴着的那一顶白瓜壳帽子，用力抹了下来，死死地攥在了手心。他大口大口地喘着气，满脸疑惑，干瘪糙裂的双唇剧烈地颤抖着，却始终未能吐出一丁点儿的话语来。末了，牛过喜老汉缓过了气息，一眼死死地盯住牛德承那张黝黑泛黄的脸皮，吃惊地问："……你是说，咱们家的老元宝找到了？现在就在这老三的手里？"

"是的，老爹，千真万确！那天，我是顺着德秉的踪迹，找到了这门上的。否则，我咋敢下这结论？"

"那你怎么一上手就打人，将好端端的事情，搅成了这一团乱麻？"

"我原想，德秉小弟根本就不会有小心思。不承想，这小子竟一口咬得死死的，我能不气愤？我当时正心躁性急，这手就比那口出得快了。"

"唉！我本该拉架，不该打你。你现在好好养着你的那只残手，剩下的事就交给你爹我这把老骨头好了！你就不要再为此事争执，免得传出去了，瘸腿子张二换要是来和咱们分金夺银，那可就麻烦大了。咱们宁肯自己头烂，也不能将这事给外传出去，懂不？"

"嗯！"牛德承眼里含着泪水，神情激动地点着头。

牛德秉本来已渐趋平静的心情，这几天又烦乱不堪，常常有点儿惊慌失措之感。

不知为何，那天曾替他出头、帮他说话的老父亲，这几天却突然对他开始盯梢。这天，早饭刚过，他怕老父亲再次问起那事，正准备溜出门时，父亲却抢先追问他："那元宝是否落入了你手？"

"什么元宝？爹，你怎能说出这种闷葫芦话？"

"你甭给我耍把戏、卖奸猾了！事情的根根梢梢，我早已打探得一清二楚了。你小子要对得住天地良心呀。你还没个子女，你就不怕断子绝……"

"你——谁断子绝孙了？谁——"牛德秉哆嗦着手臂，猛然间，右手食指愤怒地直指向了面前那个白光的脑壳。

突然，他又觉得不妥，指头赶忙缩了回来。但是，此时，他的理智已然丧失，他已经无法摆脱"断子绝孙"这颗重磅炸弹的痛击。

突然，牛德秉情绪激动地将父亲拉着，一同面向那神龛跪伏了下来，叩过头后，猛然间开口道："我牛德秉对神发誓：谁要是拿了那元宝，叫他断子绝孙！谁要是冤枉了好人，就让他上吊身死！谁要是……"

牛过喜一双冰凉的老手，连忙绝望地按压住这张"血盆大口"。他残老的身子霎时僵直，气得说不出话来。

第十章

与所有烦躁的人形成鲜明对比的是，这一阶段，牛定昌倒显得异常美满和幸福。他的胆子也大了许多，夜间不敢出门的毛病，也被他逐渐努力克服掉了。甚至黑天半夜里，偷摸着去和候娥姐幽会时路过他家的那个坟墓式的"土圆仓"时，他也能大胆地走过而不再是心惊肉跳、畏缩不前了。所谓的色胆包天，说的大概就是牛定昌现在这般情形。

不过，牛定昌的大胆也就仅限于这一件事而已，别的事上，他仍然显得小心而畏怯，他的胆小如鼠不会有根本上的改变。就如这次"元宝事件"中，他就一再埋怨父亲，说他不该打人惹祸，最终致使自己的残手腕子再度负了伤，这不是明显的惹祸上身嘛！

牛定昌现在越来越害怕一个人。这个人不是师傅王越贯家族中的人，也不是候娥姐娘家的人，而是同村的瘸跛子张二换。这个"老光棍"像那传说中的"无头野鬼"，经常半夜三更来敲打候娥姐家的门，常常搞得他这个"小光棍"像小孩子一般紧紧地畏在候娥姐的怀里不知所措。这几天，这个"老光棍"可能实在熬磨不住了，竟接连天天晚上前来，敲门不止，还隔着门说："……候娥妹妹，你让牛定昌那龟孙子来，就不能让我来一回吗？"

定昌和候娥逐渐酝酿成熟了要惩治这瘸跛子的计策。待摆好家伙，布好圈套后，接连三四天里，张二换却并未前来，没有咬钩。他们只好将这些玩意儿撤掉了。

"可能是这瘸鬼觉察到了什么，有意不敢来了。"定昌得意地说。

"准是贪赌去了。等过阵子消闲了，肯定还来打搅。"候娥回答道。

两人正探讨着，"嘭嘭嘭"的敲门声突然响起，像是突至的风暴。

"……牛定昌，你龟孙子好受活呀！你也该让一让你叔了吧？"张二换将一只耳朵紧紧贴向门缝，竭力捕捉着里面令人动心的喘动。良久，他又继续压低着声音说："娥子，我知道你拉扯三个碎娃娃受罪着哩，你哥我今黑夜里，是专门给你送钱来了，你快开门。……哎哟，冻死我了！哎哟……"

"这老东西怎知道我在这里？"牛定昌听见张二换隔着门对他发话，气急败坏地低声问道。

"怎么不知道？你喘气声多大呀，他能听不来？"

"那也不一定是我吧？"

"我就让他知道是你，那才好呢。"

牛定昌吃惊地看着候娥姐，觉得这妇人有点儿疯。

"你快起来。咱让他吃辣子。"说话间，刘候娥已经开始穿衣服了。不多时，就听见有摆弄家伙的声音传来。牛定昌心里一阵紧张，赶忙穿起了裤子。黑暗中，他听到候娥已经将门闩子悄悄地拨开了。一想到即将有事情要发生，他心里禁不住像擂鼓一般，狂跳不止。

"……送钱的，你悄着声，慢着点儿进来吧。"刘候娥一本正经地低声向着门外呼唤道。

"嗯？……嗯！嗯！"张二换一阵狂喜，激动地说，"候娥妹子呀，这才够话！"

"啪！"

"哎哟！哎哟哟！哎——哟——我的妈哟！哟！——"

牛定昌知道张二换在迈进门口的一刹那，中了机关，遂一闪身，撩起过洞的布帘，躲到了隔壁的房间。还好！三个孩子仍然在睡觉，还没有被这三个大人给惊扰醒。

"咯噔!"隔壁房间的电灯被拉亮了。顺着门洞映射过来的光线,将里间的这屋子照得有些透亮。牛定昌连忙蹲下身子,蜷缩在了墙圪塄。

"哟!他叔,你怎么偏巧就触碰到了这捕鼠的铁夹子。啊呀呀!放着多宽的路不走,你偏就……"

"我偏就要做只贼鼠,让你们来打!"张二换可能一时疼痛难忍,深深地吸了口气后,突然喊道,"牛定昌!你个龟孙子!你快滚出来!老子今晚倒要看看,你们两个狗男女是怎么个'打老鼠'法!"

张二换就像一只未被彻底捕获制伏的恶狼,现在正凶狠地回过头来报复。听着他那些不依不饶的话语,牛定昌当即便瘫软地跌坐在了那个墙圪塄里,他脑子里突然一片空白,情急之中,竟反应不过来这究竟是怎么一回事了。

突然,牛定昌听到隔间里有异样的响动声传来:起先是两人喘着粗重的气息,后来,随着不断传来的奇怪声响,床板被粗暴地掀动着,碰着了墙壁,震得他紧贴墙壁的背脊发麻……

他的一颗心一下子提到了嗓子眼儿。"定昌!快!快赶开这个老畜生!"随着刘候娥这一声拼命的叫唤,牛定昌头皮一紧,头发"唰"地向上直竖,待他明白过来刚才并未发生那种事时,他那胡思乱想的情绪才稍有缓和。

这瘸鬼要强暴人?!怎么办?他蓦地从墙圪塄腾起了身子,瞬间鼓足了勇气,豁出去了。当他腾身而起就要冲过去的一刹那,一连串脆生生的哭声突然炸响,惊得他当即不知是收腿好,还是迈步对。他顺着哭声,本能地急速掉头看去,才发现候娥姐的三个孩子鸡雏般地坐在被子里边,三颗小脑袋,六只眼睛,一齐朝向着他。三个熟睡中的孩子,显然早已被那个可恶的瘸鬼给惊醒了。这三个小家伙一时不明白外面房间里究竟发生了什么事情,颤抖着坐在被子里,像是被劫鸟巢中的幼鸟一般。

牛定昌一看这等情形,决定先安抚孩子们,再去救大人。他正要靠近时,孩子们却像是有恶鹰扑过来一般,惊骇地退缩着,并异常恐惧而绝望地放开声哭喊开了。

牛定昌一怔，惊愕地急忙后退，号叫声也跟着渐退。这时，外间的撕扯叫嚷声却愈演愈烈。一时间，牛定昌被里外间这哭喊叫骂声刺激着，魂飞胆战，是进是退没有了主张。堂堂一个八尺男儿，竟浑身哆嗦着惊愣在了那里。

突然，一声沉闷的钝响过后，所有的一切又恢复了深夜的寂静。

所有的阴森与恐怖，刹那间在暗夜里幽然滋生。牛定昌猛然间明白了什么，一个箭步紧急向外间冲过去，眼前的一幕让他惊惧着跌跪了下来。

张二换被刘候娥用菜刀背子劈头打倒在地的第二天，就被他的两个哥哥抬放到了牛定昌家的热炕上了。

牛德承惊慌失措地质问："这是怎么一回事啊？"张二换的两个哥哥却头也不回地走了，临跨出门槛时，他们喊出话来："人已给你们打了交代，是死是活自个儿看着办吧！"

张二换头上包扎了一圈白纱布。左边瘸腿脚上裹着厚厚的棉絮，显然已无法穿鞋袜，无法正常下地行动了。他像是给牛家打天下，刚刚负了重伤，正瑟瑟地缩在炕上，需医待药，等吃要穿，看功领赏。

牛德承夫妻惊慌失措，愣怔着面面相觑，他们真的不知道又是哪一方天空轰然塌陷了。

突然，牛定昌不知从什么地方冲杀进来，他一只手怒不可遏地直指张二换的脑门，随即浑身颤抖，满脸憋红地喊道："张二换！你凭什么讹人？你凭什么讹诈寒碜人？你——"

随着牛定昌这凶悍的叫喊声，张二换突然在炕上抽搐成团，他双手揽抱着双膝，小孩子般地翻滚着哭闹了开来："哎哟哟！疼死我了！我今天就死在这里算了！"

"你这不要脸的老瘸腿！"

"谁不要脸了？"张二换猛地翻身坐起，满脸透着委屈受辱的神情，异常悲愤地嚷道，"你这娃娃贼心老辣，和那寡妇乱了辈分，胡乱搞在一起也倒罢了，却为啥要设计陷害我这残废了的孤零人？都是邻居，你娃娃怎好意思呀！"张二换嚷叫中，竟委屈地抹开了眼泪。

听他这样嚷叫，牛定昌更加气恼，但话语却不再强势，他愤慨地叫道："谁设计你了？谁陷害你了？告诉你，我可没碰你半根毫毛！"

张二换愣怔地瞅着牛定昌，突然泪水止住，脸色煞白，急切而愤怒地吼道："你躲在幕后谋划害人，却还装作无事好人？今天，老子我明着说了：原来，我只想看看你小子肯不肯认错，我心底里并未像我的两个哥哥教唆的那样要乘机讹人。现在，你既然说这事与你毫不相干，那么，老子我也就不得不讹一回人了。你小子看不好我老汉这伤病，我还真不走了！反正我这瘸腿子一辈子活得苦，最终就给你小子挂个'肉门帘'算了！"

牛定昌满脸涨红着，还想嚷叫，却被他母亲强扯硬拽着，拉出了门。

牛德承大概听明白了是怎么一回事，他惊疑而讨好地靠近了张二换，干燥的嘴唇努了几努，最终讨好似的说："二换弟，你看我养了这么个臭小子，你就甭往心里去。千错万错是我的错，你要不嫌老哥这里简陋寒酸，就住着吧。反正，我的这右手腕子也伤痛得厉害，咱们两个伤残兄弟不正好可以同病相怜，好好说说知心话吗？"

牛德承见张二换渐渐低垂了那花白的脑袋，便继续动情地说："咱整个冬天，猪肉、羊肉也都吃腻了，等会儿让你嫂子把那只大公鸡宰了，正好给咱弟兄俩补补伤残。冬公鸡、夏草鸡，好着哩。"

末了，牛德承才话锋一转，问到了正题："二换弟，你说，定昌这臭小子和刘候娥有那种事了？"

"德承哥，你还不知道？"张二换显得有些惊奇地说，"这小子竟敢和那下贱的寡妇设计陷害我，在门口安了捕鼠夹子，将我这病腿……"

"甭说了，老弟，我全明白了。"牛德承沉痛地向张二换摆了摆手臂，低着脑袋没话了。

"老哥，我只是说说而已，我怎会讹你呢？我只是想吓唬吓唬定昌这小子，压一压他的狂劲儿。"

张二换说话间，挪动着身子靠近了牛德承，然后又神秘兮兮地说："我

只怕王氏弟兄不依不饶。老哥，你可要提防着点儿。"

"王家？"牛德承惊慌地抬起了头。

"对呀！王越贯死了不久，你家的定昌就和刘候娥这么勾搭上了，这不是给王家户族门上抹黑吗？"张二换眉飞色舞地进一步分析说，"王越贯的那三个愣头弟兄可不像我张二换这般好说话，那可是什么瞎事都能做得下的。"

牛德承突然感觉受伤的手腕子钻心般地疼痛难忍。这几天，这手腕子一直隐隐作痛，但还没有像今天这般发作得厉害。这一刻，他疼得差点儿叫出声来，人也再没办法稳当当地在炕上闲坐着了，配合着这要命般的疼痛，他赶忙下了地，一张蜡黄的瘦脸痛苦地扭曲着。

郭高娃忙将止痛药拿来，给牛德承灌服了两颗。

牛德承却一把夺了药瓶，"唰"地将手里小半把的药片放进了嘴里。

不多时，豆大的冷汗从他的脑门沁出，人也稍稍安定，"舞蹈"逐渐停息了下来。

"你怕是得用杜冷丁了。"张二换看出牛德承的伤痛比他要严重得多，就想起了医生曾对他说过：实在疼得把持不住，就该用这麻醉类药品。但凡这类药品，多有依赖性，用了就难以摆脱得开。于是，他又更正着说："最好不要用！"

张二换好吃好喝了三四天，十分满意地走了。可是还没几天，王越贯的两个哥哥和一个弟弟就真的攀上门来了。他们气势汹汹地到来后，倒没有对牛德承家怎么样，甚至连屋门也不肯进去。他们只将牛定昌叫出门外，在院子里敲着他的脑袋威胁性地警告说："再到我们家那寡妇门上骚情，小心打断你小子的狗腿！不信，你就等着瞧吧！"

随着前后这两起事件的突然发生，使得本来已经伤残了的牛德承，感觉到肢体的残缺已经逐渐侵蚀到他内心的健全。而这种心灵的残疾所造成的伤痛却往往是可怕而致命的。

对于上次"元宝事件"，牛德承经过一段时间的反思和揣摩，现在基本认定可能是他当时看走了眼，加之求"宝"心切，就将所有的可疑点，轻率地估断为自己已断定的事实，最终栽赃到了弟弟德秉的头上。所幸这件事只限于他们家庭内部知晓，并没有给德秉小弟造成什么损伤，但给他自己却带来了严重的后果。那只残废的右手腕子自那次再度负伤后，虽然缝合了十几针，当时看来好像不会有太大的问题，但现在快过去一个月了，问题的严重性才逐渐显现了出来。

虽然他的这只右手至腕部被截锯了，但在痛觉方面，他仍然能感觉得到。起先，他感知右手爆裂般地肿胀着，令他似疼非疼、酸困发麻。后来，感觉内部有东西来回奇妙地游走。他像是被蛆虫啃咬围困着一般，整日奇痒难耐，坐卧不安。最终，奇痒收敛，肿胀渐消，却有沤腐不尽的脓血向外流淌。他感觉那并不存在的指头和手掌及存在着的掌腕和胳膊，全都犹如被浸泡在了盐池里。那钻心要命的疼痛，使他感到了似乎要将整条胳膊甚至整条生命都给截锯掉了。

在婆姨郭高娃的一再规劝下，牛德承正准备回城去重新彻底医治这只手腕时，牛定昌偏就惹出了这等事端。这件事初看起来，像是定昌这娃成熟了，有闯劲儿、能涉世了。但仔细思量，却是要毁了他的一生。他和王越贯的女人搞在了一起，不说他不记恩师情义，乱了辈分；也不说他由此招惹事端，得罪众人；更不说他沾腥费神，贻误前程。单是他年近三十岁的人了，却摒弃祖德遗训，落下个头脑简单、嫖宿乱性、缺失道德的坏名声，仅此，他这一辈子的"光棍"命运，便是注定了。

人小活父母，人老活儿女。眼看着向六十花甲靠拢的牛德承，活得个啥儿女？他不想也倒罢了，一旦前后思谋起来，真觉得活不成个人了。因此，当这件事稍有停当，他的婆姨再次劝他去医治那只脓肿着的手腕时，他却将老脸一沉，闷闷地吼道："死不了！要是能跟着这伤痛死了，我这辈子倒可少遭些罪孽。"

无论是张二换入住讹诈，还是王氏三兄弟上门威胁，都丝毫未能阻隔牛定昌与刘候娥的联系。相反，由于各种外在侵扰与阻挠的存在，反而更

进一步加深了两人在一起时的新奇与刺激。他们因为共同面对了风浪，心与心反而贴得更近了。

不过，现在有一个最直接的问题却摆在了他们的眼皮子底下。刘候娥的三个孩子对他们之间的交往已经有了察觉。这天半夜里，当隔壁房间里那异样的喘息声和撞击声再度响起时，三个孩子就在这边"哇"地哭喊开了。这时，刘候娥披了个衫子跑过来，连凶带吓唬道："悄声睡！哭啥？半夜三更的，就不怕招来恶狼？"刘候娥说着，就又要走开，三个孩子突然又哭叫道："妈妈！你别走，我们怕恶狼！我们怕……"

"别怕！妈妈在外间给你们照看着恶狼，你们才好睡了啊！"

"妈妈，我们害怕外间的响动。"十三岁的大男孩不满地说。

"妈！定昌哥哥为啥天天欺侮你？"十一岁的小男孩疑惑地质问道。

九岁的小女孩哭着扑向了妈妈的怀抱，娇声嫩气地哀求着说："妈妈，我怕。我要和你睡……"小女孩边说边拉着妈妈的手往她这边扯，拉扯中，就又哭得更凶、更委屈了。

刘候娥再不知该如何安慰孩子们了。正左右为难之时，牛定昌穿戴整齐地走了过来。他从贴身口袋掏出了大把的糖果，刘候娥连忙抓了几颗塞在了小女孩的手心，小女孩立刻喜滋滋地停止了哭声。当刘候娥再将剩余的糖果分给两个男孩子吃时，他俩却将小手向后甩去，愠怒地噘起了小嘴。

牛定昌立刻小声着说："别恼，别恼哇，叔叔……噢不，哥哥，哥哥这就走呀。"

刘候娥一把拉住了他的手，嗔怒地说："这黑天半夜的，你往哪儿走？"但是，她一时也想不来究竟该怎么办。两个大人在三个孩子面前，面面相觑，显得难为情极了。刘候娥稍作镇定后，才又对定昌说："你就在那张小床上睡吧，我和孩子们在这边睡呀。"三个孩子听母亲这样一说，立刻欢愉起来。两个男孩突然快乐地开始争抢那放在枕边的糖果。

牛定昌发傻呆愣地看着他们母子，而后默默地走回隔壁去，在留有余温的小床上，独自蜷缩了下来。

接连几天，牛定昌再未登门。

刘候娥以为，定昌多日不来，可能是出门去了，但当她远远地看到定昌的身影仍在自家房前屋后忙碌进出时，她的心当下就"噔"地弹跳起来。

不知为什么，刘候娥突然没有了往日的温柔和善。她心性易怒，脾气暴躁，常常因为一些无足挂齿的小事将三个孩子凶喊个没完，搞得一家人紧紧张张，异常不舒畅。一天，刘候娥的大孩子放学回家后，见他妈妈整日就这样黑沉着脸，心生怜悯，遂磨蹭着走过来，小心地说："妈妈，还是让定昌哥哥过来住吧。"

刘候娥诧异地看着这小家伙，惊疑地问："为啥?"

"定昌哥哥来了，我们都高兴，都舒畅。"

刘候娥稍一愣怔，而后深深地弯下了腰，将孩子一把抱住，紧紧地搂在了怀里。当即，一股热流从心际涌出，瞬间模糊了她的眼睛。

第二天，刘候娥便毅然找到了牛定昌家。

牛德承老两口见刘候娥突然登门，感觉有些惊讶。往日里很熟悉、很要好的邻居，今日彼此间却显现出隔阂。一种无法摆脱的尴尬氛围在每个人的心头留下了阴影。

"她婶，快……快过来坐吧。"还是郭高娃率先打破了这种僵局。

"哼!"牛德承瞪了刘候娥一眼，一只脚在地上狠狠地跺了一下，气呼呼地扭头走出了房门。

刘候娥眼泪汪汪的，埋着脑袋，狠劲儿地搓捻着两个大拇指头，像是做了错事的孩子，显得紧张而慌乱。

末了，她终于坚定地昂起了头来，表情复杂地看着郭高娃说："高——高娃姐，定昌去——去哪儿啦?"

"刚才，还在给牲口添草喂料。"郭高娃见刘候娥说话吞吞吐吐，怪可怜的，想想她一个寡妇人家，也真不容易，就又近乎同情地说，"你刚才从外面进门时，没见着他?"

"见着了。我见他进了家门，这才过来了。"刘候娥实话实说。

"嗯？这就怪了……"郭高娃搜寻了一遍前后屋子。刘候娥也确信定昌并不在这屋里，只感觉一阵纳闷儿。

"找他有事？"郭高娃装出一脸的平静，试探地问道。

"噢，没——没事。嗯，有一袋子玉米，我想往家里搬一搬，我一个人搬不动，想让定昌帮着抬一抬。"刘候娥慌而不乱，信口撒了个谎。

"噢——"郭高娃用异样的眼光瞅着刘候娥，再不说啥。

刘候娥赶忙低了头，再次条件反射般地搓捻起了那两个大拇指头。

沉默片刻，她蓦地醒悟了过来，连忙讨好地向郭高娃笑了笑，尴尬地小心退出了牛家的门槛。

牛定昌刚才的确是进了自己家门的。他是看见刘候娥像是要去往哪里，将要路过他家门口时，才放下了喂牲口的活儿，急急地躲回到家里来的。可令他万万没有想到的是，候娥也跟着他，就要进到他家了。他顿时紧张得透不过气来：这女人不要命了？这不是明摆着要让我爱面子易动气的父亲当面给难堪吗？候娥呀！你怎么就这样糊涂了呢？

在刘候娥跨入门槛的一刹那，牛定昌迅速溜入灶间，猫儿似的顺着通往房后的那道小门，逃走了。

就眼下而言，牛定昌是不会也不敢去考虑他和刘候娥之间今后究竟会是怎样的。他只觉得候娥姐给了他身心的无限欢愉，使他明白了人世间原来还有如此美妙的时刻。一如当年的亚当和夏娃偷吃了禁果，他岂可和这个可亲的人儿分割开来？但是，候娥姐毕竟是拖儿带女的邻居大婶，是成家立户的师母长辈。和她在一起独处时，他可以大胆地甩脱人世间这所有的禁锢。但是，一旦远离了和她在一起时的亲密接触，他的头脑就逐渐恢复到清醒冷静的常态。特别是在张二换和王氏三兄弟先后找上门来和他闹事之后，他就逐渐开始思考那世俗中的常理了。

那天，因为三个孩子的哭闹，他独自在那张小床上委屈了一夜。第二天，未等候娥和孩子们起床，他就早早地离开了。当他迈出候娥家门槛的一刹那，突然看到了一个人影从他的眼前神秘地掠过，就像是在候娥门道口蹲候盘卧了一夜的恶狼，猛然被他开门惊起后，逃遁了。他猛一惊愣，然后赶忙追出院落，远远望见逃窜着隐入对面柳林丛中的"狼影"，正像是已故师傅王越贯的小弟干小贯。牛定昌突然被吓了一跳，头皮阵阵发紧，浑身迅即起了一层冷森森的鸡皮疙瘩……

他情急慌乱中，解出了一泡屎尿，而后慢慢明白，女色不可贪求！看来，王氏兄弟已经在暗中盯着他了。

他隐约预感到，有人就要在暗中害他了。

第十一章

石岇村人普遍都念叨着：今年的这个冬天呀，来得极早又迅猛，但不持久，不像个正经冬天。好长时间里，气温往往徘徊在零下几度，很少有低于零下十度的。这样的暖冬是近年来少有的。表面上，老天爷以慈善的面容，给人以温暖舒适的感觉；实际上，却有一种笑里藏刀的隐忧。来年里，庄稼的病虫害会很厉害，人畜的瘟病也会多起来，各种流行病症会大范围泛滥，等等。该冷不冷，会打破整个大环境的规律，导致各种自然灾害的发生。

俗话说：人无远虑，必有近忧。

对于老天爷的各种变化，普通人是无能为力的。人们大多只能是默默地去承受老天爷给予人的或远或近的忧虑。这个暖洋洋的冬天，给石岇村人带来的最直接麻烦是：宰杀了的猪肉、羊肉、鸡肉、牛肉冻不实，难以存放。石岇村的家家户户，多少年来形成了一个传统，即小雪时杀羊，大雪时杀猪。这些猪肉、羊肉几乎从来不卖，只在冬天里全部冻硬存放着，慢慢地被家人吃掉，而其他时节基本就不再吃肉食。即使在如今的市场经济时代里，这种状况仍然没有太大的改变。

对于存放过冬的肉食，牛德承多少年来积累了经验，即使面对今年这样的异常天气，他也是不焦不躁，胸有成竹。这就不像其他的庄稼人，眼看着肉要腐烂掉了，就赶紧忙乱地将肉全部入锅，熬炼成油。这样虽然省时省事，但至此就再没有爽口的肉可以享用了。那么，牛德承存放肉食，究竟有何妙招呢？其实，说来也很简单，他只是比别人多花了些时间，多费了些周折而已。白天，他将所有的猪肉、羊肉依然摆开吊置在自家存放粮食的那个"土圆仓"里，只是在夜间，他就会将这些肉块搬挪到自家的房屋顶上，待到太阳露脸，照耀着房顶时，再将这些肉块由屋顶搬回到"土圆仓"里。如此反复挪动，为的是让这些肉食最大限度地处于阴凉通风处，即使在最暖和的冬日里，也能使肉食逐渐风干，而不会腐坏变质或者沤烂。

今年，当然比较特殊。牛德承的右手残废后，又受了重伤，现在整个烂成了一个大脓包。因此，这天天挪动肉食的重担，就完全落在了牛定昌的肩上。

对于牛德承来说，这些肉食就像前些时候"发现"的那元宝一样，是家里最为金贵的东西。往年，他会不知疲倦地独自完成这所有的工序，其他人要想插手此事，他总感觉不大踏实，难以放心。现在，他显然已经做不到这一切了，但他仍然顺着那架木梯子艰难地攀爬着上到了屋顶，像是政府重点工程建设的总指挥一样，正全神贯注地指导着定昌这样或那样地将所有的肉食安放妥帖。

牛定昌刚开始时，对此项工程还有积极性。后来，他突然悟出，如此麻烦的营生，其实是没有必要继续进行下去的，也不符合讲求科学、谋求效率的现代处事理念，所有这些颇费辛苦的事情，其实只需买一样东西便可解决，这样东西当然就是电冰箱或电冰柜了。

牛定昌将这样的想法向父亲述说了之后，牛德承冷冷地看了他半天后，才说："这样一来，我们不就成为石岬村的'首富'了吗?!"

牛定昌仔细一想，的确也是。因为到目前为止，全村还没有一户人家能用得上这洋玩意儿。

前几天，村支书张喜旺召集全体村民开会，向大家传达说："党中央要彻底解决农业、农村和农民问题，要在二十一世纪初，实现咱们农村的小康社会。"牛定昌当时一阵激动，斗胆问道："小康社会是啥?"张喜旺挠了

挠头皮，念了半天书报上的官话，群众愣是没弄明白。最后他就干脆地说："在咱们石峁村，若我们每个人每天能吃上二两肉，喝上二两酒，每周能洗个澡，这样我们就是进入小康社会了！"

群众立刻听明白了，遂喊道："那还不容易？那我们现在不就可以实现小康了吗？"后来，回去踏踏实实过日子了，大家才真切地悟道：一天、一周、一个月实现小康容易，可是满年里，天天有二两酒喝、二两肉吃，那就难了。至于说洗澡，有些庄稼人，那是一辈子都未曾有过的事情，大多数受苦人，都是喝汤吃素、洗脸抹脖子过来的。小康目标，似近实远啊！

这样想着，牛定昌就明白了父亲的话语：是的，就眼下而言，这些肉食还得按照老父亲的安排，因天时变化而来回笨拙地上下挪动。

"哪一天，这肉入了冰箱，就标志着咱家步入小康了！"

牛定昌在房梁上，一边爬高爬下，大汗淋漓地搬动着肉块，一边对父亲讲出了这句充满美好理想的话。但是，令牛定昌万万没有想到的是，他的这话出口后还没几日，他的父亲就因灾祸，永远离他而去了。至此，他就基本上彻底丧失了那做梦的向往。

这突如其来的灾祸，说它是情理之中，是因为，本来已残疾的牛德承，本来就有可能会从那极不平整且乱摆放着肉块的房屋顶上栽下来；说它意想不到，是因为，他是为了追赶偷肉的贼，一不小心从屋顶倒栽了下来的。

据牛德承尚且清醒时所留的遗言：那窃贼像是王氏三兄弟中的一人。牛定昌听了，当即急出一身冷汗，顿时后悔自己不该和刘候娥有那种沾染，乃至酿出了如此的祸端呀！

牛远昌十万火急地从县城被召回之时，正是父亲牛德承性命难保的危险时刻。牛德承从凌晨摔伤时，被抬往乡医院，到现在半夜时分，又被抬回了家里。这样抬去抬回的举动，明白无误地告诉人们：牛德承的生命已走到了尽头。

牛远昌呆呆地抓着父亲的左手腕，已基本摸不出脉搏了。他的双眼死死地瞅向一个地方，就那样一直凝滞着，眼睛里已没有半点儿泪光。

牛吉昌用整个身体拥着父亲受伤的上半身，双眼紧紧地盯住父亲黯黑塌陷的脸孔，似乎在呼唤着、渴盼着什么。

牛定昌呆滞地跟在叔父牛德树和牛德秉的身后，正为父亲的一应后事开始仓促奔走。赶在牛德承咽气时分，他们将本来是给牛德承的父亲牛过喜老汉准备的棺木搬过来，准备给他先用了。牛德承的那只被截锯了的右手，也被他们从那"土圆仓"的地窖里取出来，以便在浑全身子时，将它永远地带走。

凌晨时分，一阵异样的鸡鸣声过后，几个上些年纪的邻居走了进来，开始给牛德承穿寿衣。这当口，牛德承的老婆和三个孩子悲痛欲绝地扯开嗓子哭喊开了，致使给牛德承穿寿衣的邻居们也纷纷噙着眼泪，手哆哆嗦嗦地拉不开弓。郭高娃被族人抬架着，避开了这里后，穿红着绿的牛德承便被抬放在地上的红漆棺盖上面。众人齐跪两边，静默守候着。突然，大家看到牛德承的脸色大变，吸进去的气息再不上泛，便七手八脚，紧急慌乱地就着棺盖将尚存一丝气息的牛德承抬出了屋门。当牛德承被人从棺盖上抬下，安放在停靠在院子边上的那具红油漆棺材里的时候，他果然两眼上翻着，彻底地蹬腿咽气了。此时，天色刚好微亮。清冷的早晨，已经刮起了大风。刺骨的寒潮，一夜之间便将原本温暖的冬日天气，带入了无限的酷寒之中。

在即将盖上棺盖的当口，老三牛德秉突然气喘吁吁地跑了过来。在临近棺木的一刹那，他双腿一软，猛地跌跪下来。而后，他涕泪俱下，连滚带爬地抓扑上前，双手紧紧地把住了棺材沿口，哭喊道："大哥呀！我的好哥哥，我对不住你呀！是我害了你呀！我今天将这元宝拿出来——哥！你就带着它，好生上路吧！大哥呀！我的好哥哥……"

牛德秉像一头受了伤的雄狮，哭着喊着，蓦地扶棺而立，手臂一挥，将一个明晃晃的东西揣进了亡人牛德承的衣怀。

牛家人立刻明白，这是一个元宝。可是其他人，却并不明白这到底是

怎么回事。大家诧异地看着牛德秉的这一举动，一时间竟忽略了各自手头操办着的紧要事情。

"你原谅我吧，我的好哥哥呀，我对不住你呀！"牛德秉又哭喊着，眼泪唰唰地掉进棺内，溅在了亡人的寿衣之上。邻居们见此情景，赶忙将他一把拉扯开来，惊慌而煞有介事地提醒他说："泪溅亡人身，你这不是给你哥身上钉钉子吗？"

牛德秉像是忘记了一切，又挣脱众人，悲哀至极地扑上前。一些人急忙将他架开了，另一些人赶忙上好了棺盖，用筷子粗细的锃亮的铁钉将棺木牢固地封死。

在叮叮当当的封棺撞击声和一大片悲伤的哭喊号啕声中，牛德秉急蹬着的双腿渐渐丧失了踢出去的动力，随着口中的一股白沫上泛，整个身子也跟着僵直起来。

牛德承的灵柩在院子里停放着，由他的三个儿子轮流守灵祭拜过三天之后，便到了出殡的日子。

因为三个儿子均未成家立业，所有的丧事，在众人的一片谅解声中，一应从简。当牛德承的棺木被一驾驴车拉了，缓缓启动离开家门的时候，送殡的人们一下子多了起来，前后排了有几十米的路程。在这送殡的队伍之中，紧跟灵车之后的另外一辆驴车显示着特别的悲壮。这驾车的中央，跪伏着亡人牛德承的妻子郭高娃。此刻，她正发疯般地捶胸顿首，发出一阵阵阴森恐怖而又震撼魂魄的哭喊号叫声，使得整个送葬人群沉浸在一片深深的哀伤之中。快到坟头墓地时，郭高娃渐渐嘶哑了哭声，一如失去润滑的车轴，干裂地撕扯着嗓门儿，继而发出怪异的声音。

所有的一切都按照阴阳先生布置的程序严格地进行着。葬礼中，最关键的环节，即死尸入墓穴开始了。八个青年壮汉，平均分工，分头执掌了垫在棺材头部和尾部的两根粗硬麻绳，随着纷扬的纸钱和缭绕的纸火香烟，将棺木由地面徐徐吊入了墓坑。而后，前来相帮的众乡邻又一齐上手，将坑中的棺木左挪右移着，最终使其坐到了"庚位"后，方才将棺木落定了下来。最后，众人又一拥而上，用铁锨铲动起掘墓穴时挖出的浮壤湿土，开始盖棺封穴。

大家一鼓作气，眼看着就要填埋完毕，并最终要垒出个鲜活的墓圪塔时，亡人的父亲——年近七十岁的牛过喜老汉不知何时赶至。

此时，他正步履蹒跚地拄着根红柳木拐杖，用颤抖的手臂拨开众人，坚定地走到这墓穴的跟前。大家见老人前来，纷纷惊诧着，停止了铲土。

众人尚在惊愕之中，牛过喜老汉却突然跳入了墓坑，下半身没入了浮土之中。

牛过喜老汉的这一过激举动，显然触怒了阴阳先生。在阴阳先生的大声呵斥声中，乡邻们急忙跳入墓坑，慌乱地将老汉搀扶着托抱上来。

牛过喜悲愤地甩脱掉众人，跌爬在墓穴边口上，终于哭号出声来："我的儿呀！我的苦命的儿呀！爹七十岁的老骨头了，就不能替你去死？怎就落了个白发人送黑发人的苦命事呀！……爹冤枉你呀！爹冤枉你！爹不该偏向小儿，打了你呀！"说话间，老汉突然挥动拐杖，猛然向自己头颅狠劲儿地抽去……

待众人仓促间夺去了拐杖，老汉便瘫软下来，顺势栽倒在了他小儿牛德秉的怀里。牛德秉紧紧地拥抱着老汉，周围一片哭声，从而将丧事的悲怆氛围再度推向顶峰。

其实，牛德秉先前的号啕，并非全是悲伤所致，更多的是愧恨忏悔的泪水。

那天，牛德承死了的消息传出后，反应最大的当数他的小兄弟牛德秉。当时，牛德秉悲痛欲绝，将多日来积压在心头的愧疚之事向伤心至极的父亲、母亲和盘托出，借以求得心灵的片刻安宁。

那天，临近太阳落山时分，牛德秉正在给自家牲口添草喂料时，忽听得自家门前的沙梁上有人在说笑。顺着这声音望过去，只见是大哥牛德承和同村的张二换结伴而行。他想，等两人一会儿走近了，路过这里时，就

招呼他俩到家坐坐，拉拉话、喝口茶、吃锅子烟。他正这样想着，远远地望着他们一步步地走过来时，突然就看见张二换在大哥的笑声中不知怎么就给栽倒在地上了。他当时也一阵好笑，可紧接着，听到张二换吼叫说："哎呀！我牛宝儿爷的元宝出世了！看，将我这瘸跛子竟给平展展地撂倒了！"

牛德秉瞬间收敛了笑容，他赶忙躲在了暗处，一双水泡眼大大地瞪着，密切地注视着前方的一切细微动作。果然，大哥趁着张二换不注意，慌慌张张地不知将什么东西给掩埋了起来。他等大哥和张二换一同离去后，便再无顾忌地跑了过去，真的就从那里刨出了一个沉甸甸的泥黑样的古董来。这当真是元宝？牛德秉一时也想不来那么多了，他做贼似的赶忙揣了这"黑家伙"，端直向自己家里奔去。

刚走出几步，牛德秉头脑突然灵醒了过来。他紧急改变了这样端直回到家里的行径，有意绕离了自家的院落，并断定再不会有人识得他的行踪后，才装作若无其事地回到了家里。

此时，家人都已经睡下了。父亲见他回来，将脑袋从被窝里探出来，问道："你到哪里做瞎事了，这么晚才回来？"

他的那一颗心顿时再度狂跳起来：莫非大哥找上门来，父亲知道了这事？

后来发现一切都还是那样平静后，才感觉自己的惊慌纯属多余。他遂随口答道："老爹，你还是放心地睡吧。我没赌博，没耍牌，没做丁点儿大的瞎事。"

牛德秉表面上装作什么事情都没有发生，内心却异常慌乱而激动。他一转身进入灶间，迅即将那"黑家伙"从怀中掏出。就着灯光，他小心翼翼地将"黑家伙"表面的泥土慢慢抠掉。随着垢物一点一点被剥落，元宝逐渐现出了它那诱人的本来面目。

一种从未有过的兴奋感即刻让牛德秉的心紧张慌乱起来。他久久不能平静，但头脑里仍是一片空白，基本上想不出来个啥。直到后半夜了，他仍然瞪大着双眼，处在精神亢奋之中。

第二天，牛德承急匆匆地找上门来，兄弟俩还没有来得及好好地说上几句，就打成了一锅粥。牛德秉的媳妇武翠雄当时就想起了昨晚牛德秉和她说的他有钱了、有大钱了之类的话语。她疑疑惑惑地揣测：这弟兄二人很可能就是因为这"大钱"，才发生了今天这样的打斗。

牛德秉哭叫着将一个元宝放入了他哥的棺木之中时，武翠雄顿然明白：这"大钱"正是这元宝！可是，她对此却更加疑惑不解了。在她的一再催问之下，牛德秉终于当着全家人的面，痛哭流涕地讲述了那"元宝事件"的全部细节。

他父亲听他讲完后，眼睛直溜溜地盯视着他。牛德秉感觉有点儿不大对头，正要上前赔礼道歉，劝慰老父亲一番时，说时迟那时快，老父亲的巴掌猛然间冰冷地抽到了他那质朴的脸上。

亡人牛德承下葬后的当晚，石峁村落下了一场几十年未遇的大雪。

第二天前去上坟的家人，走在没膝盖深的雪地里。村人不住地感叹道：人要穷，雨洒灵（灵柩）；人要富，雪盖墓。这场大雪落在老牛的坟头上，是个好兆头啊。

头几次上坟，每个人显得很平静。百日之内最后一次上坟时，每个人哭得都拉扯不起来。从百余里外赶来奔丧的牛德承的姐姐——牛二女，刚才还在拉扯着弟弟、弟媳、侄子，劝慰大家不要太过伤心，这会儿却自个儿跪伏在坟堆前的雪地里，哭得起不了身。

牛二女与其说是在伤心她大弟弟命苦寿短，倒不如说是在为自己悲苦的命运而难过。牛过喜老汉的这四个子女中，牛二女本来算得上是过活得最好的一个。怎奈前年时，大儿子骑摩托车遭遇车祸，致使尾椎骨摔折脱落，导致了下半身瘫痪。当时，将她的儿子迎面撞翻了的大卡车，见天黑无人，逃逸了。她儿子清醒过来后，就感觉下半身已不再是属于自己的了。从他拼命嘶喊"救命"引来好心人将他抬扶到医院那一刻算起，两年多来，

他辗转各大小医院，总共花去了十几万元的医疗费用。如今，他花去家里的所有积蓄后，又借债好几万元，可自己的伤病残疾却没有一丁点儿的好转。后来，他就只好认命，整日直挺挺地躺在炕上，全靠牛二女夫妇侍候着。本来最先时，他是由刚娶过门不久的媳妇照料伺候着的，后来，媳妇见原本富裕的家庭被他拖垮了不说，整个一个大男人也彻底地被撂倒变成了废人，遂一狠心出逃另嫁他人了。牛二女情急之中，将儿媳妇告上了法院。可法院以他们未领取结婚证，并未建立正式婚姻关系为由，未予立案受理。

牛二女这会儿趴在她弟弟坟前的雪地中，哭得像泪人儿一般，令在场的每个人都感觉心如刀割般难受，更感觉世事无常。

牛远昌双膝跪在雪地里，一只手颤抖着勉强搀扶住他姑姑牛二女的胳膊。他瘦削的脸颊悲苦地扭曲着，双眼幽怨、愤愤地盯向白茫茫的远方。

当上坟的人们陆续开始返回村的时候，刺骨的西北风吹裹着地面的浮雪，狠劲儿地摔打着或白或黑的僵直脆硬的树枝。寒风吹动着悬挂在半空之中的电线，发出骇人的呼啸声。这种似乎发自生命深处的奇怪的声音，吹入耳中，直渗魂魄，深深地震撼着苍茫世界。

紧接着的几天里，气温骤然降到零下二十多度。

据石峁村上些年纪的人们在一块儿闲聊时所说，这样极端的严寒天气，是他们此生当中从未遇到过的。

石峁村人谈论着今年的这个冬天，封冻得急速迅猛，寒风似刀，冷潮如剑，是个少有的严冬啊。同时，一首经年流传着的歌谣，也在人们中间开始传唱：

一九二九不出手；

三九四九冰上走；

五九和六九，河边看杨柳；

七九河冻开，八九雁儿来；

九九加一九，耕牛遍地走。

一九二九冻烂碓臼；

三九四九拉门叫狗；

五九和六九，开门去远走；

七九冰沉，八九水浮；

九九加一九，犁牛遍地走。

第十二章

办完一应事情之后，牛远昌拖着疲倦的身子要去上班。房地产开发公司三个月的试用期马上就要结束了，他准备争取转正。

当他要和弟弟吉昌结伴同行时，吉昌却低垂了那颗一向高昂着的头颅，愁眉苦脸地说："二哥，我——我不想上学了。"牛远昌猛一愣怔，惊诧地急问："怎么啦?"

牛吉昌抬起头来，看了看他，眼里一下子闪出泪水。他紧咬着双唇，嘴角抖动着，终究没说成个完整话。

牛远昌走上前去，轻轻地拍了拍弟弟的肩膀，若有所思并且坚定地说："吉昌，甭灰心气馁。哥来供你上学。"牛远昌长长地舒了口气，既像是说给弟弟吉昌，又像是在给自己说道："父亲去世了，再不会有人能为咱弟兄们奔前跑后出主意了。咱们失去了一座坚实的靠山，往后的路子就全凭自个儿闯了。不坚强、不狠硬怎么行?"

"二哥，现在我还去学校，反正再过几天就放寒假了。能否继续念书，等到来年开春再说吧。"牛吉昌打断了他哥哥的话。

牛远昌上下打量着弟弟，觉得这家伙主意还挺正。但不管怎样，他觉得吉昌最起码应该读完这九年义务教育，至于每年千元左右的杂费，他思谋着，突然有了主意。

当天，兄弟俩搭了辆顺风车，来到了乌拉镇。一下车，牛吉昌便说："二哥，你趁早坐班车回城去吧，我要到学校去了。"

"等等，咱俩一块儿去。"牛远昌说着，已大踏步走在了弟弟的前面。

牛远昌领着弟弟，径直来到了副校长的办公室。副校长是牛远昌初中时的同学。他上高中时，人家上了中等师范学校。他高中毕业了，人家已开始在乌拉镇中学任教。今年学校在选拔任用中层干部时，他的这位同学又被破格提拔为副校长。好多人传言说，他的这位同学之所以能被提拔，是因为某某领导是他的亲舅舅。但是，牛远昌却不这样认为，因为他知道，他的这位同学的确是才华出众。在上师范学校时，他的这位同学是一个典型的"吃不饱"的学生，除了学好中师课程外，三年里竟攻读了师范大学的全部课程，并顺利拿到了本科自考文凭，成为当时轰动那所中等师范学校的第一人。不过，他的这位同学现在唯一的遗憾是，工作这么久了，未能娶妻成家。对于这一点，牛远昌感觉两人是基本持平着的。而其他方面，他便自愧弗如了。

和同学简单寒暄之后，牛远昌便先诉说了自己家庭的种种不幸遭遇，最后才直奔主题，提出了要让同学帮忙，为弟弟牛吉昌减免部分费用，以便顺利地使他的弟弟在完成了九年义务教育后再涉世谋生。牛远昌说到自己家庭目前的困难处境时，眼里转着泪花，他的同学也不住地在为他叹气，表现出十分同情和理解的样子。牛远昌在心里暗自感叹道：自己今天总算没有白跑一趟，这位老同学肯定会帮助他的弟弟解决问题的。可是，事实再次证明，牛远昌又一次判断错误。他的这一看似合情合理的简单诉求，却被他的这位同学一口予以否决。他同学说，类似他弟弟这种情况要求减免杂费的人数比较多，为此学校在会上还专门严厉指出，不准校内任何教师以任何理由再为他人说情，要求减免相关费用。同学最后两手一摊，很为难地说："你看，这已经形成制度了，作为校领导，我不能带头违反规定呀。"

牛远昌从同学的副校长办公室里走出来后，有些后悔自己来此一趟。但是，他立刻又倔强地拉着弟弟的手，跨进了校长的门槛。

令兄弟俩万万没有想到的是，这位校长不但免去了牛吉昌的部分杂费，

还一再夸奖吉昌是全年级前几名的学生，可以考虑给他发放一定数额的奖学金，鼓励他完成学业。这位校长还一再鼓励牛吉昌说："不要因为眼前的穷困，造成终身的贫乏；不要因为暂时的困难，给你整个一生设置难以跨越的障碍。寒门更要出贵子，对吧？"

校长的一番话，说得兄弟俩热泪盈眶。这不仅是校长给予了他们经济上的帮助，更重要的是，他的那种鼓励和期望，使两人终身受益不尽。牛远昌由衷地佩服起了这位多年搞教育的好校长。他庆幸自己最终没有白跑这一趟。

因为一件意外的事情，牛远昌和杨总的关系一下子拉近了许多。

失去父亲的牛远昌再回到房地产公司上班时，显得十分勤快而卖力。最初，他对自己能否在这家房地产公司上班看得很淡然，只是考虑到杨丽丽的一番好心推荐，才暂且在此落脚，并未有长期干下去的打算。

但是，现在看来，父亲去世后，他要想供弟弟上学，要想为哥哥攒钱娶妻，要想为那个穷家有所填补，要想维持自己的简单生存……他还是要竭力争取在这里有这么个临时工作来做。眼下，正是自己由试用期向所谓的正式临时工过渡的关键时刻，他岂能不好好努力？

当然，话又说回来，若是单去考虑养家糊口这一件事情，牛远昌完全可以下井掏煤炭，上建筑工地打工，去蹬三轮车，走家串户去收破烂。牛远昌最终选择要在这家房地产公司长期驻留，是为了寻求安逸，还是为了顾全脸面？估计他自己也说不清楚。说实话，牛远昌刚走出校门，初涉社会，的确有着一些读书人所存在的那种虚伪浮华、懦弱轻傲的脾性。但是，他也具有那种积极进取、拼搏攻坚的胆识和胸怀。牛远昌正是隐约间感到，眼下在这家房地产公司里干活，也许对他今后的发展会更为有利。他也说不出这种有利究竟指的是哪些利，也看不清自己今后的人生道路，但是，他还是想在这里慢慢地发展。

牛远昌觉得自己就像那浮萍，整日毫无目的地漂浮，永远也没有根基。

他时而闷闷不乐，时而浮躁焦急，时而浮想联翩，时而又悲天悯己。不过，在干活时，他还是认真踏实，无可挑剔的。比如今天，他比往日起得还要早些。当大多数人还沉浸在美梦之中时，他已经将房地产公司的里里外外、上上下下全都清扫得干干净净，收拾得妥妥当当。

牛远昌打扫完毕，正拖着疲乏困顿的身子将扫帚、铁铲、簸箕等工具放到院子里的那个边角圪塄时，突然，他惊讶地发现地上有一个鼓胀的黑色小包。

他好奇地将小包拾起，一阵小跑，来到了自己的办公室。趁着其他四位同事还未到，他赶忙将房门关死，坐回到椅子上，不由自主地喘起了粗重的气息。良久，他才将那个黑色小包取出，并以最快的速度对其中的物品开始了清点：当他数到五万这个数字时，他的双手就开始异样地颤抖；当他数到十万时，他已经不知道该怎样继续下去。

"嘭嘭！咚咚！"突然，一阵猛烈的敲门声响起。慌乱中，他几乎是本能般地迅即将那些钱物重新塞回到包中，使小包变得更加鼓胀不堪，一如他那惊跳着的青筋。

"远昌，关紧房门，做啥见不得人的鬼事呢？"

"来这么早，昨晚去哪儿发财了？"

"远昌，看你情绪不大对劲儿呀！真的发财了？"

"哈哈！哈哈哈！"在大家的一阵笑声中，牛远昌显得局促不安，犹如被逮着了的贼人一般，他陷入了深深的惊恐与不安之中。

"哎，咱们杨总一大早慌慌张张地不知在楼道口里找啥？"一个同事的说话声，径直传入了牛远昌的耳朵，顷刻间刺激到了他所有的感官神经。

这一刻，他便难以再呆坐下去。他不停地来回走动，并向同事讨了根纸烟，叼在嘴里狠劲儿地吸个不止。就在大家惊叹他何时开始吸烟时，牛远昌果断决定：要将这一包巨款原封不动地尽数上交给一个人。

房地产开发公司总经理杨有为，昨晚提了十五万元现金找到了城建局局长滕腾的门上。当杨总向滕局长再次提出要承揽那好几百万元的房产修

建工程时，滕局长仍然以惯常的温和口吻说："那就看你们公司能否顺利中标了。"

杨总微笑着，轻轻点着头，不住地应答道："那倒是。那当然。"说话间，他将放在茶几上的黑色小包向滕局长轻轻地推去，边推边说，"不过，招标过程中，还望滕局长能从中斡旋，能替我们公司说说话。若能在这次工程承包中中标，我们公司还会给您……"

"走！走走！走走走！！！"滕局长像是被杨总的一席话电击了一般，猛然间站立起来，将那沉甸甸的小包扔在了他的怀里，一并逐出了门外。

滕局长是一个月前刚刚上任的新局长。杨总和现在这位新上任的滕局长显然并不熟悉。但是，工程招标即将到来，按照惯常做法，他必须要提前将方方面面的重量级人物逐一打点到位。按照他的看法，招标只是个形式，大量的工作要在此前打点好关系，以前如此，现在如此，今后更需这样。那么，今天滕局长这步棋为何突然间就走不通了呢？杨总想来想去，还是将根由归结为：他们不太熟悉。突然，杨总狠劲儿地拍了拍自己的光脑门儿，连声自语道："有了，有了！怎就没想到他呢？"

杨总当即将老乡郭子义约到了当地最高档次的红河宾馆。滕局长调任之前在乌拉镇当书记，郭子义在乌拉镇给他干了六七年的秘书。就在滕局长调离的前几个月，郭子义先行调离了乌拉镇，担任县城关镇的副镇长。可以断定：郭子义是最能和滕局长说上话的人。

老乡见老乡，两眼泪汪汪。老乡请老乡，情深谊更长。

杨总和郭镇长两人，酒过三巡，便无话不谈地切入了正题。郭镇长说到动情处，一个劲儿地拍打着胸膛，兴奋地表态说："大哥，你不知道，滕局长与我是何等的关系！你的这点小事，就包在我郭某身上，我只一个电话过去，他滕局长就得认可你。你甭担心了，来来——来——喝——喝酒！"杨总喜红了双眼，遂拿起了大杯与郭镇长的小杯子碰着喝开了。

一直到凌晨一点左右，杨总才喝完酒迷迷糊糊进入单位的院子，突觉有尿意，遂顺势在院子的一个圪崂里，开始就地解决。

之后，他便想不起来自己是如何进的办公室，如何躺在沙发上睡着的。第二天，门房老李送报纸、灌水壶时将他吵醒，他才突然发现，自己装有十几万元巨款的黑包不见了。

杨总及身边人员以最快的速度找遍了所有有可能的地方，却通通失败。正欲报警时，牛远昌却双手拿着那个异常惹眼的黑色小包，十分郑重地将它交在了杨总的手中。

一时间，牛远昌成为公司百余人之中的新闻人物。当晚，杨总写的感谢信被编成一则短消息在全县电视台新闻节目中播出。牛远昌这个名字一下子在好多人心目中闪亮起来。

因为这件意外的事情，牛远昌和杨总的关系一下子拉近了许多。

现在，牛远昌不但结束了已经延长了一个月的试用期，而且临时工的月工资也由当初敲定的一千六百元提高到了如今的一千八百元，不再每月扣除工资总额的百分之五做押金了。与此同时，公司又另外雇用了一名清洁工来打扫房间院落，牛远昌则一跃成为公司办公室的一名干事，经常跟随在杨总左右，成为总经理最信赖的一员。

在办公室工作一个月后，牛远昌基本摸清了公司的各种业务来往，干起活来既精密周全，又总能有一些新点子。每到公司开会，不提牛远昌的名字便罢，若一提起他，准是在拿他的成功事例来教育其他员工。

时间长了，只要听见杨总一敲桌子，大家就会在底下学着杨总的样子，窃窃说："怎么搞的！就不能学学人家牛远昌？"

果然，桌子一敲，杨总第一句说的总是如此。

一些爱开玩笑的人，也会当着牛远昌的面说："怎么搞的！就不能学学人家牛远昌？"

对此，牛远昌总会笑着和众人争辩上几句。后来，他只是淡淡地一笑了之，不再有任何辩解之词。他心怀善意，宽容着大家，认真工作，反倒赢得了众人的一致赞许。

临近年终，大家纷纷愉悦而忙乱地准备回老家去过个好年。牛远昌却

在春节放假的前三四天向杨总主动请缨，要求在春节放假期间值班。杨总一听，很是高兴，笑着对他说："好啊！我还正愁春节期间没人值班呢。哦，听说丽丽明天就赶回来了，你也不会孤单的。"

"不！杨总，我不是那个意思。"牛远昌慌忙打断杨总的话语，顿时显得局促不安，他赶忙找了个借口，急急地退了出去。杨总看着牛远昌离去后，将吸进肺里的烟团长长地呼了出来，久久地凝视着紧闭着的门板。

杨丽丽早在十几天前就给牛远昌来信，说他们学校在春节前要组织一次大学生"三下乡"送温暖活动，她已经入选参加这项活动，大概在春节前几天才能赶回，希望远昌一定待在单位，等她回来。

其实，牛远昌最终决定于春节期间留在单位值班，并不是在等杨丽丽回来，他仅仅是为了能挣得节日期间的双倍工资而已。他要用这些额外收入供弟弟上学，为哥哥娶妻，为寡母添补家用。现在，他仔细思量后，却觉得自己的这一行为倒的确像是在专等着丽丽的到来。一想到这里，他突然后悔了自己的决定，真想立刻起程，回家过年去。

春节的前几天，杨丽丽赶回家来。韩志华并未参加"三下乡"活动，他一直在学校里待着，一直等到前去下乡送温暖的丽丽回到学校后，才一块儿回家来了。

杨丽丽一回到家里，很快摆脱了韩志华的"跟踪"，径直来到了房地产开发公司。她上身穿着雪白的羽绒服，下身一条浅色牛仔裤，一条浅红色毛绒围巾随意地环绕在她那苹果般红润水嫩而成熟的脸蛋儿的周围。漆黑飘柔的长发，显现着无穷的魅力，张扬着无比的活力。

杨丽丽犹如一只轻快的小百灵鸟，"嗖"地飞入房地产开发公司的大院后，不免陌生地东瞅瞅、西望望，但她并不显得慌张，看样子倒像是寻觅着什么。

丽丽在房地产开发公司的院中、楼内环绕探寻了一圈又一圈后，并未发现有任何的人影。正当她在院子里陷入无奈时，突然，门房里向外探出身的老头含笑着问："姑娘，你要找谁?"

"我找远昌。牛远昌。"

"噢。"老头像明白了什么，上下打量着她。

她立刻感到浑身不自在，但却朗然一笑，说："大爷，牛远昌不在吗？"

"噢？噢！不在，不在！"老人连忙又说，"姓牛的那后生过年要值班，上午走时，他说到租房那里去搬运行李，现在天快黑了，估计一会儿就回来了。"

"嗯。"杨丽丽点点头，随即一边走出大门，一边向老人笑着说，"谢谢大爷！"

杨丽丽将垂在胸前的红毛绒围巾习惯性地向着背后轻轻甩去，一身轻松、一脸愉悦地向着牛远昌的租房走去。本来，她打算打车直奔远昌那里，但想到远昌很可能正在路上往单位赶来，说不准会在半路碰上他，于是，她决定步行前往。

第十三章

农历新年的鞭炮声，从大年三十天色渐黑开始陆续响起，各处蓦然间升起的种种璀璨夺目的绚丽焰火，使得本来就掩映在一片灿烂灯火之中的县城，完全沉浸在了壮丽辉煌之中。

只在石岽村过过年的牛远昌，显然被眼前的烟花景色所深深地震撼了。他站在房地产开发公司的楼顶上，掠过满眼辉煌，不由得向着故乡的方向遥遥张望。他的脑海里清晰地浮现出石岽村此时此刻的年夜景象：漆黑的夜幕之下，零星摇曳着点点碎银似的灯光，噼里啪啦的鞭炮声应和着偶尔炸响的"二踢脚"，显现出农家大年三十夜晚的安谧祥和、深远古朴。

此刻，牛远昌孤单地站在楼房之上，他觉得自己既不属于眼前的壮丽辉煌，又不属于故乡的安谧祥和。

除夕的前一天，门房的老李也回家与儿孙们团聚去了，偌大的一个房地产开发公司，如今就只剩下牛远昌一人独守。

他切了几片肉，煮了一些挂面，草草吃了年夜饭，并将早已挂在楼角的那一长串鞭炮悄悄地点燃。他独自一人在鞭炮声中欢呼着辞旧迎新，突然，炮声一停，他那激动的情绪也跟着熄灭了。他立刻觉得整座楼房向他压迫过来，那种黑乎乎的感觉使他更加孤苦难耐。终于，他摸爬着上到了楼顶。

在楼顶上环望遐想了好些时候，他渐渐感到一些凉意一阵又一阵地袭上了心头。这时，他突然条件反射般地想到了两个女人。这两个女人在心头猛一闪现，使他孤单凄凉的心灵顿然觉得坚强、温暖了许多。

他首先想到了给他以生命的母亲。母亲在失去父亲后，依然在和命运做着最顽强的抗争，以她那年过半百的瘦弱身躯，拼死挣活地撑起照顾他们兄弟三人生活的重担。

接下来，他自然想到了给他生活以倾力帮助，给他灵魂以无限慰藉的丽丽。丽丽在他高考落榜走投无路之时，帮他找到了这份工作，并一直以特殊的情意，鼓励他努力成才。

前几天，她放寒假刚回到家里，不知从哪里听说他过年值班没有铺盖、灶具，竟从自己家里偷偷地搬来了一大堆生活用品让他使用。他当时虽然黑着脸拒绝她的这番好意，背后却偷偷地流下了感激的泪水。

牛远昌从楼顶下来后，毫无目的地在楼道口踱来踱去。他现在还不肯回到自己的办公室里，他很害怕大年夜里的这份独处。他完全相信，异常的孤苦与沉寂真是可以将人给吞噬掉的。

"咣当！"随着一声清脆的声响，牛远昌突然间紧张起来。

"咣咣！当当！咚咚！……"锐利的撞击声异常急迫地穿过门窗玻璃，直击牛远昌的心窝。他当即本能地拾起了门背后一根粗实的铁棍，将它紧紧地攥在了手心，屏息聆听着外面的动静，做好了最坏的打算。

突然，他听到了一个熟悉的声音。

他逐渐听清了这声音是在呼唤他的名字。

"远昌，远昌！快开门！我是杨丽丽！我是丽丽！"

牛远昌一把抓起搁在桌子上的大门钥匙，随手将铁棍撂在了一边，高兴地奔出了门。

杨丽丽和自家的保姆在给牛远昌带来了鸡鸭鱼肉、山珍海味等丰盛的年夜饭的同时，还给他孤苦凄凉的灵魂带来了阵阵春风，牛远昌的心间顿时装满了蜜。

"今晚果真不回家了？"牛远昌甩出了红桃 K，压住了保姆的红桃 6，等着丽丽出牌时，他盯住她清水般的双眸说，"你的父母大人怪罪下来，我可

担当不起呀。"

"放你七十二个心吧!"杨丽丽思索了半天,出手打出了"大王"后,轻巧地将牌合拢回去,满不在乎地说,"我呀,早给爸爸、妈妈说了,是去给行动不便的爷爷、奶奶拜年的,晚上就陪爷爷、奶奶过年,不回去了。哈哈,到爷爷、奶奶那里,俩老人早早地就被我俩安顿着睡下了……这不,我们就只好过来陪你了。"

"咯咯咯……"俩姑娘银铃般的笑声肆无忌惮地洋溢在这间小屋里。甜*丝丝*的笑声荡漾在牛远昌的心扉,一股说不清、道不明的感觉霎时间充满了他的心际。

此后的时日里,杨丽丽不时前来陪牛远昌一起值班,但却再未将保姆一同带来。牛远昌好奇地问丽丽说:"你家保姆回老家了?"

"没有呀!"杨丽丽惊讶地又说,"你问这干啥?"

"没啥,没啥,只是随便问问。"牛远昌一脸诚恳。

"噢,对了,我家保姆说,她是石峁村人。你认识她不?"

"她认识我?"

"这?——这倒没听她说过。"

"她姓啥?"

"姓杨,叫杨秀梅。"

"杨秀梅?杨——"牛远昌思索着,突然茅塞顿开般地说道,"她父亲叫杨狗吃,她姐姐叫——"牛远昌本想说:她姐姐叫杨秀柳。但话到嘴边又突然停了下来,就好像顺利地吸溜到嘴里的一条鱼,在即将吞入喉咙的一刹那,有鱼刺从中冒出,迫使他中断了吞咽。

这根鱼刺,正是杨秀柳。杨秀柳曾是他哥哥牛定昌说成却又散掉的媳妇。牛远昌当然不会埋怨杨秀柳,更不会责怪杨家的任何一个人。他只是在提起杨秀柳这个名字时,突然暗自悲伤起来,竟不能继续说下去了。

杨丽丽也察觉到,只要一提起家中的某些事情,牛远昌往往就会一脸愁苦状,显得特别脆弱不堪,与平常判若两人。现在,从他那吞吞吐吐的话语中，她已敏锐地捕捉到了他似有被刺痛的隐情。她本想问清其中的缘由，但又怕引起他的伤痛，随即一笑，转移了话题。牛远昌当即从杨丽丽那聪明的圆场中感知到：丽丽正如那杯善解人意的米醋，顷刻间，已将他入喉的鱼刺化掉了。

春节值班，其实并没有什么实质性的工作要做。牛远昌挣着双倍的工资，除了照看好公司的门户外，再无其他事可做，这样一天天过着倒显得有几分清闲悠然。牛远昌本不会跳舞，但是，在丽丽的指导下，他已经逐渐喜欢上了舞蹈这种有节奏的运动。

起初，他左手轻搭在丽丽绵软的右肩上，右手却不好意思搂着她那柔软纤细的柳腰，浑身颤抖着、谨小慎微地步入舞池……

这天，当牛远昌和杨丽丽在红河歌舞厅再次翩然起舞时，杨丽丽的男朋友韩志华突然间就出现在他们的面前。

当时，杨丽丽的那张俊俏脸正贴伏在牛远昌的肩头，甜美的小嘴儿正对着牛远昌的一只耳朵专注地说着悄悄话。这时，牛远昌突然看见有人神色怪异地走上前来，他稍一愣怔后，辨出了此人正是韩志华。这当口，他猛然间就将正拥抱在怀中的杨丽丽推到了一边。但是，牛远昌的动作毕竟已迟了半个节拍，他还是无可避免地和韩志华打了个照面。

"志——志华，你——你来了？快陪丽丽跳几圈吧。你们跳吧！"牛远昌涨红着的脸上堆着尴尬的笑容，边说边急忙挤入了人群。

完全处在兴头儿之上的杨丽丽，冷不丁地被牛远昌撂在了一边，又惊愕地对上了突然而来的韩志华，她水嫩平静的一张脸，霎时翻搅扭曲得失去了光泽。

"丽丽！我终于找到你了！"韩志华如获珍宝般地抓住杨丽丽的一双手，惊喜地露出单纯而灿烂的笑容，异常欢喜地说，"……哎？远昌哪儿去了？我请大家吃夜市，顺便向你拜个晚年，道个歉！都怪我回农村老家过年太忙，让你受冷落了。"

"你回老家过年了？"杨丽丽轻巧地问道，将双手从韩志华手中挣脱。

"对呀！我那天在电话中不是给你说过了吗？"韩志华笑着，声音有点大。

杨丽丽用心回忆了半天，确实有过这事，便不好意思地向他点头笑笑。

韩志华轻轻拉起杨丽丽的一只手。杨丽丽顺从地跟随着他，离开舞池，步入了夜市。在夜市一饭馆入座后，韩志华说，再去找找远昌，让他一同来吃点儿饭。杨丽丽轻轻地摆了摆手，韩志华就收回了迈出门槛的一条腿，又安坐了下来。待四目相对后，韩志华顿时觉得有种"人面桃花相映红"的诗意浮上了心头。

此后，杨丽丽再去找牛远昌时，便带上了保姆杨秀梅，有时还会有韩志华一同前来。

四个年轻人走在一起，总是充满了无限的欢乐，当然也有几分让人揪心的隐情包含其间。

这四个人里，除保姆以外的三人之中，轴心无疑是杨丽丽。但是，就眼下而言，杨丽丽却并未确定自己轴心的滚动范围。杨丽丽明着与韩志华相恋，暗中却又依恋着牛远昌。

当然，杨丽丽心里也明白，若单从感情角度来考虑，她爱慕的人无疑是牛远昌。牛远昌长得高大英俊，和她谈得来，是她初恋的人儿；韩志华则个头低矮，相貌平平，一派小市民气息。若不是韩志华老盯着她不放，处处对她殷勤周到，她早就和他分手了。

但是，若是从现实的角度考虑，杨丽丽还是觉得不能和韩志华轻易说出分手的话来。怪只怪，远昌不争气，未能考入大学，尽管她想方设法为远昌谋出路，但她毕竟还是一个身在校园里的弱女子。她除了借着自己良好的家庭背景为他找到这份工作外，她还能为他做什么呢？有时候，她头脑发热，真想不再去考虑那么多，就和自己心爱的远昌私订终身算了。但冷静一想，前有父母的阻力，后有韩志华的压力，思前想后，她觉得还是等到大学毕业了，真正到了该嫁人的年龄再做决定吧。

因此，她这个轴心就异常飘忽不定，一会儿滚在了韩志华的这边，一会儿又偏向了牛远昌的那边。这正如她日记中所写的：谁言少女无忧愁，情郁家恨泪纷柔。

春节值班过后，牛远昌付了房租，又搬回到了租住着的那间小屋。

回到阴暗湿冷的房间之后，他突然觉得孤苦难耐，浮躁不安。这种痛苦的感觉令他莫名地感到悲凉，无法自拔。他一会儿感觉自己是个找不着家的孩子，正焦躁不安地在独自前行；一会儿又感觉自己是掉队的大雁，正声声哀鸣着在长空飞掠；有时，他又感觉自己是垂暮之年的老人，满心里在一遍遍地回忆着旧事，在所有这些旧事中，总是难以脱离开一个鲜活的人影。

这个人儿当然就是杨丽丽。

他现在实在难以说得清楚，自己对杨丽丽究竟是感激还是充满着爱意。若说是感激，他觉得分量太轻；若说是爱慕，他又觉得丽丽高不可攀。他悲叹自己才疏学浅，更提醒自己不能与丽丽有太多密切的接触，若那样，非但报答不了丽丽对自己的一片好意，反而会连累她毁掉她自己的光明前程啊！

那么，他为何又要在心里一遍遍地呼唤着丽丽的名字？为何又要对丽丽充满难以遏制的想念？

牛远昌深陷在这一矛盾旋涡中，百般努力却难以求得片刻的轻松与宁静。

后来，一个人的出现，使他终于从这一矛盾的焦虑中逐渐走了出来。

使牛远昌最终从情感纠葛中得以解脱的不是别人，正是杨丽丽家的保姆——杨秀梅。

杨丽丽的父亲杨有胜是耿县副县长，母亲尤媛是县人大常委会副主任，两位县级领导总有忙不完的会议、汇报，应付不完的监督、检查，家里只有丽丽这一个孩子，但也难以悉心照料。大多时候，丽丽总是和爷爷、奶奶及保姆在一起生活着。如今，丽丽去省城上学后，家里的生活依然由保姆来收拾、照料。杨秀梅究竟是丽丽家里雇用的第十几个或第几十个保姆，

大家谁也算不清了。反正，这杨家的保姆是走了一个又来一个，换了一批又续一茬。大多时候，年轻的保姆总是待不了多久的。

杨秀梅是经她的姐夫介绍，于春节前一个月来到丽丽家做保姆的。由荒芜贫困的石峁村，一下子来到富丽堂皇的城市，由农村土木结构、简陋破旧的老百姓之家，一下子来到城里宽敞豪华、精心装潢的三层小洋楼的富裕之家，说实话，杨秀梅除了惊叹，再无其他词可以形容了。

起初，杨秀梅对这样豪华的住宅几乎无所适从，就如同《红楼梦》里的刘姥姥进入了贾府的大观园后，不知门从哪入、廊从哪穿，不知这该怎么动、那该怎么搁。但和大多数保姆相类似，这种新奇劲儿一过，杨秀梅就觉得一切也就那么回事儿，宛如平常吟唱的歌曲而已。

杨秀梅身居豪宅，整日吃着美味，照顾着这家的主人，心里却无时无刻不在想念着石峁村，思念着父母亲人。她已经和主人请假回过几次家了，但她还想回无数次。她像一只被圈养入笼的鸟，回家成了她自由飞翔的美梦。

但是，因为一个人的出现，她的这一梦想发生了改变。这个人不是别人，正是同村的老乡牛远昌。引起杨秀梅少女春心荡漾的导火索来自杨丽丽。

杨丽丽后来怎么也想不明白，她当初究竟是做了些什么。

其实，这事说来也很简单。大年三十那天，杨丽丽哄着家人带了保姆杨秀梅出来，一起和牛远昌共度除夕之夜。三个年轻人玩牌打诨，甚是开心，都感觉是有生以来过得最愉悦的一个大年夜了。

按说，这事就此便罢。但是回去之后，杨秀梅却按捺不住，不知从何处躁动而起的情愫久久难以平复。她一遍遍地回忆着打牌时的情景，脑海里清晰地映现出牛远昌的英俊面容。

情窦初开的柔情少女，如春日里飞扬的柳絮，夏日里盛开的花朵，秋日里高浮的白云，冬日里飘舞的雪花，有的是诗情画意，有的是美好向往，有的是惬意想象。

　　杨秀梅是那种适应性极强、悟性极高的女孩子，虽然她仅仅是初中毕业，但她的视野已远远超出了她的学识与年龄。这主要得益于两点：一是她酷爱外出闯荡；二是她爱看电视，喜读书报。而她的这两项喜好，牛远昌刚好也同样具备。她甚至从那短暂相处的一夜之中发现，牛远昌身上还具备好多的优点，她特别渴望与这位老乡再次相见。

　　但是，不知为什么，当丽丽再次外出时，却并未带她一块儿出去，甚至她当面向丽丽提出希望一块儿去，想向老乡牛远昌打探老家、父母等的情况时，丽丽还是轻轻地直摇头。

　　后来，正当她鼓足勇气，打算独自前往时，丽丽却带着她一次又一次地见到了自己思念的牛远昌。

　　对于这位老乡，她见得越多，就越想多见。她实在难以说清，自己为何对他会有如此强烈的念想。后来，当她看到一部叫《风月轻轻》的电视剧时，她才感觉到自己就是那剧中的女主人公沙丽雅。于是，她就偷偷地将远昌想作了这剧中的男主人公欧罗季，默默地去独品那剧中的情话，心中的蜜意，梦中的思念。

　　至于她姐姐杨秀柳曾是牛远昌的哥哥牛定昌说成又散掉的媳妇，双方家庭曾因此事而闹得不愉快，仔细想来，也正像这部剧中曲折动人的情节一般，实属生活中常有的事，根本丝毫不会阻挡她对远昌的那深深爱意。

　　《风月轻轻》对杨秀梅的影响与感化、启迪与刺激，无疑是深刻而久远的。这犹如纯白洁净的一张纸，你一直搁置着不去碰它，它就一直固守保持着那份圣洁，而你一旦要用它作画写字，那些跃然纸上的字画必然会主导着一切。杨秀梅纯洁清明的一张心灵白纸，显然在这稚嫩的青春岁月里，被一种无形的萌动、偶然的契合力量轻轻催动着，伺机开始舒展、飞扬、飘荡，最后终将落在某一方画桌上，开始着彩涂饰了。

　　杨秀梅这颗正处于青春萌动中的种子，看似娇小柔嫩，其实，在人们尚未觉察时，早已经具备了一定的胆识与魄力。这不，杨丽丽上学走后还没几天，她就独自寻找到了牛远昌。

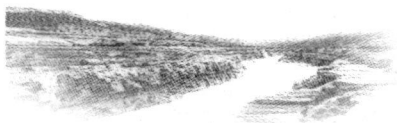

牛远昌正在办公室里为杨总起草一份招标合同书，忽然听到有人在敲门。他只轻轻地"嗯"了一声后，继续伏案忙碌着。这份材料杨总要求在下班前交付、打印，他必须要在一小时之内将此完成。

"嘭嘭嘭!"敲门声再次急促地响起，像是在有意和他作对。

牛远昌气呼呼地走上前去，很不情愿地将门打开。打开门后，他并未向门外看上一眼，而是急忙又坐回到桌前。

过了大约有一刻钟，他终于完成了合同的核心段落。他稍微直腰抬头，一边在那密密麻麻的字里行间仔细推敲斟酌，一边习惯性地伸手去拿放在旁边的茶杯。

突然，他听到杨秀梅在低低地啜泣。

他抬眼看她。她清澈明亮的眼睛，正好和他呆滞痴愣的目光对接在一处。他即刻感觉到，她的眼神灼热而急迫，似要将他完全融入某种境地。他一阵眩晕，等待着从未体验过的未知……

突然，杨秀梅扑进了他的怀里。

他触着了她战栗的身子，同样惊慌地一阵颤抖。当杨秀梅仰起红润的一张脸，坚定而热情地吻向他的嘴唇、鼻梁、双眼、双颊时，他迟疑错乱的手臂，突然丧失了羞怯顾忌，终于，他紧紧地拥抱住了那所有的美好。

他内心突然感觉到，秀梅是温热而贴近的，丽丽却是迷茫而遥远的。与此同时，一种深深的矛盾和不安，却盘踞在心头。

第十四章

　　在这次县城城建工程招标中，牛远昌所在的房地产开发公司竟无一个工程项目中标。这是该公司在成立二十多年以来，首次以完全失败而告终；也是杨总上任近十年来从未有过的尴尬事。

　　消息传出，公司上下五十多号人顿时人心惶惶。几位副总经理更是如同热锅上的蚂蚁，在杨总办公室外面急得团团转。杨总却紧闭房门，不想见到他们之中的任何一个人。只有牛远昌，一会儿提个公文包，一会儿拿个文件夹，十分忙碌地在杨总的办公室进进出出，一如在抗战前线总指挥所出出进进的秘密情报员，表情庄重严肃。

　　几位副总终于忍不住转而逼向牛远昌的办公室，意欲问个究竟。然而，此时的牛远昌却比往日的杨总还牛。这时，其中的一个副总突然冒出股火来，喊叫着骂道："你龟孙子，装啥！不就一个烂临时工嘛！"

　　"你的铁饭碗也快保不住了！"牛远昌表情平静，语气生硬。在场的几个副总面面相觑，猜测到目前公司所面临的问题或许比他们想的还要严重。

　　按照杨总老乡郭子义的建议，作为国有单位的房地产开发公司要想从这次的工程招标中胜出，若不及早转变观念，不肯下狠心花大血本、广送人情，恐怕就会事与愿违。郭子义给杨总私下透露说，他已从城建局滕局长那里得到可靠消息，今年参与投标的城建单位，有一半以上属于私营或股份制企业。这些单位，论实力没有几家能比得上老牌的房地产开发公司，但若论市场运作周旋能力，却个个都在老牌房地产开发公司之上。因此，

郭子义建议杨总，还是趁早放下大企业、大老总的身段，面对眼前的现实，不要让个体老板们的"小手腕""小动作"将堂堂的国有大公司挤出局。

　　杨总在公司领导会议上，将郭子义所讲的现实明明白白地告诉了大家，然后苦口婆心地说，现在时代不同了，希望各位领导能转变观念，主动出击，紧扣市场脉搏，积极拿出应对之策。

　　几位副总听了后都明白，杨总这是又要拿着公家的钱财搞贿赂去了。一些年老资深的副总当下就一脸的不高兴，心想：还不是拿着河水去洗船了！明着是给单位办事，暗地里还不是去贿赂上面的领导，给自己疏通关系，借势升迁职位？而几个年轻一点儿的副总，倒显得心胸开阔，从大局着眼，不太计较小节，他们完全同意杨总的分析判断，全力支持他的策略。

　　既然有两种完全不同的意见，那么就只好举手表决了。表决的结果是：在原定十五万元资金的基础上，再注入三十万元资金。然后，将这四十五万元重金按有关等级的不同分作几块，由几位领导牵头，去做相关打点。

　　结果四十五万元钱一分都未能"开销"得出去，而曾经赫赫有名的房地产开发公司所有的投标项目也无一项中标。没有可开工项目，公司五十多名员工吃啥？喝啥？市场经济的大潮无疑已将公司的这艘大船逼迫着搁浅靠岸了。而曾经的一些无名甚至是靠租赁起家的小实业、小个体，却一夜之间成了独当一面的公司。

　　房地产开发公司各种各样的困难报告，立刻在相关部门的领导案头出现、消失。曾经被新闻媒体关注的房地产开发公司如今门庭冷落，仿佛一夜之间便从人们的记忆之中彻底消失了。

　　与此同时，杨有为总经理被提拔重用的消息却不胫而走。杨总是二十世纪七十年代的大学生，按照过去计划经济的惯例，作为国有大公司的总经理，他现在提升为主管工业或农业的副县长，或给个政协副主席、人大常委会副主任等官职，是完全有可能的。更主要的是，县上"两会"之后，原来主管文教卫生的杨总的哥哥杨有胜副县长，现在已被任命为县委常委、县常务副县长，专管人事、建设等。这样一来，杨总被提拔重用的消息似乎变成了铁定的事实。

可是一年后的事实，却与大多数人的猜测大相径庭。

按照县经委和体改委等部门拿出的方案，房地产开发公司进行了私有化性质的股份制改造。杨有为购买了公司百分之五十一的股份，由过去的总经理变成了今日的董事长。公司原有职工，因为已一年多未领到工资，大多焦急地盼望着能有现钱使用，因此，多数员工最终选择了"买断工龄"。他们之中，多的拿到了十余万元，少的分到了四五万元，然后就算彻底脱离了原来国有单位正式职工的身份，从此走上自谋出路的艰辛险境。但是，过去一些和杨总关系要好且有技术、有能耐的人员，却经杨总劝说并资助他们购买了一些股份后，留了下来。

在这些被留下来的人员中，还包括牛远昌这样一个特例。牛远昌既不属于原公司改制时的安置对象，也不属于新公司组建中的股东成员，他仍然受雇于人，前后并无太大的变化。

但是，从情感的角度讲，他更热衷于改制后新组建的这一公司。在这里，他再无须为身份问题纠结和困扰，大家都是凭借能力混饭吃的员工，人与人之间再无"正式"与"临时"这种标识。

杨有为从来也没有像今天这样，对公司充满了无尽的激情与期望。在有关部门的通力合作之下，房地产开发公司几千万元国有资产的评定、分配、转承、重组和认购等各项工作，都在极短的时间内悄然完成了。待新闻媒体再次对公司予以关注之时，昔日的房地产开发公司早已面目全非，由房地产开发公司改组为福乐天股份有限责任公司。

杨有为在谈论起自己的成功经验时，毫不掩饰，动情而神秘地透露道："没有当初的国有房地产开发公司，能有我今天的杨有为吗？"再后来，听人们说，他也常醉酒后豪言："没有俺们家的老大，从副县长到常务副县长这样的位子一天天地高升，能有……"

当然，这些都是后话，就眼下的福乐天股份有限责任公司而言，在大多数人的眼里，也仅仅是由昔日的国有房地产开发公司这艘破船改头换面

成了一艘新的破烂船而已。

事实上，刚刚改建而成的福乐天股份有限责任公司的确是困难重重，举步维艰。按说，福乐天成立也有半年多的时间了，但时至今日，大家仍然和房地产公司改制前的最后一段时间一样，分文未得。有好些员工，因为迟迟未能领取工资，纷纷开始怀疑自己当初那狂热劲儿，嚷嚷着说要退股，准备拿钱走人。牛远昌也对自己获取解放般的平等、优越处境开始有所怀疑，他心想：这个体老板，哪个不是自私胆黑的？

就在大家忍无可忍时，杨有为董事长却出人意料地将自家的二层小洋楼出售，用卖房的钱为大家尽数补发了工资。说来也巧，就在杨董事长卖房的当口，他的妻子因心脏病突发而死。这样，无儿无女的杨董事长，除了拥有这一破破烂烂乱哄哄的公司之外，其他什么都没有了。

公司的所有员工，明显地对杨董事长充满了同情和怜悯。大家心里都憋着一股劲儿，誓与杨总共渡难关。每个人都出主意、想办法，千方百计地想要让这艘破烂船只重新扬帆起航。

这天，牛远昌和平常一样，到公司的第一件事就是先将杨董事长的办公室房门打开。然后，他会花半小时左右的时间，将杨董事长的办公室打扫、整理好。作为办公室的干事，他现在基本没什么事情可做。这样的一件小事，是他主动提出来要为杨董事长做的。他现在突然对杨董事长有点儿同情，总在主动想办法为杨董事长做些力所能及的事情。

牛远昌将杨董事长办公室的房门打开，连四周看都没有看一眼，就拿起门背后的扫把，对着偌大的地板扫了起来。

不多时，他手中的扫把就在一团地铺前停了下来……

一时间，牛远昌有些迟钝。直到杨董事长的一颗蓬乱的脑袋从地铺里探露而出，对着他发出含混的笑声时，他才大体明白眼前是怎么回事了。

现在，牛远昌才突然从这傻愣中醒悟过来：对呀，杨董事长昨天好像说，他已将自家的房门钥匙交给买主了；好像还说过，他正愁晚上没有个住处这样的话呢。牛远昌当时听后还感到好笑，堂堂一个公司老总，还能没地方安身入住？这样一来，牛远昌就觉得这事不但与己无关，而且与杨董事长也毫无关系，自然就没能在脑子里留个印象。

现在，面对眼前杨董事长这邋遢的样子，他才一点点地回想着，心里感到阵阵难受。

杨董事长异常疲乏地从地铺上爬起来。看着他穿衣服的那一刻，牛远昌突然回想起自己打工时睡地铺的情景。

想着想着，他的视线逐渐模糊了起来。模糊的影像中，他的眼前慢慢闪现出父亲生前劳苦的样子。

他满眼的泪水一时间涌了出来，再也不能回想出任何的事情了。

改制后的福乐天股份有限责任公司如同池塘，倘若既无涟漪，又无浪花，那就又是死水一潭了。牛远昌洗完脸后，盯着那盆污黑的脏水，这样想。

他害怕自己失眠，便爬上了炕，趁着脑子里一片空白，想马上入睡。

杨秀梅哭哭啼啼地找上门来，此时的牛远昌刚准备钻进被窝准备睡觉。

只见杨秀梅从门板外面扑进来后，端直倒在牛远昌的怀抱之中。她双乳隔着薄薄的单衫直抵他的胸膛，双肩伴着阵阵的哭声耸动着，颤抖不止。

牛远昌忽地被一种燥热的力量所笼罩，浑身的各个器官被唤醒，顿时达到了一种暴涨的程度。蓦然间，他的嘴巴难以克制地迅速探寻着，最终落在秀梅柔软绵甜的嘴唇上。这一刻，杨秀梅的腰肢突然瘫软了下来，在牛远昌牢靠的怀抱里，不自觉地绵滑着。

突然，牛远昌像一下子忆及了什么，猛地将怀里的杨秀梅推开。

他盯着她急问："梅，你今天哭着来，怎么了？"

杨秀梅一双清澈明亮的大眼扑闪着、烁亮着，"唰"地一下，几颗明亮的泪珠滚落着溅在了他的心底。

"远昌哥，保姆这活我做不成了。杨叔，不，杨有胜，他要我陪他……"杨秀梅顿然放声哭起来，再次扑入牛远昌温暖的怀抱，浑身颤抖，难以言语。

"他将你！——"牛远昌急眼了，两手死死地攥定杨秀梅的双肩，两眼里满是气愤，横扫在了她的脸上，她的身上，她的每一处角落。

杨秀梅娇羞地低垂着眉目，双手大拇指不安地互相搓捏着，嘴角忸怩了好一阵子，仍然说不出一个字来。沉默良久，她突然变得气息粗重起来，然后猛然扭头，抽身跨出了门。

牛远昌当即跌坐在炕边，头脑里闪过刺刀般白花花的光亮，接连不断。

杨秀梅于片刻间又回到小屋，只见她手里攥了根粗实的木棍。她先关紧了房门，然后用木棍将门牢靠地从里顶结实。紧接着，她便发疯般地褪去长长的裙衫，将少女丰腴润洁的肌肤、玲珑曼妙的线条令人窒息地裸露在了牛远昌的面前。女人炽烈燃烧着的性感气息，即刻快让他晕厥过去。

杨秀梅泪水涟涟地逼近着他，红尘烈女般悲壮地说："看来，不见初血，你是不会相信我杨秀梅一直拼死为你保全着的身子了。"

牛远昌猛然间将她紧紧揽在怀里，再不肯有片刻的松动。

两人相拥着，睡了好久，临近傍晚时分，杨秀梅才微微睁开双眼，突然像记起了什么，忽地起身穿衣，开始麻利地生火煮饭。待她将滚烫的鸡蛋面送在牛远昌的枕边后，一边甜蜜蜜地看着他吃饭，一边止不住用手摸着他硬朗壮实的身子，温情而柔和地说：

"舒服吗？"

"舒服！"

"好吃吗？"

"好吃！"

"吃好了，就快去单位吧。"

"不去了，还想睡。你看，都几点了。"

"要去的，你从单位都消失一天了。就去给董事长打个招呼，他现在不是住办公室吗？"

"不去，不去，就不去！一个破烂摊子，有什么好去的。"牛远昌说着放下了饭碗，直起光溜溜的身子，将秀梅拽上了炕，喘息着说，"有你在，我哪儿都不去了。"

杨秀梅和衣拥抱着牛远昌，将头轻轻地贴在他的胸口，顷刻间，泪水便使他那宽阔的胸脯湿了一片。

"你咋哭了?"牛远昌摩挲着她油黑的秀发，惊奇地问道。

"你真不上班了?"杨秀梅良久后带着哭腔喃喃地问。

"嗯，不上了! 单位改制，工资也发不了。"过了好半天，牛远昌又说，"我准备另外找活干呀。那个单位真的不想再待下去了，既无钱，也无前途。再者说，那些正式职工，说走就都走了，我一个临时工，还在那里守个啥?"

"甭管怎样，你都要到那个单位去上班!"杨秀梅突然抬起了头，打断了牛远昌的话语，一脸坚定地说，"钱我来挣，准够你花。你就是一年分文不取，也要在那单位里待着!"

"为啥?"牛远昌一脸诧异，赤条条地从被窝里坐了起来。

"我爸是个爱面子的死脑筋。不那样，咱们的事情怎么成?"

"成啥事?"

"结婚呀!"杨秀梅有点儿惊讶地说。

牛远昌顿感一片茫然。

在慢慢地起身穿衣服过程中，他的眼睛再度触及被窝里那一点少女所特有的无比神圣的血红。面对自己已经完全拥有的这至高无上的跳荡着的鲜红色彩，他的情绪却突然显得淡然，心中莫名地有些灰暗。在这灰暗的阴影里，他突然奇妙地感觉到：自己那远在省城的丽丽姑娘，此刻仿佛正从那点燃烧着的血红中跃动着，满脸笑容，向着他缓缓地舞来，渐次清晰，又渐次模糊……

第十五章

老大牛德承去世一年半之后，老二牛德树又暴亡。消息传来，牛远昌顿时感觉到有种恐惧袭上心头。若不是有杨秀梅在身边陪伴，他真不知该如何度过这段日子。

牛远昌的二叔牛德树，人称牛老师。牛老师从 1975 年他十九岁那年便在本村的黄石头小学教书，可二十几年了，始终未能转正。导致他未能成为一名正式教师，未实现"吃公家饭"梦想的直接原因，是他 1981 年得胃穿孔停教了一年。1993 年民办教师换证那年，他也去过一次县城。但负责的人说，他 1981 年停教了一年，工龄应从 1982 年算起，教龄不够，不符合换证条件。至此，他再也没有问过转正的事，继续像村里那头老黄牛一样，又像村子里那棵老沙柳一样，扎根在黄石头小学，爱着他的土疙瘩孩子，爱着他的教育事业。

牛老师所在的这所黄石头小学，就是人们常说的那种"一人一校"。这样的一所黄石头小学之所以多次受奖，是因为这里的灵魂是用厚实的黄土和壮实的石头堆砌着的。

黄石头小学有个刚入学的小姑娘，名叫柳柳，今年八岁，是黄石头小学唯一的一个一年级学生。她三岁那年因发高烧伤到了眼睛，视力几乎为零。她能念书，全靠牛老师耐心细致地给家长做了大量说服工作。由于眼睛有问题，现在，她上学、回家，都由牛老师顺路接送。至于识字，全靠牛老师手把手地教着来认、来写，一个生字往往需要牛老师磨上数天工夫才可识得。

牛老师发现，柳柳由于视力太差，在和小朋友们玩耍时，不是被别的孩子碰倒，就是被杂物绊倒，诸多正常人难以想象的艰难困苦，渐渐地使她稚嫩的心灵之花趋于枯萎，使她完全陷入了孤苦的境地。

近几天，柳柳的情绪愈发低落。

牛老师问她是怎么回事时，柳柳却突然放声大哭，小小的孩子竟然绝望地说："我妈妈不让我念书了。我真不想活了！"

牛老师决定再次前去家访。

放学后，柳柳和牛老师回到柳柳家里。柳柳妈妈外出劳动还没有回来，柳柳就和牛老师在她家门前的一块小石板上，用一块土疙瘩在上面认真地写着、画着，继续练字。这其实是牛老师的老规矩，他每天送柳柳回家时，总要将当天认识的字再教上一遍。

待柳柳母亲从地里劳动回来时，天色已近傍晚。她一看这么晚了，牛老师却还陪着自己的瞎眼女儿，心里怪不是滋味，眼睛里不由得一阵湿润。

柳柳一家三口人，父亲长年在外打工，家里就只有她们母女俩。两个大人都有不同程度的慢性疾病，女儿又小，又有残疾，日子过得紧紧巴巴，在石峁村属常年吃救济的贫困户。

柳柳母亲逮住家里的一只下蛋母鸡，刀架在鸡脖之时，却被牛老师坚决拒绝。牛老师动情地说："我不吃，快将母鸡放了，多下几个鸡蛋，多卖几个钱，也好供孩子上学呀！"

柳柳母亲叹了口气，这才说出了自己的心里话。

现在，并不是她不想让孩子上学。她已听人说，现在不行的是上面的政策，像他们村这种只有十来个孩子上学的小学校要被取消了，上面政策说统一合并，到大一点的学校去上学。若那样，柳柳一个瞎眼孩子，怎么可能走那么远的路程去上学呢？

柳柳母亲这话一出口，牛老师狠劲儿地抽起了旱烟。是的，去年年初，上面已经给他打过招呼，说他们黄石头小学将要被合并到距此二十余里地

的沙旺塔完全小学，让他提前做好思想准备。他当时只贪恋着教书，却并未将此当回事。现在，既然消息都传开了，那么，这所学校被撤并的日子，也许很快就会到来。

但是，不管怎样，牛老师还是认为，柳柳多念一天书，多识一个字，是好事。至于上面的事，还是不要去做过多的考虑，万一学校最终保留下来了呢？柳柳母亲基本同意牛老师这样的观点，但她主要还是被牛老师这种高尚的人格和博爱奉献的精神所打动了。

从此，她也对孩子的学习格外认真起来。她经常像牛老师那样，在自家门前的那块小石板上，用牛老师送来的粉笔，手把手地教柳柳写起字来。

为了让孩子们念好书，走出这黄石头地界，牛老师说，他要在黄石头小学教一辈子，直到老了，不行了。可是这话说出口还没几天，黄石头小学就被取消撤并了，永远从这片黄石头地界中消失了。

令牛老师焦虑的，倒不是他再也不能领取那每个月两百元钱的工资和一年二百五十斤的补发粮食了，而是他的这些可怜的孩子们，走那么远的路程去上学，长时间寄宿，能照顾得好自己吗？能适应得了吗？

然而，让牛老师最感痛心的是：如今只能失学在家的柳柳，今后怎么办？唉，这孩子其实挺机灵、聪慧的，好好培养，以后也会是个优秀的孩子。

平常忙着教书育人的牛老师，突然间赋闲在家，感觉异常失落。四个要穿要吃的孩子，好似饥饿的小鸟，整天围着他乱叫，逼得他这只伤痛的大鸟只好另寻出路，为全家人去叼食觅物。牛德树老师扛着打工的行李铺盖，走过柳柳家门口时，不由得驻足张望。学校刚撤并时，留在村子里的他还能给留在家里的柳柳每天教书半小时。唉，现在迫于生计，他不得不外出打工了。

牛德树异常痛苦地跺着脚，他干涩、焦躁、绝望的一双眼睛里，没有一丁点儿的柔润。络绺胡子几乎和头发一样蓬乱杂长。一身邋遢寒酸的打扮，让人怎么也难以将他和昔日的那个教书先生联系起来。

牛德树下到煤窑掏炭的第四天，就在一声巨大的瓦斯爆炸声中离开了大家。

由红布包裹着的血肉模糊的一堆尸骨，异常惨烈地暴露在牛远昌等牛家男人们面前，所有人都难以辨认得清，那就是牛德树了。

准备下葬牛德树的那天，有一排小学生，由一名以棍探路、眼有残疾的小姑娘牵头，默默地走上前来，一直列队在灵柩旁。他们个个红肿着双眼，难过得像失去亲人一样。那位领头的小姑娘，用小手使劲儿地捻捏着棺木，突然放声大哭起来。

待灵柩被填土埋没的当口，学生们猛地一拥而上，将一个用无数条红领巾串结而成的红彤彤的布条，严实地护在了牛老师的棺木之上。组成红布条的每一条红领巾上面，都密密麻麻地写满了字。这些字，你看不懂，他看不懂，是只有他们的牛老师才看得懂的字啊。

那么，就让他安然地带着这些红领巾和字去吧。

从牛德树被安葬后的第二天，每到黄昏时分，一只硕大无比的呲怪子便在牛家的村子周围，整夜整夜地拼着命锐声尖叫。呲怪子在冬末春初吼叫，似乎属常事。但在夏日里，如此疯狂地尖叫，却并不多见。

牛家大小十余口人，白天聚集在老二遗孀家里，为这一家孤儿寡母分忧解愁。夜晚，老三牛德秉及牛定昌、牛远昌这两个后生就在这里轮流守夜照料，免得孤单痛苦的母子五人，再平添几分恐惧。

牛远昌睡到半夜时分，突然被一场噩梦惊醒。他梦见自家的祖坟上刮过一阵凶悍的黑旋风后，猛然间电闪雷鸣，天崩地裂，坟地中央裂开了一条地缝，他顿时感觉危险不祥，遂转身拼命地紧急奔逃。正当万分危急的关头，他突然惊醒过来。他发现自己俯身趴睡着，浑身正冒着冷汗，胸腔被挤压得似乎裂开了缝。

这时，黑漆漆的窗户外面，呲怪子依然发出幽怨的尖叫声，一声更胜一声，让人毛骨悚然。

牛远昌不由得头皮一紧，迅即将脑袋深深地缩回被窝，蜷曲着身子，

再不敢有丝毫动作，任由冷汗流淌。

头七那天，众人去给牛德树上坟，突然发现，有数台大型推土机，正轰轰隆隆地从他们祖坟的侧旁推铲而过，施工工人说，现在正施工修筑着的这条柏油路，就要从这坟头经过。

大家当即急红了眼，纷纷疯了似的堵在车前。

牛家男女老少号啕成一片，哭声震天，悲痛欲绝。

牛远昌在父亲坟前痛哭着，双手疯也似的向着被推土机铲削掉的坟头一角拼命地刨抓着，没命地续填着沙土……

突然，他双手各攥了块墓砖直端端地扔在了推土机驾驶员的光脑壳上……

推土机当即停止了工作，彻底地熄火停在了那里。

牛远昌却并未因此而善罢甘休。紧接着，他又一个健步腾跃而上，隔着驾驶室一侧打开着的玻璃窗，向着那颗血肉模糊的脑袋，用拳头狠命地捶击下去。

施工方人员慌忙将那驾驶员抬上了一辆正在拉石子的大卡车，直奔乌拉镇医院而去。

不多时，包括一辆警车在内的一长串小车队伍，便在一片尘土飞扬中，由远处的田野向这里疾驰而来。

牛德秉惊魂未定地走上前去，偷偷地拽了拽牛远昌的衣衫，示意他逃避一下。牛远昌非但没有退却的意思，反而挺前一步，愈显理直气壮，有种视死如归的架势。

牛德秉当下受到鼓舞，心性骤然变得勇猛起来。他恶狠狠地从工地上拾了把铁锨，守护在侄子牛远昌的旁边。牛家的其余老少，也纷纷仿效，各抄起结实的家伙在手，聚拢成团，誓与"来犯之敌"拼个鱼死网破。

从车上下来十余人，紧跟在两三名公安人员的后面，向着牛家大小走来。

一名公安人员最先上前，异常严肃地厉声喝问："你们！谁打的人？"

"我！"牛远昌声音很大，很嘶哑，愤然跨步向前。

另一名公安人员掏出了一副锃亮的手铐，就要将牛远昌铐上带走。

牛家大小一拥而上，将所有来人凶狠地逼退着……

"慢！"一个矮短身材、体态肥硕的人异常慌张地走到牛远昌的面前，神情诧异地说，"怎么是你呀！"

"怎么会是你呀？杨董事长！"牛远昌死死地抓住杨有为的一双手，神情怪异，双眼簌簌地落下了泪来。

至此，他们才明白了这件事情的全部原因。

福乐天股份有限责任公司，经过多方不懈努力，在即将年终时，终于承揽到这项投资近千万元的路建工程。这次的成功，也许与杨有为的哥哥，身为主管城乡建设的常务副县长杨有胜这张王牌不无关系。

这项工程修建的是一条三级柏油公路，它从县城一直通向了乌拉镇。福乐天公司在争取这项工程时，牛远昌亲自起草文件，呈报了相关手续，而且还为这条柏油路能从他们石峁村经过而表现得十分兴奋。可是当时，他哪里会想到，这条公路在线路勘测时，竟会指到自家的祖坟上来？

公司董事长杨有为听勘测人员说，这条路要经过某家的祖坟时，就问："可以绕开吗？"

勘测人员回答说："当然可以！不过绕远后的成本将会增加十余万元。"

杨有为当即拍板定案：那就按已经设计好的线路来操作。他说，乌拉镇的高仁科书记是他的老同学，他只需一个电话过去，即可让高书记帮忙处理这事。

果然，高仁科在接到杨有为的电话后，表示非常愿意帮老同学这个小忙。高仁科慷慨地说："这是我姓高的地盘，是我说了算的，这等小事，只管包在我高某身上，放你七十二个心吧！"

然后，高仁科即向石峁村村支书张喜旺下了死命令，让他全权通知、协调、处理此事。

张喜旺虽说是受高仁科领导，但他仍然是农民身份，毕竟不同于在高仁科手下吃饭的那些乡干部。他对高书记吩咐的事，虽然也能言听计从，但在行动的过程中，常常受诸多因素影响，多少有点儿办事不力。

村支书张喜旺在接到镇党委高书记的指令后，正准备去牛家做工作，让他们及早迁坟时，却遇到牛家的老二牛德树突然在外地的一处煤矿掏炭中暴死的事情。不到两年工夫，接连死了两人。他一看牛家一族如此凄惨的景象，当然就不忍心向人家传达迁移祖坟之事。他想，还是等人家痛定悲息，稍有缓和后，再谈也不迟。

可是，没承想，张喜旺这里没有动静，镇党委高书记暗暗窃喜，以为牛家祖坟搬迁一事一切顺利。一向好大喜功的高书记甚至在老同学杨有为问起迁坟之事有何麻烦时，竟然爽快果决地说：“你说的就是那点小事吧？那还用再问，已经办妥了！”

一听此言，杨有为董事长甚是欢喜。他一面差人将重礼送往老同学高仁科府上，以表谢意；一面赶忙调集重型机械，将那一截尚且遗留着的黄土梁坟峁火速削整平坦，尽快筑基上料。

杨董事长对员工们这样反复强调：“这是咱们福乐天公司的第一桩迟到的大买卖，我们一定要在保证质量的前提下，下决心赶工期、抢速度，让这块迟到的鲜肉，变成及早上席的肉丸。让他们县上领导先尝尝咱们福乐天的味道吧！”

可是，杨董事长刚刚派出去的“机械化部队”还未来得及开动马力向前掘进，就被人给半道阻挡停息了，一名尚未来得及将推土机熄火的驾驶员还被当场打伤。听到这样的消息后，杨有为火速给高仁科打电话，问这迁坟之事究竟是怎么回事。

高仁科在电话那头，声音有些打颤，他说：“刁民之事，不足为怪。我已通知了派出所，他们说即刻就去抓人。人一抓走，你们的推土机便可继续前进，不碍事。唉！都怪张喜旺这个老饭桶！”

杨有为一听此言，觉得事情有些不妥，遂从别的工地急忙驱车赶来。

144

待高仁科他们的小车、警车刚一停定，他的汽车也紧接着靠了上来。

令杨有为倍感惊奇的是，眼前这阻止施工、行凶打人的竟是自己公司的职工——牛远昌。

牛远昌不也一直在公司里为这项工程奔波着吗？现在怎么会……前几天，他请假时，不是说要去给在煤矿掏炭而伤亡了的二叔处理善后事宜吗？怎么现在不去奔丧，反而来到了这里？

待公安人员就要将牛远昌抓捕的一刹那，杨有为突然从种种猜测中灵醒了过来。他果断上前，阻止了民警们的行为。他要向牛远昌问清楚，这究竟是怎么回事。自从上次牛远昌将捡到的十五万元巨款尽数交与他后，他就一直对牛远昌的品行与人格深信不疑。

杨有为向牛远昌了解到所有的情况后，当即撤退了所有的施工人员，并对高仁科明确地说道，让民警和干部们立刻通通撤离。高仁科一脸羞愧，却仍然厚着脸皮讨好地对杨董事长说："总不能让打人的凶手轻逃了吧？"

杨有为很不耐烦地瞪了高仁科一眼，高仁科悻悻然地独自走开了。

灰溜溜的村支书张喜旺战战兢兢地走上前来，给高仁科无奈地递上了一支烟。

高仁科轻蔑地睨视着他，任凭张支书谦卑递烟的那只手平展展地举着、抖动着，整个人尴尬地杵在那里……

杨董事长掏出一沓子钱来，着专人到乌拉镇医院去陪护受伤的司机。然后，他和大家一同重勘线路，商量改道的事。

几天后，牛远昌在工地上找到了杨董事长。牛远昌对董事长说，他已经说服了家人，决定迁坟了，日子就定在三天之后。从第四天起，工队就可顺利施工了。

忽听此言，杨有为喜出望外，他正准备和牛远昌商讨有关迁坟补偿费用等诸多事宜时，牛远昌却一转身，扭头便走。走出去很远后，才回过头来喊着说，他继续请假。

杨有为使劲儿地点着头，眼睛湿润着，眼前一片模糊。

牛家祖坟迁移后不久，呲怪子绕村嘶叫的怪异现象突然间彻底消失。但紧接着，一种更具威胁的东西却惊世骇俗地袭扰而来。

起先，牛德树的婆姨说，她家里有震感。她惊慌诡异地描述说，每当正午或夜半时分，家中厨房里好端端摆放着的锅碗瓢盆便会无端地摇晃起来，瓷器碰撞的声音听起来惊人。

老三牛德秉笑着说："嫂子，你就不要说笑话了，这世上哪有这等古怪事。"他这样轻描淡写说笑过后还没有几天，家里羊圈中的绵羊便一只只蜂蜇般地开始弹跳，然后就一只只死掉了。

紧接着，牛定昌家的一头老母猪也突然死在了圈中，即将生产的猪崽在猪肚里向外仓皇地顶拱着，最终窒息而死。

匆忙赶来的兽医，摸了摸死去的猪羊，断定皆为血灌肠。兽医提醒他们，还是及早请来阴阳先生好好禳解一下吧。

这次请来的先生叫白真君，是方圆百里有名的风水阴阳师。白真君早年学道于著名占卜师吴京蒙，后拜师武孝义，学得一手勘定风水、选择坟茔的好本事。

白真君进到牛家门时，已是夜晚上灯时分。他大概听说了种种怪异事端后，就起身到了牛家新近搬迁的坟地上来。

只见他立于黑漆漆又阴森森的坟地中央，正身、齐足、叩齿数遍，以右手大拇指在空中指画着，指画毕，念起咒来。

这时，众人像是明白了过来：想必这祸端，定是缘于那开山筑路！

突然，牛德秉忆及一事，仓促上前，叩问先生说："猫头鹰绕村吼叫，又是怎么一回事啊？"

先生一边抬脚跨步上了马背，一边回过头来说："凡鸦鹊之鸣，有呼群唤子者，有夺食争巢者，其音相似。其鸣而异于常鸣者，是神使之报也。鸦鹊不为世俗所鸣，乃因有德者鸣之，以报吉凶。"

第十六章

三十岁的牛定昌，决定要娶四十多岁又带着三个孩子的寡妇刘候娥为妻。他的这一出人意料的决定，是在父亲牛德承出意外之后，才思前想后下了决心的。

在牛定昌看来，父亲不是跌落而死的，完全是由王氏三兄弟谋划、陷害而死的。

"……不信，咱就走着瞧！"王氏三兄弟上门威胁的话语，时时地在牛定昌耳边回响。

"……那个偷肉贼，像是王氏三兄弟中的一人。"父亲临殁时的话语，随着时间的推移，逐渐清晰地在他的心间惊雷般地炸响。特别是王小贯那狼狐一般的鬼影，总在他眼前不住地蹿跃，使他日渐心生恶意，产生了报复的念头……

王氏三兄弟不就是忌恨我和他家的寡妇传情达意吗？那好，我牛定昌现在不光是勾引他家门上的这寡妇，我还要将这女人娶了，让她离开王家的门，进到我牛家的门上来。

牛定昌这样想着，立刻就被一种豪情所鼓舞。于是，当他再次拥着候娥那柔滑细软的身子时，终于开口说："候娥姐，我娶你呀。"

"娶我？"

"嗯！"

"真的？这……"刘候娥显然尚未考虑过此事，一时无言以对。

末了，她才说："我在王家门上有儿有女，怕是外人难以将我娶走。"

"咋？"牛定昌一下子急了。

"三个孩子谁还肯要？"

"我呀！我全要了！"

"那也只能是我娶你了。"刘候娥突然笑了，紧接着笑脸又突然收起，皱着那对柳叶眉说，"只是，你年纪轻轻的后生，给我这拖儿带女的半大老婆子来个倒插门，那怎能行？"

"那当然不行！"牛定昌想着复仇的事，坚守着自己的观点说，"我要将你们母子四人，全从王家的门上娶过来！"牛定昌说着，恶狠狠地再次抱紧了刘候娥那柔软的腰身。

"不行，太亏欠你了……"刘候娥顿时一阵喘息，不知该说啥了。

往日里，她总是在为那三个孩子的吃喝拉撒所操劳、困顿。今日，当定昌突然提起这事后，她才逐渐明白：在自己今后漫长的生活当中，已经难以离开这样的一个男人的陪伴了。

只是，三个孩子怎么办？她在王家是去还是留？王家一大家族的人，能否顺利同意她的这种选择？所有这些问题，顿然涌上心头，她一头伏在了他那宽厚结实的胸口，柔声呢喃着，继续商讨着有关他们两个人之间的这正经事。

刘候娥终于在某个适当的时候，请来了村支书张喜旺，向着王氏兄弟们挑明了自己要改嫁的事。

在村支书的面前，王氏兄弟们自然表现得通情达理，并说自家人殁了也快满三周年了，留下这一寡妇人家想找个男人，实属人之常情。不过，寡妇可是在王家生男养女之人，首先还应当将孩子们抚养成人，尽责任。因此，寡妇招男人到王家可以，但要找男人，离开王家的门，就万万不可！

刘候娥当下就急着说："我自己的骨肉，谁还能有我操心？我可以将孩子一同带去抚养呀！"

王氏兄弟们断然呵斥道："我们王家的人，就应当在我们王家长大成人！总之一句话：你找男人，我们概不阻挡。但是，必须要在我们王家将这三个孩子都抚养到成家立业后，方可离开这王家门。"

张喜旺支书刚开始同情刘候娥，后来又觉得，王氏兄弟们说得也很是在理。于是，就转而劝说刘候娥，还是找个上门女婿为好。这样，既可以夫为伴，又可以照顾好孩子，岂不是两全其美？

但是，当刘候娥说，她要找的这个男人是牛定昌时，张支书顿时哑口无言，愣在了一边。

王氏兄弟们忽听此言，气得肝胆炸裂，却又不便发作。他们急忙拉了张支书出门，将刘候娥家的破门板甩得啪啪作响。一边走，一边撂出话来："你胆敢将牛定昌这龟孙子招上门来，辱没我王家的名声，定叫你无立足之地！"

可是，王氏兄弟说出这话还没有几日，就突然一改往日强硬的口吻，变得温顺起来。当初，这个看似完全解不开的疙瘩，到头来，却被牛定昌轻巧地解开了。

任何事情，只要肯认真思谋筹划着去做，总有通向成功的捷径可寻可走。牛定昌现在下定决心要娶刘候娥为妻，他自然就没有被王氏兄弟们设置的这道关口所吓倒。他倒像一名冲锋陷阵的战士，正悄悄地向着对方阵地的堡垒伺机挺进，准备去逐个击破。

牛定昌攻击堡垒的第一个对象选定了王小贯。在牛定昌看来，王小贯虽然在王氏三兄弟中排行最小，但他却正是那关键之人。他的两个哥哥，无论在任何场合、任何时候，总是以他为首，做着蛇尾样的摆动响应。

牛定昌的父亲牛德承曾在临死前将上几辈子先人传下来的一个梳头用的木匣指给牛定昌，然后，断断续续却又充满无限冀望地叮嘱道："定昌，你要用这给咱，娶回个人儿来……"牛定昌聆听着父亲气息微弱的话语，流着眼泪，当着全家人的面，将木匣郑重开启。木匣里套着又一个小木匣，小木匣里装着一个小红布包。红布包裹了黑布包，黑布包里是一个缠绕着

的线团。线团一圈圈地被解掉后，露出了一个皱褶的白纸包。白纸包剥开数层之后，牛定昌双手抖动着，将这一摞人民币一点一点地平展了开来。他数了数，竟然有整整五千元。

牛定昌将这五千元钱又原样包裹好，锁在了那个木匣里，静静地安放在原来的那个秘密处，默默地流泪。

自此，全家任何人都再未动过那个木匣。

现在，牛定昌就将这个木匣拿出来，将其中的五千元钱尽数取了。径直来到了王小贯的家门。

王小贯面对这五千元的现金，先是震惊、惊喜，后来就生出了疑惑和戒备。但是，当他确信牛定昌是真心前来恳求他时，他便毫无顾虑地接受了这一高额馈赠金，并满口应承，在两人的婚事上，将竭尽所能，从中倾力斡旋。王小贯说到激动处，眼圈竟然有些发红。他拿出酒来招待牛定昌，趁着酒劲儿说出了掏心窝子的话来。他说，他曾经做的事有些愧对牛家，今天，能为定昌成全这样一件事情，也权当是将功补过了。

牛定昌觉得，自己没有白来这一趟，基本上达到了预定目的。他心中偷偷一乐，遂喝了个酩酊大醉。临行时，他仍然铭记着王小贯指点给他的路子：他要对候娥姐的娘家人、王小贯的两个哥哥等人，逐一去探望、打点。只要这些人都肯点头同意，他和候娥姐的婚事就能成。

于是，一向惧怕城市生活的牛定昌，为了凑够这紧要的花费，决定再次进城去打工挣钱。

牛定昌的母亲郭高娃已经抛却了辈分、年龄、去当上门女婿等诸多顾虑，开始为定昌的婚事操办起来。可是，她一想到和她年龄相差无几、一向与她互称姐妹的刘候娥就要成为自己的儿媳妇，就会觉得心慌、脸热。一时间，她竟然难以想清楚，这究竟是哪档子事了。但是，左思右想，她又觉得失去父亲的定昌，年届三十，却也终究没有打了光棍，也就释然了、同意了。

一日，张二换又闲遛到郭高娃的门上。这个瘸跛子光棍汉，除了赌博，就爱到寡妇门上闲串。郭高娃对这个瘸子频频前来，甚是厌烦。但时间一长，这人一走后，她又会觉得房空屋冷，就像少了个什么似的。后来，她冷静地想了想：是少了自己的男人牛德承，是少了这样的一个说话人。

今日里，张二换说的都是正经事。郭高娃笑着说："你今天还像个人样儿了。"

"我怎么像个人样儿？"张二换欣喜地急忙问道。

"你说正经的，我就喜欢。"

"你喜欢我了？"张二换一阵惊喜。

突然，郭高娃一个不轻不重的巴掌，即刻便扑灭了他心中的那团狂妄之火。张二换突然又联想到了刘候娥曾经给他设置的那个捕鼠夹，内心灰暗地想：这女人个个都是难缠的花狐狸！

一想到刘候娥，张二换马上又说："定昌果真要跳门子到刘候娥府上？……哎呀！这哪里是在娶媳妇？定昌年轻轻的一个娃娃，还不让刘候娥的那群碎娃娃将他这一个大娃娃给吃掉?!"

"依你看，应该怎么办？"郭高娃听出了张二换像是在为定昌想事，说得有理，就又试探着和他说起话来。

"依我看，刘候娥给定昌当娘还差不多!"

郭高娃一下子黑了脸面。但是，令人奇怪的是，这次，她既没有骂张二换，也没有再去打他一巴掌，她只是一屁股坐在了墙圪垯。

张二换的一席话让郭高娃非但没有恼火，反倒觉得，这憨人尽说实话。她还想和张二换就此再进行一番讨论时，却见这人已令她失望地默然远去了。

望着张二换那一瘸一拐远去的背影，郭高娃顿时心生怜悯，怆然间落下了热泪。

夜间，郭高娃独自睡去。睡梦中，她一人来到了一处低洼地。正行走间，忽见一只黑狗向她咬来。她急忙抓住了旁边的一根树枝，拼命地向上腾跃。突然，那树枝"咔嚓"一声折断了，她掉了下来，最终被那恶狗叼

住了脚板，啃住了大腿，咬住了……

忽然，有人大声喊叫着，她当即从噩梦中惊醒了过来。她梦醒后，却听得那喊叫声仍然在继续着，门板也被急促地摇动着，一如那恶狗追到了家门口，正凶恶地叫喊着，抓扑而来……

这当口，郭高娃再也难以分辨得清究竟是在梦里，还是在清醒的状态。她浑身上下紧缩成团。

"……大嫂！快开门，是我呀！"慢慢地，她听到一个熟悉的声音。她的身子从异样的痉挛中逐渐松弛了下来。

良久，她确信这声音来自门外，的确是有人在喊叫。她将缩着的脑袋偷偷地从被窝里探了出来。

最终，她确定这敲门人是弟弟牛德秉！她将被子一把扯开，深深地呼出一口气。

郭高娃终于彻底地从睡梦和惊吓中清醒了过来。她应声下了炕，将门打开。

牛德秉进得门来，异常暴躁地埋怨郭高娃为何不给他开门。

郭高娃心中突然一阵慌乱，才开始醒悟到，小弟半夜三更焦急地打窗叫门，定是又出啥凶险事了！

她一下子想到了进城打工的大儿子，急忙问道："定昌进城两个多月了，不会是他有事吧？"

"嗯！出了点儿小岔子。城里有人将电话打到张支书家，张支书夜里叫醒我，我这就赶过来了。"

"我的娃怎么了？怎么了?!"郭高娃疯了似的攥紧了牛德秉的领窝。

"没，没啥事，大嫂。只是出了点儿车祸，一定会好起来的。"牛德秉一阵慌张。

"是的。如今这么好的医疗条件，小小的车祸算不了个啥。一定会治好，一定会治好！"这时，牛家的好些人也都拥进屋来，大家一边拉扯劝慰着郭高娃，一边应声重复喊着，"一定会治好！一定会治好！"

郭高娃突然挣脱了众人的手臂，眼泪哗哗地说，她现在就起身进城。

牛德秉说："大嫂，你先稍等，我们都去。"

牛定昌来到县城，重操旧业，在一家建筑工地上当起了"二把刀"的泥瓦工匠人。在干到一个月的时候，他本应该挣到接近两千元的工钱。但是，当他向工头诉苦说，他娶媳妇急等着用钱时，工头却讪笑着说，年底能付清一半，就算给他天大的面子了。牛定昌以为工头在唬他，后来一打听，的确是如此。

如此一来，他就完全地泄气、失望了。在万般绝望之中，他突然有了主意。他想，在这里一分钱都拿不来，与其这样白耗工夫，还不如趁早到煤窑去掏炭。听工友们说，煤窑给的工资是这里的两倍，还都是现钱。工友们还说，像他这样等着娶媳妇急需用钱的人，最好的选择就是去煤窑。

但是，一提起煤窑，牛定昌就想起了被瓦斯炸死的二叔，他不由得想到了那里的种种凶险……

贫困将人逼上煤窑。逼上煤窑后，不是被塌方、冒顶、透水夺走生命，就是被无形的瓦斯爆炸毁了性命。可是，牛定昌整日里就思谋着如何去挣得娶媳妇急用的这两三万元的现钱。这样思谋焦虑了好长一段时间之后，他还是毅然决然地走向了煤窑。如果没有一种视婚姻为生命一般的坚定信念，如果没有因此而生发出的强大精神动力，那么，一向胆小畏怯并且经历过这方面残酷教训的牛定昌，是绝不会向着小煤窑一步步挺进的。

其实，去煤窑掏炭并不见得就多么凶险。牛定昌一直在井下掏炭、掘进、打支架，并未生出任何的事故来。发生在牛定昌身上的悲剧，可以说，是与煤窑毫无关系。如果这一事件能与煤窑有所牵连，那么，他也一定会像他死去的二叔牛德树一样，是可以得到相应的经济赔偿的。可令人遗憾的是，可怜的他，却是在回家的路上发生的意外。

牛定昌有一个特别爱想家的毛病。过去出了门，他思念父母亲人、故

乡山水；这次出门，又多了一个特别思恋的对象，这当然就是即将成为他媳妇的候娥姐了。对候娥姐的想念，既有心理的，更有生理的。终于，赶在秋凉时分，牛定昌有了寻被添衣这样一个充足的理由，可以回家见到候娥姐了。

但是，牛定昌又觉得，自己出门在外两个多月了，就这样空着手回去，很不合适。过去两手空空地回去，倒也无妨；可这次回去要见心爱的媳妇，怎能不给她带点啥呢？

牛定昌在小煤窑边上的小卖部逛了一圈，却发现这里卖的东西都比城里贵个块儿八毛。他不服气地又转了一圈，但还是未能买下任何的"礼物"。突然，他的双眼盯在了一堆又一堆的黑炭上面，顿时有了主意。

牛定昌急忙去和矿长请假。矿长说，你还是写个假条吧。牛定昌拾起一支笔来，在一张窄条白纸上写了半天，矿长随即将他放行。

牛定昌立刻借了辆农用机动三轮车，将早已物色好的黑炭装了一大车。他给照场子的"黑大爷"塞了一条黄公主牌香烟，终于将车开走了。此时，天色已经完全黑定，伸手不见五指的外面，刮起了呼啸的秋风。

"黑大爷"喊话说："定昌，你还是等明天天亮再回家吧！"

牛定昌满脑子想着候娥姐，心里甜滋滋地嘲讽道："黑大爷"，你懂啥！这总共才两天三个晚上的假期，我岂肯错过今天这一渴盼已久的美好夜晚？

牛定昌兴冲冲地踩动了油门，将一股浓烈的黑烟抛向了"黑大爷"。

"黑大爷"不由自主地打了个冷战，满鼻子里尽是一些不太正常的怪异味道。

牛定昌顶着抽脸灌耳的刺冷北风，心里却温热地想着：以这样的速度，回家的这近二百里的路程，三个小时左右准到！回到家后，我将这一车黑炭倒在候娥姐的院子里，这样，她就不会为今冬烧炭的事犯难了。候娥姐这么长时间才见到我，本来就已是异样惊喜，再看到这样一车黑炭，她定会将我紧紧地死搂着，再也不肯放开了……

牛定昌这样甜甜蜜蜜地思谋着，顿觉冷风中夹杂了一股温热的力量。顺着这股欢快而急切的热流，他不由自主地将油门瞬间踩到了底……

在急速转过了一个弯道，飞快地绕过一座大山梁之后，突然，前方一道刺眼的白光端直照射过来……

牛定昌惊出了一身冷汗。慌乱中，他猛踩油门的那只脚即刻松离，另一只脚几乎在同一时刻，狠狠地蹬在了刹车器上。就在蹬死刹车器的一刹那，他猛然发现，前方竟是一条致命的断沟。他脑子里顿时一片空白，甚至连一丁点儿的反应都没有来得及闪现，车子就在紧急刹车之中，直冲而下，当即便在凶猛的毁灭声中惨烈翻转，扭曲着倒在那条壕沟里，再无半点的声响。

迎面开来的那辆大货车，在三轮车栽翻在沟道的那一刻，马上警觉起来，终将大车在即将冲入壕沟的一刹那，刹停了下来。

"妈呀！好险呀！"大车泄气颠动中，司机和车主同时惊叹道。待稍微放松一下后，两个人又几乎同时感慨着说："要不是前面这辆直冲而上的三轮车，咱们也许就……"

两个人将大车灯光打亮，心间略存惊慌、庆幸、感激等复杂情绪，来到了翻转了的三轮车前。

两人当即便看到一个黑乎乎的人儿被压在了前边的车头底下，二话没说，急忙上前扶车、向外拉人。扶车，车略有松动；拉人，却纹丝不动。仔细一看，才见这人的左大腿至臀根部被车前板压挤在坚硬的沟沿上。于是，两人迅速将车厢余炭搬移开，一齐将车前板抬扶而起，用炭块支撑起拳头宽的缝隙后，终将这人拉扯出了车底。

此时，两人仔细观察发现：这一壕沟大约有半米深、一米宽，像是铺油料后，又做了翻工，留下待补的一个坑穴。平展展的路面上，突然出现这样的一个危险的深坑，理应在其周围设有护栏提示的，可不知为什么，修路的人员却没有做。

这时，牛定昌已经被冷风吹醒。他平静地想起了刚才惊人的一刹那之后，知道有人在救他了。他双手支撑了地面发现双手还好。他又动了动右腿，右腿一阵刺骨的疼痛。他牙齿紧咬着下唇，惶惶不安地准备像从前一般从跌倒的状态爬起来。突然，他就被彻底地惊吓住了，立刻恐惧而绝望地感觉到，他整个的一条左腿似乎已经不再是他身上的一部分了。

猛然间，他一把牢牢地抓住了那司机的手，大声号啕着，直喊救命。

那两人一阵惊讶，他们谁都未曾见过，一个人的求生欲望竟是这般强烈！人当下感觉鼻子一阵酸楚，心软得缺乏了力气。他们用一件破旧布衫紧紧地包裹住牛定昌那血流不止的大腿根部，接下来，就不知该如何做进一步的处置了。

此刻，牛定昌感觉一阵眩晕。迷迷糊糊中，他突然想到了远在县城的弟弟远昌。两名司机听说他城里有亲人后，即刻将他抬上了自己的大车，紧急送往县城医院去抢救。

牛远昌在睡梦中被人叫醒后，看见挂在墙面上的时钟刚好指在了凌晨三点钟。他一边起床去开门，一边忧郁地想：半夜三更有人找上门来，肯定又是出啥凶险事了！

来人是单位照看门房的李大爷。李大爷说："小牛呀，你得买个手机了，有了紧急事，还真要给耽搁的。"

不待牛远昌答话，李大爷接着就说："刚刚有个黑脸的胖汉找到单位来，说是你哥车翻人伤，现正在县医院急诊室抢救呢，你赶快去吧。"

牛远昌猛然间被惊得张口结舌。但是，他已经来不及从李大爷嘴里再问出更多的讯息，只身冲出门栏，顾不得夜里的漆黑和自己的慌乱。

牛远昌冲进急诊室，只见偌大的一张床上，哥哥双眼微闭，显然是昏睡过去了。他的耳郭、脖颈等处都有煤窑掏炭留下的明显污痕。他的各处皮肤上都沾满了污血，下身全部湿透，显然是被血浸透的。上身那件烂红毛衣，是哥哥的标志性衣服，大概穿了十来年了吧。此时，这毛衣已完全脱边散线，如一堆烂绳子缠绕在他那瘦弱的身板之上……

牛远昌双眼泪花突现，他将头向外偏转着，再也不忍心看下去了。这时，一位大夫急匆匆地走了过来。他可能就是护士们刚才说的，要等来的那位手术大夫。这位大夫也是从家里被叫醒赶来的。据护士们说，他是这里的手术权威。

果然，他一来后，摸了把病人的左腿，就开始凶喊护士们了："这腿都冰凉了，还从这里输液体?！……快将那脚部扎了的动脉管放开！……"

牛远昌这才发现，哥哥的左腿已经明显呈现出鸡皮样的蜡黄白色，已经完全失去了血润的色彩。他顿然惊悚而茫然。

大夫将包裹在哥哥左大腿根部的伤口上的棉布衫子取了，一阵消毒过后，又将刚才护士们简单包扎上去的绷带小心翼翼地拆开，渐渐地，左大腿根部内侧一条长长的血肉口子展示在了众人的面前。

大夫仔细查看了伤口外露的部分后，又用了麻醉药品，继续接连输血，准备手术前的检查、B超等，以便进一步确定伤势。

此时，天已经大亮，上班族们正忙忙碌碌地行走在大街小巷之中。牛远昌面色苍白地从医院赶到了单位，径直来到了杨董事长的办公室。他从杨董事长手里借来了救命急用的五千元钱，又火速赶赴医院。

牛远昌先拿出两千元钱来，将两名司机在他哥入院时帮忙垫付的费用交在了他们手中，并一再感谢他们的救命之恩。

两名司机要走时，牛远昌又说："你们还是将电话留了，我以后定当重谢。"两名司机推托不下，就留了手机号码，并说："昨晚出事时，已经电话通知了你们家人，说伤者已经住在了县医院，想必你的亲人们马上就赶来了。"牛远昌潸然泪下，不住地点着头，嘴上再也说不出一句话来。

两名司机走出几步远后，突然，又转身回来，对牛远昌提醒着说："事故责任完全在筑路施工方身上，你要和他们讨个说法，提出赔偿要求。别忘了，我们两人亲眼看见，可以为你们做证。"

牛远昌蓦然醒悟，突地拉住了两人的手央求道："好汉，先别走！为人为到底。我这就前去报案。一会儿我家里人来了，二位可要和我一块儿去取证，怎样？"

两名司机互相看了看，商量了半天后，说："那，我俩先去给交警报案，然后顺便去现场做好保护……你最好抽空过来！"

牛远昌感动得热泪盈眶。他双膝一软，不由自主地向着两名好心的司机跪了下来……

这是他有生以来，第一次向人跪谢。

郭高娃于中午时分，在牛德秉等人的陪护下来到医院。此时，医生正要将牛定昌由急诊室送往手术室。

检查结果已经出来了，牛定昌左腿的两条大动脉血管全部被钝物砍断，其他则无关紧要。医生们经会诊后，决定实施最高位的截肢手术。

此时，牛定昌在大量输血之后，已经完全清醒了过来。他明白：自己的这条腿已经保不住了。

正要前往手术室时，他突然看见了自己的母亲。他以为是出现了幻觉，但紧接着，他就感觉到一只冰凉的手按在了他的头上，一滴滴热泪滴落在了他的脸上，他即刻万般酸楚地闭上了眼睛，泪水从眼睛缝隙之中汹涌而出，顺着两鬓顷刻间流成了悲苦的河……

郭高娃突然像是死了人一般地号啕大哭："儿呀！我的儿呀！你怎么就遭了这罪过呀！"在她这剧烈的撕心裂肺的哭泣声中，一群护士将牛定昌向着手术室的方向徐徐推去……

牛远昌向三叔牛德秉做了一番交代，又对哭泣着的母亲说了些宽慰的话语，就赶往出事现场，配合民警取证去了。无论是牛德秉，还是郭高娃，都认为牛远昌说的是正确的：医院做手术的事情已成定局，唯一可补救这一惨烈事件的，就全看调查结果了。

郭高娃和牛德秉在手术室外面焦躁不安地等待了有四五个钟头之后，一名医护人员终于走了出来。紧接着，另外两名医护人员抬着个硬邦邦的东西向他们走来，将东西放在了他们的面前，说要他们自行处置。

　　牛德秉立刻上前，将那一棉布包裹着的东西谨慎打开……

　　突然，一条蜡黄泛白的人的腿，就这样突兀显露在人们面前。郭高娃一眼瞅来，当即便栽倒在地，不省人事了……

第十七章

　　牛定昌在医院里住了百余天，总共花去近三万元的医疗费用后，终归是保住了生命。当他用拐杖支撑着身体、单腿笨拙地蹦跶着出现在石峁村的时候，残酷的现实生活便明白无误地告诉他：他已是远近村庄里，最为失势的一个人了！他比不上瘸跛子张二换，甚至不如一只活蹦乱跳、行动自如的牲畜。他失去的不仅仅是即将娶到手的候娥姐，更失去了作为一个常人所拥有的最起码的幸福、骨气与尊严。他像一只被人欺负的可怜狗，整天躲在家，愈发畏缩，不敢轻松出门与人接触。很多时候，他甚至想到了去死。

　　牛定昌现在执意要去寻死，不单单是由于心理上的恐惧，有时，实在是因为此时已经残废的身体。他的左腿在被截掉时，左臀部也跟着被削去了多半截。大夫当时就说，由于左臀部已基本不复存在，他将来坐都会有困难。果然，他现在不但难站立，就连坐也变得艰难了。或者说，他根本就不是在坐，而是在向右侧半躺着。这样一来，右侧的屁股、手肘等身体部位就难以长时间支撑住。他现在只能选择躺下来。可是，由于他已基本失去了小半个身子，一旦躺下之后，就完全失去了平衡，加之自从不能自如行走、干活后，他身体便有些发胖，若身边没有人来帮他翻身，他就只好一直干躺在那里，直到拉出蜡黄的屎尿……

　　但是，牛定昌未去寻死。他不是因为丢舍不开家人，也不可能会是因为在牵念候娥姐（他已经丧失了那样的一种灵活自如），他主要是一直在期望着这场难缠的理赔官司。他翻车致残，责任主要在筑路施工方福乐天股份有限责任公司。关于这一点，现在人证物证俱在，交警方面也已充分认可。但是这个令他们牛家迁祖坟搞得家宅不安，致人伤残弄得家破人亡的福乐天公司，却概不服认。随你怎么上告，人家始终还是那样高高在上，福乐齐天。从种种迹象看来，仅凭他们这些小小的百姓，终将对人家无可奈何！可是，这场冤枉的官司打不赢，牛定昌实在是咽不下这口气呀！为给他治病，家里已经砸锅卖铁想尽一切办法凑钱，就连差半年就要初中毕业的小弟吉昌，也已失学回家，俨然成了昔日打里照外的"父亲"了。

正当牛定昌因为出不了这口冤气，整天憋闷难耐之时，他的大弟牛远昌，突然又被福乐天公司开除回家了。

开除的理由其实简单而直接，就是因为牛远昌今年请假已累计达三个月之久，按照公司《关于对工作人员暂行管理办法》的相关规定，他确实符合被开除的条件。那天，牛远昌腋下夹了简单的行囊，告别同事，走到公司大门口时，杨有为刚好开着公司的那辆汽车，不知从哪里赶回来了。牛远昌连忙躲闪到一旁，为威风凛凛的董事长让出了足够宽的道路。可是他虽在躲闪，心里却狠狠地骂道：真他娘的冤家路窄！

汽车的主人并未听到他在骂人，却"嘎——"的一声停在了他的近前。紧接着，杨有为那颗肥硕的脑袋探出了车窗，笑嘻嘻地冲着他说："远昌，这就走呀？年轻人做事，好好慎重想想。其实，我一直对你还是很看重的。只要你不再上告，不再和公司作对，我杨有为随时都在恭候你的归来。只要你年轻人肯回头，福乐天公司的大门，就像现在这样，随时都为你敞开着！"杨有为说着，用手幽默地指了指正敞开着的公司大门，将车子急速开进了福乐天大院……

牛远昌即刻嗅到了一股十分刺鼻的汽车尾气味儿。他一阵咳嗽和干呕过后，看什么都是一片模模糊糊的了。

牛远昌被开除回家的事顿时在石峁村里炸开了锅。村民们探寻着议论道："亡人牛德承的三个光棍把子，而今都窝回来了。"

"那不窝回来，还能怎么着？"

"哎呀，这真是老大拄棍，老二扶，老三围看着走。"

"唉，好端端的一个人家，说衰败开了，竟连眨眼的工夫都不容等待。"

"许是有啥说法了。依我看，牛家也该山上山下多拜访些高头艺人，四周多打问，好好占卦卜问一番了。"几个好心的村邻就向牛家的主事人牛德秉、郭高娃提醒说："还是趁早请艺人看看吧。……年轻人不相信这些神奇鬼怪，你们俩可要当回事。"

"是的，宁可信其有，不可信其无。要不然，再出了啥岔子，你们牛家可真的承受不起了。"

郭高娃蔫溜溜的，对一切事情都已心灰意冷了。牛德秉却悄悄地开始了行动。

牛德秉既未拜访神人高福些，也没有去恳求阴阳先生白真君，而是只身来到了姐姐牛二女的门上。他的两个哥哥牛德承和牛德树去世时，他姐牛二女就不止一次地暗中提醒着说："德秉小弟，你媳妇还没有生养吧？姐姐那里有个有名的算卦先生，这先生能占出你们哪里出了问题，能指出解决的方法。"

牛德秉当时并未在意，现在因为这接连不断的祸端，又突然忆及了此事。如今正是冬春空闲时节，他决定前去试探一番。

他姐夫包二双领着他登临这位先生的门槛时，刚好是太阳出山时。先生不在家。先生太太说，他每天一大早都去转山。牛德秉听不明白，就低着声问他姐夫："何谓'转山'？"

"就是到山上转悠去了。"

"哦哦。"牛德秉似懂非懂地点了点头。

临吃早饭时，先生就转悠回来了。先生七十多岁，看上去却鹤发童颜，清瘦矍铄。先生姓李，名仪风。据牛德秉的姐夫讲，李仪风先生精于持身养性和纵横捭阖之术，通天文、懂历法、精卦影。

李仪风先生在问过牛德秉的生辰八字之后，眉眼低垂，右手手指掐算着，陷入沉思。先生右手大拇指轻轻地在其他的四个指头上逐一掐点过后，又掐指算了一会儿。与此同时，他那浓长的白眉也由舒展而变得紧锁起来。

李先生掐指踌躇了半天后，终于开口说："有事了！"

"有事？"包二双急问。

"啥事？"牛德秉紧接着问。

先生点了点头，顺手取出了一副卦影。这二指宽、五指长的麻将纸牌，经牛德秉一阵嘴吹手翻后，又交回到先生的手里。李先生将纸牌呈扇形摆放在前，而他自己站在扇形的中下方。从侧旁看来，先生正像是能将这把"扇子"掀开又合上的那颗位居扇柄的纽钉。牛德秉正纳闷儿这样做是为何的时候，先生便将"扇面"所包含的意思指点给了他们。

听罢先生一席话，牛德秉顿时被惊得目瞪口呆。他愈发惊奇地瞅着这把花红古朴的"扇子"，心想：这扇面上果真如此具体翔实地讲述着我们牛家接连遭变故的原因？果真这样引发了那种种的不幸？

牛德秉一颗疑惑的心早已按捺不住，他连夜从他姐夫家所在地考乌素镇出发，百余里的路程只用了不到五个小时就到家了。这时，东方天边的那颗启明星已经在繁星渐稀的夜空里愈发闪亮起来，忽远忽近的鸡叫声互相呼应着，此起彼伏。牛德秉虽有困乏，心头却逐渐明晰，他忐忑不安地开始寻找那秘密了。

牛德秉没有丝毫的歇息，急匆匆地来到了已故的大哥的门上。这时，天色已微明。牛德秉准备上前敲门时，却见门是虚掩着的。他一边故作咳嗽，一边推门进屋。

他大嫂郭高娃已经起床了，正在地上摸索着生火炉。两个侄子远昌和吉昌还睡着，正此起彼伏地打着鼾。大侄子定昌却已醒了，只是还在那里干瞪着双眼半躺着，灰蔫灰蔫的，像是在期许啥。牛德秉略微伤感地瞅了一眼定昌那因失去一条腿而显得空虚的被窝，突然就想到了他姐姐牛二女的大儿子包宝。包宝也因车祸导致下身完全瘫痪，整天平卧不动，吃喝拉撒全由他姐姐和姐夫整日伺候着。相比之下，定昌还算好一些，最起码自

个儿还能蹦跶得动，生活基本还能自理。

牛德秉觉得自己的思绪已经跑偏了，遂直奔主题，和大嫂子讨要起了那个铜鼎。

郭高娃一阵纳闷，说："啥铜鼎呀？"

牛德秉将从自己家中带来的鼎子举起，说："就这形状的。"

郭高娃当下就火了，激愤地说："我说小弟呀，你一会儿元宝，一会儿又铜鼎的，你这不是又要逼出个人命来吗？"

牛德秉正在举着的一双手，猛一哆嗦，铜鼎险些掉在地上……

"三叔，这玩意儿我有一个，却比这小点儿。"牛定昌对着牛德秉手中的那玩意儿盯了半天，突然说起话来。紧接着，他母亲郭高娃便在他的指点下，从他指着的一个抽屉里，找出了一个铜物来，很不情愿地递在他的手上。

牛定昌将这铜物拿在手中，把玩了半天，才爱不释手地交在了三叔牛德秉的手上，说："这是我从小耍大的挖沙钵钵。"

牛德秉一把将这小铜鼎抓在手心，连忙翻转着看起来，异常惊奇地发现，它的底部果真裂开着一条细缝……

牛德秉顿时头皮紧缩，毛发倒竖。他异常惊慌地将远昌和吉昌从被窝里一把拉出，紧急去往他二哥牛德树的门上。

在牛德树的书箱子里，他们找到了更小的一个铜鼎。

"这李先生就是个神人！卦影中说的竟如同亲眼所见！"牛德秉反复惊叫着，一时竟难以相信，天下竟然会有如此奇妙之事。

这一会儿，他突然异常恐慌地想起了那位先生的断言："此鼎本是乌拉庙中上香敬神所用之物，是由你们牛家上几辈先人无意中捡拾回去的……"

牛德秉惊怯而谦恭地将大、中、小三个铜鼎在一块大红绸布上摆置好，然后，十分郑重地当着牛家老小所有族人的面，开始讲述这样一件神奇而蹊跷的事情。

这样一件稀奇古怪之事，突然就在大家的身边发生了。一时间，牛家所有的老少爷们儿无不心惊胆战。面对着这三个带来祸事的铜鼎，大家一致的反应就是：马上物归原主，高香厚物送鼎入庙。

一直想要去寻死上吊的牛定昌，突然间亲眼看见了那招惹祸端的三件套铜铸之物终于被高明先生占卜寻出，而今又偿还入庙后，他感觉一直在心中压着的一块巨石豁然之间被抛撂一空，浑身上下顿然轻松起来，内心也突然变得亮堂无比。他甚至激动地预感到：牛家那冤苦的时日已经过去，出人头地的时候即将到来！

牛定昌显然已被自己这一想法所深深地打动和鼓舞着了，他突然精神抖擞，心间的那些个愁云消散得无影无踪。

现在，牛定昌不但不会再想到要去寻死上吊的那些愚蠢事，而且还下定决心，要重新活出个人样儿来。就像那些被砍掉了一截的大树，一旦春天到了，它照样发芽生枝，重新生长出嫩绿的叶片。

牛远昌决定再次进城。他回城去，也没有什么明确的目标。他只是无法排遣一直待在家里的那份孤独。他已无法忍受石岽村里的那份重复的单调和无声的消磨。

他本打算到更大一点的城市去闯荡，但是，他最终还是选择了让他屡屡伤心碰壁的小小耿县县城。为什么呢？只因为这里有一个能给他生理和心理带来些许慰藉的好姑娘——杨秀梅。如今，经过这一连串祸事的磨难，使他信心锐减。他心里想，自己今生如果能娶了秀梅这样的姑娘做老婆，已属万幸了。至于杨丽丽，他现在已经没有任何心境去奢想了。

牛远昌收拾起简单的行囊，即将跨出门槛的一刹那，他哥哥的两根拐杖却突然横在门口，挡住了他的去路。牛远昌连忙上前，扶住哥哥的两条手臂，甚是怜惜地想扶他进屋。

牛定昌挣开弟弟搀扶着的一双手，说："我也回城呀。"

牛远昌猛一愣怔，不解地问道："啥？"结果再次听到他哥哥重复了要回城的那句话。牛远昌本想劝说些啥，却又觉得不太妥当，心想：那就让我哥回城散散心吧！

牛远昌发现，一路上，果然招来了无数好奇或是怜悯的目光。他哥哥就一直低垂着脑袋，像是被逮住了的贼人，始终不敢抬头面对那些路人。

牛远昌生怕哥哥经受不住，进入县城一下车后，他赶忙就近将哥哥安排在了一家小旅店里住了下来。然后，他又径直出去，满城里挨家挨户开始吼叫："谁家出租房子？"

从中午开始，牛远昌一直打探到傍晚时分，终于在城南的一处四合院老宅里，租赁到了一间小房。他将房子简单收拾之后，准备今晚就在这里住下，明天一早，再将哥哥从旅店里接来，反正一个人今晚的住店钱已经掏出去了。牛远昌一边算着这样一笔经济账，一边十分疲倦地和衣倒在了干巴巴的硬木板床上。他计划着这样歇过一会儿之后，就去店里给哥哥弄点儿吃的……可是，他折腾了一天太累了，就这样迷迷糊糊睡着了。牛远昌做了一个梦，梦里的他突然找不着被子了。仔细一看，被子已经盖在了他哥哥的身上。他哥哥见他光着身子在那里冻得发抖，却无力将被子盖在他的身上。蓦然间，忽见他哥扬起了那对拐杖，飘忽着，幻作被子状，温暖地向着他的头顶盖来。他浑身颤抖着，惊得牙齿磕磕碰碰，不知所措……

牛远昌顿然从睡梦中惊醒。他醒来后，上下牙关仍然磕碰不止，这才觉得浑身刺冷，冰寒彻骨……哥哥在哪里？他前后左右恍惚看去，一颗心立刻又紧张起来。

冒着初春的寒风，虽是半夜三更，牛远昌终究还是摸黑找到了旅店。但是，令他万万没有想到的是，他哥哥牛定昌却并未在那旅店里过夜。店主老头说，那个"没腿鬼"下午出去后，就再未回来过。

牛远昌当下便蔫了下来，不知所措。

店主一脸惊疑地说："后生，还不快去找找？"

牛远昌又一阵冷战过后，浑身哆嗦着如筛糠般地冲向了黑沉的夜幕……

牛远昌从半夜找到了天亮，又从天亮找到了天黑，几乎将整个县城的所有角角落落都翻了个底朝天，但就是没有找到任何线索。他只好又一次回到那旅店。店主说："你这是第三十次折回旅店来寻人了。你有点像是被

166

猎犬追逐着的兔子，总走回头路，这样恐怕永远也难以找着那人了。"

牛远昌一想，确实也是，不能总在这么几个熟悉的地方来回兜圈子了。是的，有几个地方他没有去找过，那就是看守所、公安局！对呀！我怎么不到那地方去报案呢！

此刻，天色已经完全黑了。牛远昌将店主递来的一杯热茶一饮而尽，然后，满脸泪水地跨出门，消失在了暗夜之中。

他的前方出现了一些路灯的光亮。他仔细地搜寻着灯光下的每一个行人。突然，他发现了一个不正常的人。他异常惊喜地揉了揉双眼。没错！正是一个只有一条腿的人在那里蹦跶着！他疯也似的扑上前去，痛痛快快地哭喊着，将"一条腿"重重地搂跌在地。

牛定昌干出了一件自认为是有生以来最具有血性的事情。

他这次"单腿走麦城"，绝非弟弟牛远昌所想象的回城散心那样简单、幼稚。牛定昌内心早已琢磨好了一件事情，但是他不会对任何人透露一点儿的风声。他只盯着一个目标，做好了视死如归的打算。他记得他们村的老支书张喜旺曾经讲过，说有的人死了，轻如鸿毛；而有的人死了，却重于泰山。这句话他当时听后觉得好笑："死了就啥都完了，还分个啥狗屁轻重？"张喜旺当下就跟他急了，说："这是毛主席说的，毛主席！你知道吗？"现在，他终于思谋到了，这话终是主席说出来的，就是太有道理了。

比如，前些天，他若是忍受不了那种种痛苦的煎熬，一根绳子吊死了，那样的死就是比鸿毛还轻。而如今，他要以这条残命，和那霸道蛮横、永远难以告倒台、难以扳倒的杨有为拼了，这就是比泰山还重。想到这儿，牛定昌立刻就被自己的这一决定所鼓舞、震撼了。奇怪，自从失去了一条腿后，自己的脑筋就像多开了一个窍门似的，一下子变得爱思虑、肯谋事了。

思谋成熟之后，牛定昌就决定付诸行动。刚好，弟弟远昌也要回城，他就一块儿跟来了。进了城，他本打算立刻就去找福乐天公司，直奔杨有为府上。但是，弟弟远昌却非让他就近住下不可，他只好无奈依从，准备

见机行事。他想，这件事情在未发生之前，绝不能让任何人有所察觉。他也奇怪，自己现在竟变得如此冷静老辣。

在店里住下后，弟弟前脚刚一出门，他的一只脚就在两根拐杖的支撑下，向着目的地一点一点顽强地进发了。牛定昌百般努力，临近下午下班时，终于将福乐天公司董事长杨有为堵在了办公室里。

这个在石峁村修路、刨他们家祖坟的头面人物，他一眼便能认出。他一旦认出了这个人后，就猛扑上前，拼命地揪扯住了他的一条粗腿，誓不放松，誓与他拼死同归……

杨有为本打算去赶赴一个重要的宴会。他的每次宴请，都预示着要有一个重要的工程项目被承包，或者有一笔重要的生意要成交，今天也不例外。刚才，办公室人员打来电话，说一切都已准备就绪，客人也陆续到来了。杨董事长将抽了半截的中华烟按熄在烟灰缸里，然后，在大衣镜前重新打好了领带，用上好的摩丝梳理好了发型，这才拿了那只黑色的小皮包，一边给司机打电话，一边急匆匆地向门口走去。就在他开门的一瞬间，一个拄着两根拐杖的只有一条腿的后生，正好将他堵了回来。

这个"愣头鬼"将他的一条腿猛然抱住的一刹那，他立刻明白：这一定就是牛远昌的哥哥了。他们正面告他没有办法，现在是强行和他"要腿"来了。

司机在手机里先是听见杨董事长在招呼他备车，后来就听出了一些异常的声响。他急忙赶到董事长的办公室，突见这等情形，不由分说便猛扑上前，生拉硬拽、拳打脚踢，准备将这个仅有一条腿的泼皮无赖从董事长的身上分离开来。

牛定昌现在虽然失去了一条腿，但是一向受苦出身的他臂力过人。加之，他现在是拼了性命而来的，就算再有十个这样的司机过来，对他也是奈何不得。除非将他彻底打晕。否则，休想将他从杨有为的身上扯开。但是，面对这样一个高度残废的人，谁敢下狠手？杨有为连忙阻止了司机冲动过激的行为。牛定昌就像一个肿瘤，不知不觉地突然间就缠在了杨董事长的身上，留不成，却也去不了，难道真的要同归于尽？

　　杨有为本想说，自己公司在这次事故中纵有天大的责任，也该由法院裁决，轮不着你上门讹人呀！但是，当他再次看到这个只有一条腿的废人时，心里却有种难受的感觉。他马上又想到了被他开除出公司的牛远昌。牛远昌的确是个挺能干的娃娃呀。现在，他的哥哥成了这等样子，父亲也已去世，我们却偏偏在人家最困难的时候，将人家娃娃从公司赶了出去，这是否做得残忍了点儿？想到这儿，杨有为马上对牛定昌说："你的损失我们赔偿！……你弟弟牛远昌回公司上班。你看咋样？"

　　抱着杨有为一条腿的牛定昌以为自己听错了，却见杨有为当即掏出一沓子钱来，递在了他的面前。这突如其来的大转折，致使牛定昌的脑袋瓜突然就转不过弯来。他不知眼前究竟是怎么回事，他该如何面对。慢慢地，他终于想透彻了：我需要这么多钱吗？我成了这个样子，今生已不可能去娶候娥姐做老婆了。那我一个光棍汉子，要钱干啥？……父亲生前曾经说过，牛家的希望就全指靠弟弟远昌和吉昌了。现在吉昌已失学回家，只有远昌还一直城里、乡下很不甘心地奔波着……思谋到这里，牛定昌内心不由得一阵激动，突然就有了主意：对！我今天就只打弟弟远昌和吉昌这张牌。

　　"我不要你那么多钱，我只要你答应我一件事。"牛定昌松出一只手来，挡回了杨有为递钱的手说。

　　"啥事？"杨有为一脸惊异，急忙问道。

　　"用我失去的那条腿，为我弟弟牛远昌抵换一个饭碗。"

　　"饭碗？"

　　"对！找份工作。"

　　杨有为突然笑了，朗声朗气地说："你倒挺幽默的。我不是说了嘛，明天，明天就让你弟弟牛远昌到公司来上班，好吗？"

　　"不！是一份正式工作。就像你们一样，不会被轻易开除的那种。"牛定昌知道弟弟因为临时工的事而一直苦恼、压抑着。

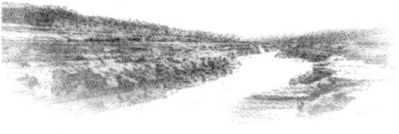

杨有为表情严肃，想了想，说："我给他个铁饭碗，让他今生不愁饭吃。"

牛定昌松开了紧攥在杨有为裤腿上的另一只手。他双手用力支撑住宽大的办公桌，异常艰难地呈金鸡独立状，站立了起来。

司机连忙从地上拾起了拐杖，及时架在了他的两个腋窝下，较为谨慎地扶着他向外迈步……

但是，牛定昌却并没有要走的意思。他要杨有为写个书面保证。

杨有为的电话再次响起：客人都已到齐，催他马上过去。杨有为对牛定昌说："现在来不及了。要不，你就在我的办公室等着。"

牛定昌说："那就等吧。"

第二天临近下午下班时，杨有为再未到办公室来过。给牛定昌送盒饭的那个小青年，将一张写有红黑两种字迹并加盖了红色印章的大而硬的纸张，递在了牛定昌的眼前。

牛定昌知道事情有了定局，但却弄不明白，这上面究竟表述了些啥。小青年说，拿给牛远昌去看吧，你弟弟的日子有盼头了。

牛定昌立刻喜上眉梢。他单腿带动着双拐，开始朝着旅店的方向慢慢蹦跶而去。此刻，夜幕渐渐降临，但路灯的光亮却将四周照得通明。牛定昌原本黑暗的心胸，也跟着渐渐亮堂了起来。

第十八章

牛远昌从哥哥手里接过那份红头文件看过后，眼泪"唰"地一下就流下来了。

这份文件，是福乐天股份有限责任公司专门针对牛远昌一人下发的。公司已破格将他吸收为董事会成员，并特地派遣他去省城科技大学脱产进修建筑设计专业。其三年学习期间的一切学习费用，由公司全部承担。同时约定，其学成并取得大专学历后，必须回原公司效力。

自此，牛远昌上大学的梦想终于实现了！这，他能不高兴嘛。

然而，有一人却因此而陷入了苦恼。这个人，正是在牛远昌最为悲苦之时，给他以无限慰藉并和他提出要约定婚姻关系的杨秀梅。

杨秀梅自从和牛远昌发生了那种关系之后，就认定自己今生已是他的人了。她处处为牛远昌着想，处处又依着牛远昌。牛远昌说，保姆这营生容易出那种意外；她马上就从杨有胜府上辞职出来不干了，整天陪伴在牛远昌左右，像对待小孩子一般，精心伺候、照料着他，俨然成了他的保姆。牛远昌又说，你年纪轻轻的，就闲待在家里，也不是个事，还得找个活干；她马上就在一家饭店做起了服务员。后来，虽然几经易职，但她工作范围基本就锁定在了宾馆、饭店、洗浴等服务性场所，惯用的职业称呼通通都是服务员。时间久了，有人叫她杨秀梅，她往往会没有反应，但有人呼喊服务员，她马上便会神情警觉，习惯性地伺候这侍弄那。牛远昌常调侃她："在这座城市里，你的名字竟是多余的了。"

现在，牛远昌终于有了这次难得的机会。而对他以身相许的杨秀梅，却仍然还是这座城市里被忽略了姓名的那个服务员。凭着女人特有的敏感，杨秀梅明显感觉到了这种突然而来的现实反差所带来的重重危机。她想阻止远昌的行程，但这明明是个做梦都难以渴盼到的好事情呀。她的内心就充满了难解的矛盾。她在心里一遍又一遍地谩骂杨有为：这个该死的胖猪董事长，你为何要将我的人儿派到省城？

后来，她的心就渐渐软了下来。因为，远昌一再对她柔情蜜意地表白：无论他走到天涯海角，他都已将她当作自己的心上人了。远昌还说，他不变心，也不许她变心。

她怎么可能变心呢！

为了表明相互间真心承诺的心境，临别的这一夜里，他们未再避孕。

牛远昌终于踏上了开往省城的列车。

想不到，他上大学的梦想竟然是以如此波折崎岖的方式实现的。他兴奋而悲壮、豪情而伤感，双眼默默地流出激动的泪花。

泪眼模糊中，他的眼里再次闪现出逝去的父亲那失去右手的身影，还有哥哥那失去左腿的身影……

列车越往南行，春天的色彩便越显浓郁。上午还是风沙肆虐满眼荒芜的黄土沟壑，下午便见柔风吹拂下的青山绿树了。这真是峰回路转，十里不同天啊！一直到了广袤无垠的关中大平原时，牛远昌逐渐泛绿的心境，一下子便无限深远地开阔亮堂了起来。省城，他本已去过一次，但这次前行，却觉得一路上竟是如此新奇明朗。

省城火车站，春运高峰刚过，往来旅客虽熙熙攘攘，但已不再是摩肩接踵般地拥挤了。

站台上，有一个高举着字牌的红衣少女，正在向站内焦急地张望。

杨丽丽下午上完实验课后，就急匆匆地跨出了大学的校门。她随手拦了辆出租车，径直向火车站方向疾驰而去。牛远昌前来念书的消息，她早就从她二爸杨有为那里打探得一清二楚。她二爸将牛远昌开除出公司的那段时间，着实将她给惹恼了。她从电话里向二爸求情说好话，甚至焦急得每每哭出了声来。但是，她二爸就是不肯给她面子，不肯让牛远昌重新回到公司来上班。放寒假后，她就成了她二爸的"跟屁虫"，死缠硬磨中，她二爸终于答应了她的苦心哀求。令她喜出望外的是，如今，二爸不但恢复了远昌的工作，而且还公派他前来省城学习深造，这真是太令人惊喜、太令人兴奋了！

从耿县方向驶来的列车徐徐进站了。杨丽丽将写有"牛远昌"三个大字的牌子兴奋地高高举起，内心立刻跳荡着，欢悦了起来。

从万头攒动中辨认得出远昌身影的那一刻，她滚烫的泪珠一阵外溢……

牛远昌突见杨丽丽来车站接他，先觉得惊讶，后感到温暖，再后来就有些担心了。他不会忘记，自己肩负着公司的重托，他要抓住这次学习深造的机会，全身心地投入繁重的学业之中。更主要的是，他和秀梅已经在一起了。此一时，彼一时，他显然已经不再属于那单纯的过去了。

在杨丽丽的帮助下，当天，牛远昌便在科技大学顺利地住了下来。明天一早，他将正式报名入学。

牛远昌十分感激地要送丽丽回去时，丽丽却俏皮地说："别忙，我还没有安顿你睡下呢。"牛远昌只好又很不好意思地和她一同来到了男生公寓。

男生公寓对女生实行开放政策，女生公寓则对男生进出坚决说不，于是，在男生公寓里出现众多女生的身影，似乎已是司空见惯的情况。杨丽丽发现，这科技大学男生公寓里的女生可真多，肯定是人家公寓管理政策执行到位，那么女生公寓估计是飞鸟难入了。

牛远昌住2号公寓406室。同室八人，来自全国各地。大家同属一个班级，性质相似，多是成人脱产进修一类，有两人是自费求学的。

牛远昌是最后一个入住406室的。被挑剩的床板有些破烂。杨丽丽说："还是找宿舍管理人员换个新的吧。"牛远昌却说："这比我租赁房住宿的条件好多了，咱不换。"杨丽丽就拿来一些纸片子，将床板缝隙垫平整后，才将被褥一层层打开，一层层认真铺好。杨丽丽将牛远昌已经折好的被子重

新打开，又重新叠好。她双手轻轻地在绵软的被褥上抚摸着，双眼不经意地落在了一个绛紫色的地方。她盯视着那里，停顿了双手……

牛远昌见她如此，神情立刻紧张难耐，感觉不好喘气。

"那次流血——污弄得……"牛远昌心跳脸热，话语仓促，话音模糊吞吐。

杨丽丽抬头看了看他那傻样，不由得一笑，随口小声偷偷地说道："该不会是流的鼻血吧？"随后，又正言道，"这么脏了，也不洗洗？星期天我过来给你好好洗洗吧。"

牛远昌本想说，秀梅早就洗了，只是怎么也清洗不掉。但是，这话只能作为他生活中的头等隐私，只可永久地烙印在自己内心的深处。

再有几个月，杨丽丽就要毕业了。四年的大学生活，眨眼之间，竟从宽松的缝隙中溜滑而过。好多毕业班的同学又纷纷报考研究生，以便为今后能找份好工作打下雄厚而过硬的基础。杨丽丽却只打算混个学士学位就好，她并不想去挂那个硕士甚至博士的头衔。但是，她肯定能找到一份连硕士、博士们都难以企及的好工作。她那由副县长终于顺利攀升到了县委副书记的父亲杨有胜，前些天来省城出差，顺便看望她时说，她的工作已初步定在市政府的相关部门。

杨丽丽当时顿觉慌张，忙说："老爸，我只想回咱们耿县县城里去工作。要不，我就到我二爸的公司去上班。听远昌说，我二爸的公司已经发展壮大为福乐天集团了，总资产已达……"

"你再休要提起那个牛远昌！"她父亲突然收敛起亲切的面容，异常恼火地打断了她那幼稚的话语，气急败坏地摊牌说，"市委廖副书记的儿子果果，你该知道吧？……人家可是看上你了呀。我们即使是打着灯笼，也难以高攀得上人家的呀！"

果果？杨丽丽一下子就想到了廖果华。

对，廖果华正是茂原市市委副书记廖星云的长子。他与她同是西大学生，他比她高一届。在省城上学，老乡的概念已由耿县的小圈子上升到了

174

整个茂原市这一更大的范围。在她刚入校不久，他们就相互认作了老乡，彼此间多了亲近与往来。后来，廖果华被推选为学生会主席。不久，她也担任了学生会文艺委员一职。据说，这是作为老乡的廖主席执意推荐的结果。至此，他们之间的交往就日渐频繁。每遇学校大型活动，他们还会双双登台亮相，一唱一和地主持节目，甚是令人羡慕。

但是，杨丽丽的身边，总有韩志华在或远或近地相伴左右。因此，知情中并未乱说杨丽丽与廖果华之间的一些什么。若硬要说他们俩之间有何瓜葛，那也是明明白白地直面着大家的。

杨丽丽和廖果华均喜好跳舞，每周一次的学生舞会，他们俩是逢场必到。两人一起愉悦地跳舞，很少更换舞伴。韩志华由于不爱此项活动，只在远处默默地静待着，直到舞会散场后陪丽丽一同回去。后来，韩志华感觉这种场面有些憋闷，就不再陪伴着她了，任由丽丽一人来去舞场。

廖果华见一向缠绕在丽丽周围的那根藤蔓突然离开了，甚是兴奋地拥着她。他一向轻巧地舞动着的肢体，逐渐变得拖泥带水、滞涩黏重了起来。有几次，他竟将她搂得喘不过气来……

慢慢地，杨丽丽便找出种种借口，不再频繁光顾那舞厅了。但是，杨丽丽其实很想再过一次舞瘾，她心中的舞伴就是远在耿县县城里的牛远昌。

廖果华临近大学毕业时，和杨丽丽有过一次单独长谈。廖果华说，他本打算留在省城，去一家大公司里上班。但是，他最终拗不过老爸，还是要回茂原市市政府办公室去熬日子了。廖果华说到这里，反问杨丽丽："你说我为何放着机关干部不当，而偏要留在省城打工呢？"见杨丽丽不回答，他就自解自破道："就是舍不得离开你呀！"杨丽丽突地一笑，反嘲道："你已经回茂原工作了，这不就舍开了吗？"廖果华突然上前，猛地抱住了她说："不！等你明年毕业了，我将全权负责安排你到市政府相关部门工作。丽丽，我——我真的很爱你！我……"

杨丽丽猛然挣脱他的双臂，恼羞成怒地跑开了，再也不肯见他。

后来，廖果华在茂原市市政府当了秘书，仍然经常给她来电话，甚至

专程借故来省城约她，但都被她婉言拒绝了。

现在，父亲在自己的面前突然提起他，莫非廖果华已向父亲提起过他们之间的事情了？对！廖果华是个说到做到的人，他现在既是茂原市市政府的秘书，又是市委廖书记之子，凭他的能耐，定是要和父亲串通一气将自己的工作联系到市委机关了。

想到这，杨丽丽不由得一阵窝火。她觉得自己恰似某件物品，正要被实力雄厚的货主设法夺走。而一向年轻气盛的杨丽丽，岂肯甘做那任人摆布的物件？！她按照自己的意愿，抓住这即将毕业的最后的机会，偷偷地开始了行动。

她开始紧紧地盯在了一个人的身上。这个人却不是韩志华，而是牛远昌。

从牛远昌再次出现在省城的那一刻起，杨丽丽就像梦醒似的，蓦然明白：她真正爱的人，就是牛远昌。

现在，该是她和韩志华摊牌的时候了。她十分郑重地找到了他。

还是杨丽丽先开的口。她说："我们马上就要毕业了，是该说再见的时候了。我非常感谢大学四年来，你对我的体贴和关照。今后，无论怎样，我都会记着你这位好同学、好老乡的……"

韩志华即刻冒出了一身冷汗。他双眼陌生而惊奇地在她的脸上盯了半天，几乎是带着哭腔在说："我仅仅是你的同学和老乡吗？！……"

杨丽丽受不了他那双逼视的、灼热的眼睛，默默地低下了头。

"是的，你现在需要一份好工作，你要寻找一个好靠山。可这些，我都办不到，我没法和人家廖果华比。"韩志华已经听说了杨丽丽的毕业去向，而且知道是廖果华在暗中帮助她。他早就为廖果华的出现而担心了，现在果然……

韩志华接着说："丽丽，我韩志华虽无能，但却是一直真心爱你的呀！而你真的就忍心这样耍我吗？……"韩志华说着，竟哽咽了起来。

杨丽丽突然蹲在了地上，放声哭泣。她边哭边说："志华，我对不起你！但是，我的确没办法做到违心屈就的那一步，那样对你、对我都不会有好处。没有爱情的婚姻是不道德的，也不会是牢固的，你就放我一马吧，好吗？……我诅咒，我杨丽丽对于青春的轻忽必遭报应！我杨丽丽今后……"

韩志华猛地按住了她的嘴。他哭着说："你别咒自己，好吗？……"

杨丽丽默默地起身，向宿舍走去。她的双眼第一次如此严重地出现了红肿。

韩志华远远地跟在她的身后，距离越来越远。柔和的春风轻轻地拂来，他却难以体会到一丝的暖意。他明白，这个春天，他的爱情将不会发芽。

每逢周末，杨丽丽必定奔向科技大学。牛远昌知道，杨丽丽与韩志华"吹了"，便对她的频繁到来不再介意。这一周，杨丽丽照例帮牛远昌温习了数理化等课程，之后又重新帮他调整拟订了复习计划。

牛远昌颇为感激地说："有你的悉心指导，成考我准过！"

杨丽丽笑着说："准过，准过！过不了可就是我的责任了。"

接着，她话锋一转，说："远昌，听说你在做家教？"

"嗯！自己挣几个钱，贴补些生活。"

"那给我也找个家教干干，如何？"

"拉倒吧。你又不缺钱花，何必遭那份儿罪呢？"牛远昌笑着说。

"你小瞧人！"杨丽丽突然有些生气了。

"那好，那好。我帮你找还不行吗？"牛远昌忽然明白，这是丽丽多少年来第一次有求于他。他欠她的实在太多了。

没过几天，牛远昌果真为杨丽丽找了份儿家教的活。他们俩所教的孩子住同一栋楼。这是牛远昌有意而为之。因为这样一来，两人正好可以在晚间同出同归，丽丽的安全才有保障。

牛远昌做家教，完全是生活所迫。他除了在每周星期六和星期天晚上与丽丽一同出去做家教外，还在其他时间为另外两个孩子辅导功课。每天奔波下来，累得要命。

杨丽丽做家教，则完全是因为好奇，觉得好玩儿。她根本不在乎所挣的那几个钱。每周做家教的那两个晚上，能与远昌一同前去体验生活，她觉得十分开心而幸福。大学几年来，她只感觉这段时光过得最为充实而有意义。只是，她马上就要毕业了，这种快乐的日子为数不多了。一种不舍的情怀，如同忧伤的薄雾，正逐渐地向她袭来。

　　这个星期六，晚饭时间刚过，杨丽丽就从西大坐车直奔科技大学。牛远昌急忙推了辆自行车出来，就要带着丽丽去做家教。

　　丽丽桃花般灿烂的一张脸迎上来，笑着将远昌推着的车子接在手中，说："今天风大，我们走着去吧。"未等牛远昌发表意见，杨丽丽已将车子又锁回到了车棚里。

　　今晚的风，的确是大了些。

　　春风不刮，地不开呀。牛远昌与杨丽丽肩并肩地行走在省城宽阔亮丽的大街上，他想起了故乡石岽村人这个时候常说的这句民谚。

　　天色渐渐暗了下来，远远近近的灯光，一下子照出一片壮阔与辉煌。长风裹挟着微尘碎屑，从深邃的天幕直压下来，耳畔有恐怖的风吼声森然回响。丽丽有些慌张地靠近了远昌。她柔软的肩膀，不时碰着他那战栗的心房。

　　她听出了他粗热的气息。

　　他听到了她娇柔的喘息。

　　"要不，歇会儿？"牛远昌关切地打破了紧张却甜美的寂静。

　　"不会迟吧？"杨丽丽完全依着了远昌，娇弱的声音如梦幻般地问道，"我可累得需你背了……"

　　牛远昌手足无措，一脸燥热。他猛然忆及了远在耿县的秀梅姑娘，遂暗自下定决心：绝不能越雷池半步！

　　突然，他眼前一阵明亮，异常兴奋地呼喊了起来："到了！丽丽，到了！前面那栋楼就是！"

　　杨丽丽略有惊讶地望着牛远昌，突然笑出了声来，说："你可真是个好激动的孩子。"

做完两个小时的家教后，两人又步行返程。此时，已经接近夜晚九点，按如此的速度赶回去，大概要到晚上十点多钟。

牛远昌看了看娇喘着的丽丽，决定破例打出租车回去。丽丽却双手挽住了远昌的一条胳膊，娇羞而又柔和地说："我就喜欢和你这样走走嘛。"

牛远昌的脑子里立刻一片空白……

这时，晚风吹刮的劲头儿骤然加剧。渐显空旷的大街上，杂尘如细浪一般接连不断地层层拂来。穿着单薄的杨丽丽，显然经受不了如此凉风的突袭，她渐渐地挽紧了牛远昌的那条胳膊，脸蛋儿靠贴着他的肩膀，娇滴滴地说道："远昌，我冷。"

牛远昌感觉到她那饱满的胸脯在阵阵战栗。他不由得抖动着嘴唇，说："那，你将我的外套穿上。"牛远昌边说，边欲抽出那条胳膊来脱去外套时，杨丽丽猛然就将他面对面紧紧地抱住了……

牛远昌骤然僵在了那里，两条胳膊自然垂吊着，两眼惊慌失措。

丽丽胀满的胸脯更加紧贴着他的胸骨，震撼着他的心房。

他的那道冰山防线，开始一点点地消融……

第十九章

耿县县委副书记杨有胜与市政府秘书廖果华一同驱车来到了省城。

他们将杨丽丽接收单位的有关手续交到了西大学生处毕业生分配办公室主任的手里后，又径直去找到了韩志华。

韩志华给出的结果令他们既惊讶又十分满意：他已经和丽丽彻底告吹，并且已经和南方的一家中外合资公司签订了聘用合同。但是，与此同时，他们收到了那颗定时炸弹：丽丽早已倾倒在了牛远昌的脚下！

廖果华顿时像泄气的皮球，软蔫着站在那里一动不动。他有气无力地问韩志华："牛远昌？牛远昌是谁？"

杨有胜走上前来，将一只手搭在了廖果华的肩上，轻松而很有把握地说道："果华，你放心。牛远昌这小子不知天高地厚，我自有办法治他。既然你肯帮忙将我女儿丽丽分配到咱们茂原市的财政局工作，那么，我就有把握将我女儿嫁到你们廖家的门上。我这可是在高攀咱们廖书记呀！"说到最后，杨有胜竟有些感慨了。

杨丽丽正为自己毕业后能否回到耿县工作一事犯愁时，老爸一如"及时雨"宋江，来到了她的身旁。但是，她看见父亲身后，又跟来了一个廖果华，就感觉事情有些不妙。果然，她的梦被彻底打破。她现在不但要离开耿县县城，去往茂原市工作，而且，老爸还以极其严肃的口吻命令她，不准她和牛远昌再有任何的往来……

杨丽丽一下子就被气蒙了。她将这事对亲爱的远昌讲后，牛远昌却显得十分高兴。他说，能到市政府重要部门工作，那多好啊！但是，当杨丽丽说，这些完全是廖果华的爱情阴谋时，牛远昌突然间像回想起了什么似的，一下子便陷入了长久的沉思状态。

终于，他硬着头皮郑重其事地和丽丽进行了长谈。

牛远昌将他和杨秀梅之间的事，毫无半点遮掩地向杨丽丽和盘托出。末了，他泪流满面地对她说："丽丽，我对不起你！我今生所犯最大的错误，就是一直牵累着你，未能下狠心和你断然决裂。我欺骗了自己，更欺骗了你。现在，该是我彻底悔悟的时候了……"牛远昌终于泣不成声。

杨丽丽脑子里接连不断地闪现出她家过去的保姆——杨秀梅的身影，心里却怎么也想不明白，杨秀梅和远昌之间究竟发生了什么。最终她想明白了：不管杨秀梅和远昌之间发生了什么，她都会想方设法将远昌留在自己的身边。她深信，无论从哪一点上看，她都远远胜过杨秀梅的。

从爱情的迷雾中逐渐廓清、明晰的杨丽丽，以无比宽宏大量的气度对牛远昌说："对于你的过去，我一概不管。我要的，只是你的现在。我要的，就是要将我们之间的现在延续到无限的将来……"

牛远昌无比惊愕地看着杨丽丽，如同仰望着一尊爱神。

杨秀梅照例来到福乐天集团，准备代领牛远昌六月份的基本工资，然后火速寄往科技大学，以便远昌急用。可是，这一次杨秀梅来到公司办公室，办公室人员让她去找财务室。她来到财务室后，财务室的人员又让她去找杨有为董事长。她找到了杨董事长后，杨董事长又让她去找办公室主任。她就像件货品被人推来推去，又推到了办公室。在办公室主任手里，她接到了一份红头文件。

这文件显然是刚打印不久，油墨的味道依然浓郁。紧接着，她便被文件内容以及浓烈的墨汁异味刺激晕了：牛远昌被取消董事会成员资格，从福乐天集团开除——自然，这也就彻底断绝了他的一切学习费用和每月的基本工资。开除的理由是，牛远昌在上学期间，不学专业，不务正业，不守校规，乱搞男女关系……因此，他白白浪费公司的钱财，不适合继续培

养、重用。

杨秀梅从绝望之中略微回过神来。她万分焦躁地问办公室主任："那牛远昌是上不成学了？"

"不！是上不成班了。他已经考取了成人大学，学肯定能上，书照样能念，只是……"

"只是什么？"杨秀梅哀求的目光，死死地盯在了办公室主任的脸上，哭着并急问着。

"只是，牛远昌上学的财路已断。凭他们家的那点儿实力，这书估计是难以继续念下去了。"

杨秀梅呆呆地站在那里，眼泪无声地滚落在地。她想起了父亲给她说过的那些话。父亲说："这牛德承家的二小子，可不同他家的老大。他现在又去省里培训了？那，这小子的前途可了不得。秀梅，你可要耍些本事，将那小子缠磨到手里……"

杨秀梅也许正是听了父亲杨狗吃的这番鼓励，终于无所顾忌地和自己心爱的远昌走向了开襟解怀的那一步……要不是前几天自己不小心跌了一跤，流产了，那么，她现在应该是还怀着他的孩子的。可如今，这父子俩说"流产"，怎么就同时都"流产"了呢？

杨秀梅决定即刻前往省城，去看望牛远昌。

她想，远昌可能还不知道公司将他再次开除的事，她要设法将他稳住，好好地稳住！他现在，可是比她自己还要重要。她可不愿让他再遭到任何的打击和闪失了。

当天，杨秀梅便急急忙忙踏上了开往省城的长途客车。进了车站，她才发现，时间原本还是赶得及的。于是，她又去车站旁边的一个电话亭里，给红河宾馆的老总打电话请了假。杨秀梅现在已由普通旅店、普通酒店的服务员，一步步地攀升到了如今这个星级宾馆的客房服务员了。

也许是刚刚流产的缘故，经过头天一整夜和第二天整整多半天的长途颠簸后，下午到省城一下车，杨秀梅便感觉到了阵阵眩晕。她浑身困乏，打不起精神。但是，一想到自己马上就要和亲爱的远昌会面了，那兴奋劲儿便又重新在血液里沸腾了起来。她疲倦却激动地行进在大街上，一会儿走得飞快，一会儿又不由得放慢脚步。最终，她拦了辆出租车，飞快地直奔科技大学而去。

杨秀梅终于找到了牛远昌的宿舍。室友们说，牛远昌刚刚和他的那个老乡一块儿做家教去了，大概晚上九点钟才会回来。

杨秀梅惊喜地问道："老乡？是石岇村的吗？"

"石岇村？噢，不，不是的。是耿县城里的。"

"耿县城里？"

"对，她叫——"一个室友说着，却挠起了头皮。

"好像是叫杨丽丽的。西大学生，马上就毕业了。"另一个室友如锋刀利剑，斩断了这团乱麻。

杨丽丽？是她？杨秀梅略感疑惑。她本想再仔细打探些什么，室友们却纷纷和她打过招呼后，各自忙去了。她独自待在远昌的床铺上，一种莫名的孤寂，突然间袭上了心头。

杨秀梅匆匆地吃了些干粮，喝了口茶水，顿觉精神好多了。她将远昌的床铺重新整理了一遍。将床单、被套、脏衣、污物摞进了一个大洗脸盆里，开始认真仔细地搓洗。

洗完所有的衣物后，她看看已是快晚上九点钟了。她问清远昌做家教的地址后，便毫无目的地向着那边溜达过去。

杨秀梅有个小小的喜好，她十分爱在街头遥望都市的夜景。她常常会被街道两旁遥远延伸着的闪烁灯光所折服，更被明丽的灯带之间那疾速行驶着的汽车夹杂着的各色星辰所深深地震撼。举目望去，成片的灯海交织在一起。她想，这大概便是都市的全部壮阔与全部的辉煌了。她又想，从天上看来，这大概也便是人间的星空了。

杨秀梅突然觉得自己想远了，想得壮阔但又感觉渺小茫然。当她漫不经心地溜达到街头的一个洗衣店铺前时，心头豁然一亮，眼睛似那明灯一

般，顿闪光芒：洗衣？对呀，我何不在这街头开家洗衣店呢？这样，既可一直守在远昌的身边，免受思念之苦，又可挣钱供他继续上学。是的，没有福乐天集团，我们的牛远昌还照样活人，照样念大学，以后照样找寻个响当当的工作……她心间的那盏明灯越闪越亮，一如由灰暗渺茫的苍穹之中，突现而出的那颗启明星，即刻使她变得激昂起来。

杨秀梅忽然发现自己走远了。她连忙转身回去。现在已是晚上九点多钟，远昌大概已回到宿舍了。这一路上，自己只顾瞎想，竟没有发现他。

突然，她发现了他。

在这样纷杂喧嚣的大都市里，她能发现他、认出他，她感觉异常惊诧、异常惊喜。她想，这绝对是他们之间那特殊的缘分了。

是的，就是他，就是我的远昌！秀梅从马路这边，清楚地望着马路的那边，但见她的远昌靠边缓慢地走着。

远昌近旁跟着的那个，不就是杨丽丽吗？远昌走路的姿势，她太熟悉了；丽丽行动的模样，她也早就在她家做保姆时，记得一清二楚。没错！就是他俩。他们一块儿出去做家教，现在又一块儿回来了。就是他俩！杨秀梅激动不已，差点儿喊叫了起来。

但是，她还是忍了下来。她要给他们一个意外的惊喜。待车流略小、略有间隙后，她就准备跨过马路，偷偷地走到他俩的近旁，然后……

一想到自己神不知、鬼不觉地猛然惊现于他俩面前的那一刻，杨秀梅就不由得先将自己逗乐了。她独自偷偷地笑出了声来。

突然，她的笑脸于顷刻间便被凝结成冰状：马路那边的两人瞬间相拥着，狂吻在了一起，旁若无人。

杨秀梅表情痴呆，视线模糊……

她的嘴唇渐渐地被自己的牙齿咬出了血来……

她紧紧地跟了上去，一直等到杨丽丽和牛远昌分手道别……

过了许久，杨秀梅出现在牛远昌面前。不过，让牛远昌十分惊奇的是，一向和他无话不说、温顺柔和的秀梅，突然间变得沉默寡言起来。他由衷地感慨：人呀，说变竟是弹指一挥间的事情。与丽丽相比，秀梅怎么就……唉，我当初怎么没注意，竟和她不明不白地走到了那一步？

杨秀梅本想将福乐天集团的那份复印文件给牛远昌看，但却终没有勇气做到。她害怕，牛远昌一旦知道了所面临的那一厄运后，也会像她现在突然知道了自己婚恋所面临的这种危机一样，难以承受。但是，有件事情，她却必须马上做到。于是，她独自去找到了杨丽丽。

在去找杨丽丽之前，她给自己的肚皮上贴了一小包棉花。她在镜子前仔细地照了照全身，心想：若是和远昌的那个孩子没有流产的话，现在，我的肚子，就该是这么大了。于是，她心安理得地找到了杨丽丽。

杨丽丽热情地接待了她家过去的保姆——秀梅小妹妹。杨丽丽十分惊讶，却又很不好意思地问："秀梅，你的肚子怎么……"

杨秀梅一脸羞红地轻柔地说："我——我有了……是和牛远昌的！"

杨丽丽突地笑出声来，说："秀梅妹妹，你可真会开玩笑。"

杨秀梅蓦然间落下两行泪来，哭着说："这能是玩笑吗?!"

杨丽丽硬着头皮，揪着心听杨秀梅讲述了她与牛远昌之间所有的点点滴滴。

杨丽丽抱头痛哭。

杨秀梅以泪洗面。

两个女人，忽地痛不欲生……

几天后，杨丽丽再次接到父亲杨有胜打来的电话时。她说，她完全听从父亲的安排。

杨有胜激动得老泪纵横，他声音颤抖着说："这才像我的女儿！这才是爸爸的好女儿嘛！……你碰壁了吧？市财政局，哪个单位可与其相提并论？那可不是谁想去，谁就能去得了的地方。对了，果华可是咱们打着灯笼难以找得到的人物，人家既是你们西大的高才生，又是市委廖书记的儿子……"

"爸，你别说了。我嫁给他!"

"你同意嫁给果华了?!"

"……"杨有胜听到了女儿那异样的哭声。

杨有胜当即备车,直奔省城。车过茂原市时,又带上了早已等候在路边的廖果华一同前往。一路上,小车飞速前行,竟连一分钟都未曾停息。

仅两三天的工夫,杨有胜和廖果华就为杨丽丽办妥了一切的离校、分配等相关手续。然后,三个人一同驱车回到了茂原市。

这样,杨丽丽便提前半个月离开了校园。

当杨秀梅再次面对牛远昌的时候,她便轻松地将福乐天集团的那份复印文件,摊在了他的面前。

牛远昌看过文件后,却并未有任何异样的反应。这使得做好了一切劝慰准备的杨秀梅多少有些失望,更使她感到有种不可预知的恐慌。

突然,牛远昌将那张纸撕成了无数碎片,一如雪花般纷纷扬扬地抛撒开来。这样的一种结果,牛远昌早有预料。其实,早在杨有为多次打电话威胁他,让他和杨丽丽彻底断绝关系起,他就做好了这一思想准备。只是现在突然真正面对时,他还是有种撕裂般的心痛。

杨秀梅说:"她准备在省城开家洗衣店,可为他挣到足够的学费。牛远昌看着杨秀梅,眼睛更红了。

杨秀梅说,杨丽丽已经提前离校了。杨丽丽让我捎话给你,她说,希望你一路走好,永远将她忘掉。"牛远昌瞪着杨秀梅,眼圈发黑,突地顺着墙软倒在地……

牛远昌彻底地病倒了。有几次,他高烧竟接近了四十度。杨秀梅一刻不离地伺候在他的身边。昏睡中,她听到,他一直呼喊着杨丽丽的名字。

牛远昌知道,最终真正将丽丽从他身边赶走的,不是别人,正是杨秀梅。

牛远昌将一张银行卡递在了杨秀梅的手中,说话的声音异常嘶哑:"秀梅,我牛远昌在你身上做了件错事,我是个罪人呀!……我知道,这点钱无法弥补我对你的伤害,但是,这却是我的一点点良心,你就原谅了我吧……"

杨秀梅将银行卡撂在了地上。

她使劲儿地抹着夺眶而出的泪水，突然一声哭号，冲出了门。她未带任何的钱物，只身强行挤上了返乡的列车。列车长说，就将这个疯子遣返回乡吧。

杨秀梅突然就变了。她不再坚决地拒绝客人的无礼要求，开始为他们提供那项特殊的服务。

一时间，她成了红河宾馆最为走红的一员。

她渐渐走向疯狂。她已不再拒绝任何客人的任何要求。

她由故乡小城，一步步地走向了更大的城市。

福乐天集团的突然翻脸，使牛远昌的求学之路陷入了从未有过的困境。

牛远昌除了能按校规上课之外，其余的全部时间几乎都用来干家教、打零工等。他如今家教的孩子，已经增加到了五人。他的家教课程排得满满当当。他比学校里任何的教授都要辛苦忙碌。但是，他的学习、生活费用仍然无法维持。最终，他将夜晚睡觉的时间也充分利用了起来。

现在，每晚的家教工作完成后，他就径直来到一家建筑工地，上晚班，推车拉沙上料。

室友们惊奇地发现：他每晚都夜不归宿，一有空闲，倒头便睡，还因此而经常误课。他的眼球一直就被红血丝包裹着，看上去十分可怜。大家感觉事情有些怪异而反常，遂悄悄地将情况向班主任老师反映了上去。

牛远昌的情况出人意料。他的艰难困境，立刻在科技大学引起了强烈反响。"行动起来，拉'特困生'一把"的口号，顿然响彻校园。一夜之间，牛远昌便成了"特困生"的形象代言人。

但是，所有这些，并未能从根本上解决牛远昌的出路问题。他失学在家的弟弟牛吉昌，也毅然来到了省城打工挣钱，供哥哥上学。

两年之后，也就是在牛远昌临近大学毕业的这一学期里，他突然每月

能按期收到一张千元左右的汇款单。钱款从不同地方寄来，但却同样未留任何姓名。牛远昌由曾经的"特困生"，一下子变成了"有钱人"。

他想到了去报案。但是，他最终还是不动声色地将钱悄悄积攒了下来。他想到了一个人。

三年的大学生活，在艰难曲折之中，一晃而过。牛远昌竟有点儿舍不得迈出大学的校门。当他怀揣着各种"资本"进入人才市场的那一刻，他明白：真正人生大学的校门，才刚刚向他开启。

第二十章

从走出大学校门步入人才市场时算起，整整一年多时间了，牛远昌的工作仍然没有一丁点儿的着落。随着时间的推移，随着就业形势越来越严峻，牛远昌陷入了绝望的深渊。他现在最感到后悔的一件事情，就是自己花费了大量的金钱和时间，换回的却是这一文不值的一纸文凭。

人在最焦虑和绝望的时刻，往往就会做出最离奇的事情来。

牛远昌抱着孤注一掷的仇恨心理，气愤地找到了福乐天集团。他的理由当然是咄咄逼人的：当初外出学习，是集团公司所指派；如今，自己落到了这一地步，难道作为董事长的杨有为，你就没有一点儿的责任吗？解铃还须系铃人。如今，你就看着办吧！

杨有为被牛远昌气势汹汹地堵在办公室内，任由牛远昌发泄着胸中的怒气。他想，年轻人，就是多那么一股狂妄之气，等这阵虚火怨气一过，照样还是由着人来使唤。

果然，牛远昌渐渐平息下来。他盯视着杨有为那张高深莫测的胖脸，再无其他话可说了。

杨有为轻轻地呷了口茶水，轻蔑地笑了笑，问道：

"公司何时下发了文件，将你开除？"

"两年以前。怎么，三年以前派我出去学习，还不到一年时间，你们就将契约单方撕毁，现在，竟不记得了?!"牛远昌禁不住又有些怒了。

"记得，记得，当然记得。不过，你可知道国家法律的申诉期限，那才

有多长时间？我们将两年以前的事情，拿在今日来谈判，你不觉得很滑稽吗？公司当初做出了那样的决定，你怎么不吱声呢？那时，你到哪里去了？狗屎晾三天都不发臭了，你让我现在怎么处理？福乐天集团，是大家的福乐天，又不是我杨有为一个人的福乐天，想怎么弄就可以怎么弄。"杨有为说着，站起身来，将旧茶叶倒掉，续添了新的。

牛远昌没有将杨有为递来的茶水接在手里，他默默地盯视着面前热气升腾的茶水，一时竟然无话可说了。

"不过，考虑到你生活的实际困难，我个人倒愿意资助你，帮你一把。毕竟咱们是有过交情的人嘛。"杨有为说着，便将两万元钱摊在了牛远昌的面前，又说，"以后有啥难为事，尽管吱声，我杨有为从未将你当外人看。"

从福乐天集团出来之后，牛远昌便彻底打消了要寻找一份工作、谋求简单安逸生活的念头。他内心渐渐滋生出了某种宏大的志向。这种志向由模糊而明晰、由暗淡而清亮，既像是赌气，又像是觉醒：

今生今世，我牛远昌干不成一番事业便罢。如若能干成一番事业，一定要赶上甚至超过一个人。

这个人，便是杨有为！

牛远昌满腔热血，用心留意着各种机会。终于，他的机遇像是来到了。

确切地说，这并不像是机遇，倒像是灵感，有种顿悟的味道。

牛远昌所谓机遇指的是石岽村的一片湖，他打算从这水汪汪的湖开始一步一步地来打造自己的人生"航母"。

试想，假如你面对着石岽村里的这片水汪汪的湖，你认为，这就是你的机遇吗？你能够将它和自己的人生命运相联系吗？你能幻想并勾勒出未来的种种美好景象吗？

石岽村里的这汪湖大概有千亩之阔。它形成于何年何月，无人知晓。它有多深，也无人准确探知。只是知道，从岸畔走向湖心十多米后，便可淹没到人的脖颈儿。它的名字，人们甚至有点儿搞错了，称它为海子。其实，它并不是海，仅是片湖而已。

但是，在这样的荒漠之中，有这样一汪湖水，恰如苍山独松，透出一种彻天彻地的沧桑。远远望去，这片湖宛如一颗硕大的明珠，在那里闪烁着分外璀璨的光芒，使充满野性的黄土地，陷入了一片柔软之中……

牛远昌是在人生最失意的时候，贴近这汪水域的。如同奔波劳碌的人们，总归是要停靠到那温暖的家庭港湾，来卸除辛劳，化解烦恼，积蓄力量，续添生机。

时值盛夏，石峁村的这一片蓝汪汪的海子，更是呈现出了一派生机蓬勃的旺盛景象。

牛远昌赤脚踩踏在酥软滚烫的沙滩上，异常舒畅地穿过一行行翠绿的柳林，异常轻松、洒脱地一路走来，不多时，眼前便呈现出一望无际的碧绿的草滩。那一方绿草丛仿佛和蔚蓝的海子浑然一体，正不住地闪耀着粼粼的光芒。成群的牛羊正在草滩上悠闲地啃着嫩绿的青草。放眼望去，羊群缓缓移动，如圣洁的雪莲；牛儿甩尾，若憨态可掬的孩童；马儿欢腾长嘶，一如这赤黄的梁峁与绿草湖水孕育而出的神奇的精灵……

近了。

近了。

更近了。

终于，他那光溜溜的脚板便被轻柔的湖水温爽地亲吻着了。

牛远昌一阵激动，情不自禁地褪去了束缚在身的衣衫，光着身子，一步步地向着湖心走去。

辽阔的水域，一股股细浪一如成群的鱼儿，正在那里不停地翻腾着肥厚的背脊，蹿跃着无尽的诱惑。

牛远昌一下子没入了湖水之中，酣畅淋漓地游在其间，浪花迅即激荡周身。

水面上，一只只水鸟正在水间天际翩然起舞，潇洒引吭高歌。一只只鸳鸯、水鸭正在水上水下精妙地钻进跃出，自由翻腾浮动。不计其数的飞禽正在湖周围上下悠然翻飞，自由来去飞翔。

前方是一片长满茂密葱绿芦苇的小岛。牛远昌小心地游着，靠近了那里，然后从水中翻身跃上了小岛。一如从水中腾身而起的那些水鸟，此时他感觉更加舒畅、自在清爽。环顾四周一片水汪汪的景象，真乃是一碧万顷。远方错落起伏的沙丘与大大小小的片状草滩相间；雪白的羊群似朵朵白云点缀其间；簇簇沙柳树木在金黄色的沙丘中，接地连天，显得格外葱翠鲜绿，一如海子般，呈现出辽远的气象。

牛远昌的心胸一下子变得壮阔而辽远。他豁然开朗，突然明白，石峁村的父老乡亲们为何不将这一方水域称为湖泊，而直呼为"海子"了。

草原。湖水。

湖水。草原。

——牛远昌深深地陷入了一种独特而迷人的诗一般的意境。

他心间涌动着的绿草、湖水、金沙、翠柳，正慢慢地浮出水面，跃然眼前，突现出一片辽阔的蔚蓝……

突然，他的心间有一道异样的闪电划过，一种蓬勃的葱绿，即刻便从他的胸中生机盎然地涌出。这一下，竟让他激动得泪如泉涌。

牛远昌当即便找到了村支书张喜旺。

张支书见这个年轻后生慌里慌张、情绪激昂地找上门来，以为有啥紧要事情。但是，听了半天之后，他仍然没有弄明白，这个年轻人究竟想要干啥，甚至将他头脑里原有的一些清晰思路，也搅在了一片浑噩之中。

牛远昌觉得，他将自己不太成熟的想法，描述得又有些高深莫测。这样，不但张支书听不明白，石峁村的父老乡亲们恐怕更是难以接受。于是，他重新调整思路，努力按捺住久久激动着的情绪，尽量以平常的心态，平静而又有条理地说道：

"张支书，说大了，就是众人出资入股，成立个'石峁海子民俗旅游度假村'，全面开发利用咱们村的这片天然海子、草滩，搞特色旅游产业，走集体致富大道。说小了，就是重新包装咱们石峁村的这方天地，将大城市的人们吸引进村，让他们游湖戏水、漫步沙滩，亲近大自然。让他们享受天然美食，吃农家饭菜，品农家习俗，贴近老百姓。让他们……"

张支书断然摇摇头，甚是不满地说："这成什么事了？将石岇村搞成城里公园似的，将好端端的庄稼人变作任人参观的'动物'？"

牛远昌瞪大着双眼，突然间无语了。

几天后，在牛远昌的一再恳求提议之下，石岇村人还是聚集在了一起。牛远昌以石岇村村民的身份，十分郑重地向大家提出了关于开发石岇村海子、创建旅游产业的事项，建议村民们踊跃出资入股，积极筹办此事，走新型致富之路。

然而，由牛远昌搭台主唱的这台"独角戏"，就在刚开演不久，村支书张喜旺便借故提前退出了。

张支书的中途退场，将这一向是由他本人唱主角的村民会议，在今天所表现出的这种种不和谐、种种反常与怪异，一下子诠释得一清二楚。

张支书这一走，村民们像是失去了主心骨，顿时显得坐立不安。一些村民站起身来，很不好意思地瞅了牛远昌一眼，逃也似的溜出了门。

牛远昌却并未泄气。他反倒如同黑白影片里走在游行队伍最前面的那个振臂呼喊着的小青年，愈发信心十足，气宇轩昂。

大多数村民都已散去，牛远昌却仍然坚持着，在那里呼喊着，直到面对着最后的一位听众——他那仅有一条腿的哥哥牛定昌。

牛定昌异常艰难地用双拐支撑起了身体，慢慢蹒跚着靠近他的弟弟。

他本想上前劝慰弟弟：还是不要在这穷乡僻壤的地方穷折腾、瞎蹦跶了，早点儿再回到城里去，再谋出路，东山再起吧。可是，抬起头来，却见弟弟正呆若木鸡地凝视着他，脸若冰霜似的罩在了一片泪帘之中……

杨丽丽与廖果华结婚近四年了，仍然没有生育小孩。对于这种只开花不结果的情形，最为着急的却是杨丽丽的父亲杨有胜。杨有胜常常暗自思谋，自己由现在县委副书记的位子继续晋升的这道坎，之所以迟迟未能顺利跨越，在很大程度上都是因为自己的女儿不争气。他甚至十分后悔地想，假如丽丽当初没有嫁给廖果华，没有做成市委廖副书记的儿媳妇，那么，

他现在和廖书记的关系肯定没有任何隔阂，而且，廖书记因为他们非亲非故的关系，没准还会优先考虑提拔。想想，若是市委廖书记有这样的建议，那会是怎样的效率与结果？

然而，廖书记会那样建议吗？丽丽刚过门还没有几天，就要和人家闹离婚，将原本好端端的两家搞得相互猜疑、紧张、别扭、憋闷难耐，着实不是个滋味。原本追求门当户对，结亲交情，想不到竟结出了如此的"冤情"。

但是，杨丽丽最终还是未能逃脱她父母亲的手掌心。她敢再闹离婚吗？那次，她不是下定决心要离吗？可她母亲不由分说，菜刀下去，便剁掉了自个儿的一个小拇指。还说，若再提离婚，便死给她看。她敢再离家出走吗？那次，她不是离开廖家的门，搬到单位去住了吗？可她父亲端直找到单位，一进门便跪在了她面前，声泪俱下地说："我的姑奶奶，你要想离开廖家的门槛，就先从你老子我这平顶头上跨过去吧！"

渐渐地，杨丽丽便对人间的真爱失去了美好的向往。她逐步习惯了那种无味的生活。而廖果华却对她的那种沉默寡言、消极抑郁的状况感觉陌生而茫然，大有无所适从之感。他想：难道婚姻果真是一座如此可怕的坟墓吗？

可是突然，丽丽的情绪奇迹般地好转了起来。廖果华不由得一阵激动，他见缝插针，趁机讨好着说："丽丽，我们还是要个孩子吧。你看，你天天吃药，把身体都快吃坏了。"

杨丽丽却指着电视上的一则招商广告，异常兴奋地说："我还是先去创业！"

廖果华一眼看去，广告内容是石峁海子民俗旅游度假村诚招投资开发商。

牛远昌万万没有想到的是，由他发起并注册的"石峁海子民俗旅游度假村"所吸引的第一位投资者，竟是许久未联系的杨丽丽。

牛远昌最初开发石峁海子的本意，是想通过创办旅游产业，带领石峁村人共同发家致富。可是，当他将自己的这一美好设想说给全村人之后，不但没有得到大家的支持，反倒招来了一片非议。无奈之下，他只好放弃。

一次偶然的机会，他回城碰巧遇到了同学李华。李华刚好在县旅游办任职。因此，他就像遇到良师益友似的，将自己已经淡下去的想法给李华倾诉。没想到，李华听后甚是赞同他的这一主张。李华说："若村民们不同意参与开发，你可通过承包的方式，和村里商量，出钱将海子及周边的一定范围租赁过来，然后通过先注册、后招商的方式予以开发利用。"

李华不愧是学法律的，他的一席话，令牛远昌茅塞顿开。他的心间再次闪现出了石峁海子那一片动人的蔚蓝。

当牛远昌提出要承包租赁那片海子的时候，张喜旺更觉得有点儿不可思议，他想：这个年轻人，究竟是哪里出了毛病？不到外面大千世界里去闯荡，却专盯着这一湖死水打主意？也罢，我倒要看看，你一个毛头小子能将这一湖死水整弄成个啥活泛样儿！

"你肯出钱？"张喜旺盯着他探问。

"当然！"牛远昌见张支书话有缝隙，心间不由得一喜。

"相关的手续你自己去办？"

"我办！"

"那——开会！"张喜旺一摆手，牛远昌激动的泪水便下来了。

之后，牛远昌同弟弟牛吉昌，跑遍村里、镇上、县局、市政府等一系列的相关部门，办妥了石峁村海子承包、开发的一应手续。

终于，牛远昌下了很大的决心，动用了他上学期间有人寄给他的那些无名汇款。他先用这些钱向各处打广告，招商引资。否则，没有资金注入，所有的工作都会白做，所有的设想和打算都只能化为美丽的肥皂泡，一点点地破灭。

广告打出了一周，没有回应。

广告打出第二周，一位来者，好吃好喝好玩了几天，走后却再无音讯。

一个月眼看就要过去了。看来，打广告的上万元钱，已白白浪费了。

牛远昌焦急无奈之下，决定先去一趟省城。上学期间，他曾经结交过几位大款。

就是在这当口，一个人出现了。

——她正是并非大款的杨丽丽。

杨丽丽到来后，虽然没有带来多少资金，却带来了一连串的"金点子"。石峁海子旅游度假村经过半年多的筹划，于第二年开春，终于如期开张了。

杨丽丽在县里、市里都有着相当广泛的交际人脉，石峁海子民俗旅游度假村经她一手包装推荐，仿佛一夜之间便家喻户晓了。而且，来客大多是机关单位组团出动，那场面、那阵势，绝非一般景点的观光规模所能比拟。有时，游客爆满，难以接待之时，还要临时租用农家小院。原以为，这样肯定会令游客不满。可没想到，客人们却说，这样的农家特色，他们最感兴趣。于是，他们借机将几家像样儿的农户，连人带屋雇用租赁下来，为游人们吃住玩乐提供服务。

石峁村人一下子躁动了起来。有好些村民很不好意思地找到牛远昌，纷纷提出要入股加盟。牛远昌半开玩笑地说："当初，你们怎么说啥都不干呢？现在见利了吧？可村里不也从我们的租金中给你们'分红'了吗？"

牛远昌想，他当初创办旅游产业，为的就是要让大家共同致富。可现在看来，这一点无法马上做到。因为，这一片天地已经被他一个人承包了。但是，牛远昌还是千方百计地在为父老乡亲们创造赚钱的机会。他发现，可怜的老乡们，挣点儿小钱的种种觉悟与干劲儿，远远胜过赚大钱的那种积极性。你瞧：张候树在海子周围办起了赛马场，他的婆姨孙桂英，拉着游客骑马的缰绳，足足比马儿跑快了半个节拍。寡妇刘候娥，领着三个已经长大了的孩子，守在一把大伞底下，正十分忙碌地给游客们出租泳衣、气垫船、皮划艇。杨狗吃以他老婆的名字命名，在海子边开了家"李兰香炖鱼馆"。张二换跛着一条瘸腿，守着一个冰柜卖冷饮。王小贯弟兄三人在偌大的湖面上，驾驶着三艘快艇，正和客人们耍笑着，荡漾在幸福之中。

牛德秉、牛定昌则受到度假村的特殊关照，在那里收取门票费。最滑稽的要数张世厚，他开创性地给一只大绵羊身上套了辆自制的小车子，安排客人们游玩、留影……

唯有村支书张喜旺，他既不摆摊，也不设点，任由白花花的票子从眼前悄悄地流失。他整天背着双手，在海子周围游来荡去，像是上边专派来的巡视员，平稳的脚步有时会因某种风吹草动又显得慌乱起来。

诚如张喜旺所预料，度假村红火了还不到两个月，便一下子沉寂下来。

游客突然间减少的原因，并非是旅游旺季已过，而恰恰是旅游最为火暴的盛夏时节。这件事乍一想来有点儿不可思议，其实却早在意料之中。度假村的游客几乎都是杨丽丽出面协调，从各个单位拉来的团队游人。如今，"团队"一旦消失，还哪儿来那么多的游人？那么，好端端的"团队"怎么一下子就不给杨丽丽面子了呢？其实，这里面的隐情，也是早在意料之中。

杨丽丽投资创办旅游产业，得到了丈夫廖果华，甚至包括她的父亲杨有胜的大力支持。她父亲说："这才像爸爸的好闺女。将心思用在事业上，别老和家人闹不和，今天离婚、明天出走的。"廖果华也想：既然丽丽对这件事情有这么高的热情，我何不趁机好好地满足她、讨好她呢？于是，他将家里准备用来买车的十几万元积蓄全都拿了出来，又贷款了几十万元，全都交在了丽丽的手上，鼎力支持她去创业。

杨丽丽更是以前所未有的热情，将全部心思投入到创办石岿海子民俗旅游度假村上。用她的话说，她是在创造自己的第二次生命。她同牛远昌、牛吉昌整日跑上跑下，围绕度假村的事，没日没夜地操劳，最终在这一方得天独厚的荒漠、湖泊、草滩之上，支撑起了这一片明媚的蓝天。

杨丽丽眼望着日夜操劳，渐显成熟的牛远昌，突然醒悟般地想道：自己的"第二次生命"，早该就此安家落户了！

她再次向廖果华提出了要离婚。

杨有胜终于打探清楚：原来，自己的女儿果真又是与那个姓牛的小子搞到了一块儿！他一怒之下，立刻促成有关部门向全县各单位发出明文规定：严厉禁止利用公款组团旅游！受岳父杨有胜的指使，廖果华也来到市财政局，撤回了由自己出面为杨丽丽办理的长期请假手续。

　　事情是接连不断地发生着的。正当杨丽丽在为自己的大事和度假村的事情左右为难，陷入一片困顿之时，牛远昌却执意要出远门。而且，看样子，绝非是短暂出走。

　　牛远昌出走的理由紧急而直接。前几天，杨狗吃开的炖鱼馆突然关门。一打听，才知是他的女儿出事了。牛远昌进一步得知，是杨秀梅不幸身患重病，正在南方某城市被收容治疗。他当下便如五雷轰顶，歇斯底里地哭道："都是我造的孽呀！"

　　牛远昌将那些确定是秀梅寄给他的"积蓄"重新整点好，准备立刻回到她的身边。

　　临走前，他将度假村的全部事宜，完全交给了杨丽丽，并说："度假村我没投多少钱，没办成啥大事。现在全部转归在你的名下。你投入了那么多钱财，你要想办法妥善经管，好好地将投资收回，石崂村的老百姓们也好跟着受益……"

　　"现在这烂摊子，你就撒手?!"杨丽丽突然急红了眼。

　　"不烂！一点儿都不烂！事业的曙光才刚刚开启。"牛远昌庄严地说道，像一位坚定的战士。

　　"不过，我还是要走的。只有我走开后，度假村才会一天天地好起来。只有你独自经营，别人才不会说三道四，才肯帮扶着你将事业做大、做强、做成功！"牛远昌郑重地说着，像一位为了革命事业挺身而出、要去奉献一切的战士。

　　"不！我走！还是我走吧！"杨丽丽哭着喊道。

　　牛远昌突然流出了眼泪，哽咽着继续说："为了我当初的那个想法，也为了石峁村的穷苦老百姓们，我求你继续留下来！我求你放我走吧！……
秀梅……是我害了她，我要去赎罪呀！"

杨丽丽突然冲上前，一头扎进了他的怀抱，痛不欲生。

牛远昌轻轻地抚摸着她的头发，再也说不成话。

杨丽丽伏在牛远昌的胸前，哭湿了他的衣衫，浸湿了他的胸襟，却始
终没有说出一句告别的话来。

第二十一章

　　杨秀梅在这举目无亲的陌生城市里，痛不欲生地挣扎着。

　　她的那颗万般凄苦的心始终被牛远昌困扰着，总在不由自主地为他酸楚地挣扎着。有时候，她甚至连一分钱的生活费也不会留，将自己辛辛苦苦挣来的那为数不多的钞票，尽数寄给了他。她觉得，就算再苦再累，也要为他上学挣到足够多的钱，供他上学成了她义不容辞的神圣使命，也成了支撑她活下去的唯一的理想和愿望。

　　为了一个负心汉而苦苦挣扎地活着，她感觉自己的内心在滴血，凄凄惨惨的，困扰着她的睡眠，惊扰着她的好梦。有时候，她也想到了去死。她觉得这样艰难地活着，和死了并无两样。但是，仔细想想，她还是不能就这样一死了之，她得舍出自己的这副身子骨来换回些许钱财，等牛远昌圆满完成了学业，她再去死不迟。她必须要帮他完成学业，这是她承诺过的，她绝不能食言，这是她做人的信条和原则。

　　说来也真是祸不单行，这几天，她那瘦弱而又窝囊的躯壳突然间就不再为她争口气了，脑袋时不时地疼痛难耐……就像唐僧突然间给她念了紧箍咒语，令她头痛欲裂。

　　这是怎么了？

　　得上什么怪病了？

　　她觉得自己活该遭罪。但不管怎样，她还是要去检查看病，因为她疼得实在承受不住了。好汉都不吃眼前亏，更何况她还不是个好汉呢。不但不是个好汉，如今连个好女子都算不上了，她甚至觉得，她简直就不是个人。有时，她也在反驳自己：难道牛远昌不要的女人，就不是个好女人吗？

她身无分文，只能狠了狠心，将这个月准备给牛远昌寄出去的生活费拿出了一点点。她选择来到了一家小诊所看病。

去诊所时，她头上扣顶小红帽，戴着足以遮住半张脸的蓝色口罩，可以确定，连她自己都不会辨认出她就是她了。她犹豫再三，本来是不想进去的，令她颇为吃惊的是，当她在距离诊所那道门还有一米多远的时候，那门竟然自动"唰"地开启了，她像是被人牵引着，不知不觉中便甚是轻巧地来到了这里。更令她惊奇的是，整个上下三层的诊所，除了为数不多的几个医务人员外，并无他人。偌大的一个地方，就她一个患者，这令她既开心，却又多少生出些不太放心的疑惑。

一楼药房里的三个年轻人，正围坐在药房的窗口里边，打情骂俏般地聊着什么。见她进来后，先是怔怔地看了一下，很快一个小姑娘由里间向外面快速地靠了上来，说带她上二楼去见主任。她大体打量了一下这个诊所，这一楼除了这间药房外，就是偌大的一个门厅，别无他物。

她跟着这个小姑娘上到二楼，进了一间诊室。

"这是我们主任。"小女孩说着，关上了房门，出去了。

主任是一个男的，穿身白大褂，看上去有五十多岁，胖乎乎、略显白净的小圆脸上戴了副明锃锃的眼镜。看到她进来后，亲切地给她在饮水机处接了杯水，尤为客气地递在她的手上，这令她感觉自己不是来看病的，倒像是来做客的，心里怪怪的。末了，她终于不好意思地提醒着说："我是来看病的。"

"知道，知道。能讲讲你的病情吗？"主任再次和蔼而又客气地问道。

"就是头疼——难受。"

"噢，那你躺过来，我先看看。"主任说着，指了指旁边的那张专用塑料材质的窄床。

她胆怯地朝着那张小床一步步地靠近。在医生面前躺了下来。

在上床的一刹那，又一阵钻心要命般的疼痛袭来。她坚强地闭合了双眼，就像勇敢地憋了一口气，将可以治病的苦药汤猛然灌进了肚子里似的。

男大夫看她很配合，立刻殷勤地说："好，很好。只要你肯配合，肯定会药到病除，请相信我们这专科门诊的专业技术水准。"

男大夫满嘴外地口音，但能说会道。

她直挺挺地躺着，脑子里一片空白，她只等待着一种结果：怎么了？还等待着另一种答案：怎么办？

那个男大夫就着一盏小罩灯在她的头部按捏了好半天，后来那双手又要向下游走时，她胸口本能地一阵战栗，双手抱胸，惊坐了起来……

在她猛然坐起的一刹那，那个男大夫一惊，然后立刻镇定自若，恶狠狠地对她说："你这就是个典型的脑瘤！"

显然，他也觉得自己的这一"诊断"有些过了，紧接着又补充说："为了准确无误地全面排查，先去抽血，做检查。"说着，顺手给她开出了一张化验单子。

"怎么会呢？我还这么小。"她吃惊地脱口而出。

"怎么不会呢?!"男大夫不以为然地说。

"我可从来没有亏过人呀。"她低声说道。

"吃五谷哪有不生灾的？常在河边走，哪有不湿鞋的?"男大夫轻蔑地笑了笑，将一双胖乎乎的手掌展了又展，仿佛在提醒她：人都是在为着承受各种灾难而生存着的。

她像是被人当头一棒打晕了，灰溜溜地接受着这扑面而来的恶果，只能听从这个小矮胖子的安排。

当她抽完血，等待化验结果，准备喘口气的当口，那个男医生又开出了一个单子，让她再到一楼去缴费。诊所是个一手交钱一手交货的地方，这个她明白。但是这个诊所对这一点做得尤为精准而到位，它的检查费用是呈递进式的，一项比一项高。收费高倒也罢了，关键是还没有正规票据，这就更让人对这种不合理的收费生出种种怀疑。但今天既然来了，贵就贵点儿吧，谁让自己是个不争气的坏女人呢！

见她直嚷嚷着说收费贵了，发票也不正规，主任就由二楼下到一楼的收费窗口，熟人般地向着窗口里的几个小青年招呼道："给打个折，毕竟也算是老客户了。"她很纳闷，怎么从楼上到楼下，短短的一圈转下来，就成老客户了？不管怎样，能打个折，能少出点钱，倒是她求之不得的。但是，最终她还是花了一大笔钱。

不识货，却可以货比货。她虽然是从外地来的，却总习惯于在自己生病的时候，去正规的医院，排个队，挂个专家号，虽然挺麻烦，却往往药到病除。这次看病，她原是准备到那家大点的正规医院去的，但想想自己的钱是要寄给牛远昌上学用的，就没有将自己的病当回事，有意无意间看着有这么一家诊所，便鬼使神差般地来了。就像是要来还清上辈子的债一般，冥冥之中她一步步地陷入了深渊，这样说来，也是罪有应得了。她如此劝说着自己，不由得长长地舒出了一口气来。

交了钱后，她就又跟着那个主任来到了三楼的治疗室。这时又过来两个女助手，协助主任要给她诊疗。

"主任，我一个打工妹，没有那么多的钱呀，您就给我优惠点儿，好吗？求求你了，大夫！"她喃喃地哀求着，不觉哭出了声。

两瓶盐水，四支药液，要收她三千七百八十六元钱。她实在是没有那么多钱呀。

"什么药，这么贵？"取药时，她对药房里的两个家伙，就如同盗取人家食物的老鼠一般，感觉十分恶心而又可恨，她没好气地吼道。

收费的那个男孩看都没有看她一眼，随手将药递给了旁边的一位护士，说："都是进口的好药，这么便宜，你竟然还说贵。"

"你给我列一个清单，我总不能不明不白地吃哑巴亏吧？"她没好气地说道。这也太离谱了，交了钱，连个明细单据、发票等也没有，这不是明摆着在坑人吗？

她气呼呼地等着拿清单，只见那个护士就从里间走出来，急切地招呼

着她去输液。她将手伸向窗口，一把扯出了那个男人在一张小纸片上列出的清单，却见上面只写着"胸腺肽"三个字。她气得随手将纸揉成了弹丸，在两个指尖一架，"嗖"地弹向了窗口里面那个男孩的脸颊，然后悻悻地跟着那个护士上三楼输液去了。

三楼的一个大厅里，摆有两三排可半躺着的折叠椅子。偌大的一个输液大厅里，却只有她一个人在输液。这时她才发现，这上下三层楼的诊所里，这么长时间里，就只有她一个患者。难怪收费会这样贵，这么多人，都在为她一个人在这里忙前忙后的，她这是在享受着专人医院的至高无上的待遇呀。这样想来，她觉得自己多花那些钱也值了。但是，细想，连个人都没有的诊所，能靠得住吗？也许今天凑巧就她一个人，也许……她感觉自己脑子里乱七八糟的，心情极端地郁闷。

输完液后，她长长地舒了一口气，打算回到自己租住的那个小屋，好好地睡上一觉。

这时候，主任上来了，手里又拿着一张单子。

她看到那张单子，眼前顿时一片漆黑。

"最后再给你排一次毒就好了。"主任将单子递给了她。

她无可奈何地又来到了一楼，双手不由自主地捂压着钱袋子，生怕被别人抢了似的。这些钱可都是要寄给牛远昌的呀，我绝对不能再花了，不能花了！

她不再和那个男子嚷嚷着钱多钱少的事。人家说多少钱，她只说自己没有钱了，不治疗了。说完，她便坚决地离开了诊所。

死，她早就想好了，像她这种人，其实早就该死了。

在临死之前，她打算将自己全部的钱财寄给牛远昌，这是她虽死而无憾的一件大事。

杨秀梅为牛远昌寄去剩下的钱后，便径直回到了房间。

像要出远门似的，她将自己从头到脚认认真真地梳洗打扮了一番。她将那套从来都舍不得穿的红裙子和一件深绿色的外套穿在了身上，向来都没有戴过的镀金项链现在也戴在了她纤细的脖颈上。

可是打扮一新的她却并没有出门，而是反锁了房门，就那样直挺挺地倒头仰卧在床铺之上。她不吃不喝，预想着自己定会不日而去，如果这样连带着病魔还不能夺去她的贱命，她就打算用那个已经放在枕头下的小刀片割腕死去。

在床上躺了三天两夜之后，她觉得自己的死期像是要到了。她浑浑噩噩的，没有一点儿的力气，又像是走出去很远了，懵懵懂懂、迷迷糊糊地又回到了原地。原来死才是一个人最难闯过去的一道关卡。怪不得人人都害怕这个鬼门关呢。她突然觉得那家诊所欺骗了她。她怎么可能是脑瘤呢？

怎么可能呢?!

她猛然想到了那家正规医院。是呀，这个小诊所判定她的病无法治愈，她就轻易认命了吗？难道就不能到那家正规医院去重新验证吗？如果正规医院也是这个结论，再去死也不迟呀！即使是去死，也要死得明明白白，死得理直气壮，不留半点儿疑虑。她已经想好了，下次再去死时，她就痛快地做一了断。

几天不吃不喝，她渴得要命，饿得骨软心慌。但是，为了检验结果的准确，她强撑着来到了那家大医院。

到了医院后，她才意识到，自己的命也许真是该绝了。她已经身无分文，竟然连门诊大夫的两元钱挂号费都没办法拿出，更不用说做什么检查化验了。

她无力地坐在了医院门口那冰冷的水泥台阶上，昏昏沉沉的，感觉人来人往似乎都离她越来越远……

当她再次睁眼的时候，看到了一个白净的世界。

这是个全新的地方。她明白，她已经脱离了人间苦海，这里是她崭新的起点，她将从头再来。

正当她要在这新奇的天地里云游一番时，却突然被紧连着自己胳膊的一根塑胶导管给硬生生地扯拽了回来。

怎么？我还在人间？

我怎么会在输液呢？

她一头雾水地坐了起来，不知道自己是在哪里。

"……你醒啦？快躺下！哎哟，吓死人了，醒来就好，醒来就好！"一个和蔼可亲的小护士连忙走了过来，将她重新安顿着躺在了床上。

"这是哪里？我怎么会在这里？"

"医院啊。你躺在我们医院门口，被人发现后将你抬进来的……你这属于严重脱水急症。你怎么能这样不爱惜自己的身体呢？家里就没有人管你吗？多亏是在我们医院门口及时就地抢救了，若是在其他地方，没有被人发现，真是会有生命危险的呀！"

"唉——"杨秀梅长长地舒出一口气，紧接着就大哭起来。

好长时间，护士终于听明白了，她原来是没有钱看病，才昏倒在了医院门口。她的病在小诊所折腾了许久，诊断为脑瘤，实在是太不幸了。同是女人的小护士，对她报以极大的同情。护士一边帮她联系到了家人，一边替她交了住院押金，开始对她进行全面系统的检查和治疗。

待一切检查完后，护士说："你一切正常，只是虚脱而已。"

"真的吗，护士？"杨秀梅紧紧地抓住了护士的手，如溺水的孩童突然奇迹般地抓住了救命的稻草，万分感激护士的好心相救。

"请你相信我们。吃一堑长一智，以后生病了一定要到正规医院来看病，千万不可去那些旁门左道的地方，让自己雪上加霜。"护士语重心长地说道。

杨秀梅使劲儿地点着头，眼里含着感激的泪花。

她现在终于活过来了。但是，她却恨自己还不如去死，她怎么就误入了那家诊所呢？花了那么多钱不说，还差点儿逼着自己死去，唉，自己怎么就这么傻呢！

她狠狠地扇了自己一个耳光，手都红了，脸却一点儿也不觉得疼。她不由得感叹道：这张脸可真厚啊！

第二十二章

　　杨秀梅在医院住了不到一星期的时间，就一身轻松地出院了，这不单是没有了那个可怕而又要命的疾病，更主要的是，她的心上人儿又回到了她的身边。她想，即使是真有那个病，现在，她也不怕了。

　　和她离别两年之久的牛远昌，那天突然和父亲来到医院，她简直不敢相信自己的眼睛。她以为眼前肯定是出现了幻觉；要么，就是脑袋被打了，认不清人了。但是，当远昌对她嘘寒问暖、说长道短时，她才猛然明白：这的确是真的！

　　她不住地安慰自己：大难不死，必有后福！我没有死，我有福啦！我有福啦！

　　她一下子扑倒在牛远昌的怀里，将无限委屈的泪水，一下子流淌在他的胸口。

　　牛远昌身子剧烈地抖动着，双手不由得紧紧地将她揽在怀里，似乎要让她那不断线的泪珠儿流到他的胸膛之中，以他滚热的心儿来温热她那冰凉的泪滴。

　　她的泪流在了他的心窝。

　　他的泪滴在了她的领窝。

　　她忙用手去擦拭他的眼泪："你怎么也哭了？"

　　"我怎么会不哭呢？"

　　"你是个男人呀！不是说，男儿有泪不轻弹吗？"

"我这能是轻弹吗?"

"嘴真硬。"杨秀梅轻轻地在他的胸口打了一下,破涕为笑。

杨狗吃见女儿一切安好,在女儿出院之后,就又回到了石峁村,继续将他的炖鱼馆红红火火地搞了起来。

他再次规劝女儿回家,但这个早已野惯了的丫头片子,只拿他的话当西北风吹过,已经完全不再听从他的安排了。这次女儿刚寻死觅活地缓过气来,他也不好再说些硬茬子话。如今,又有牛远昌陪伴着,他更不好意思像个灯泡似的在那里闪晃,便早早动身折返回家。唉,女儿就是给人家养的,长大了就跟着人家跑了,他这个当爹的就如空气一般。

人生在世,不如意事十之八九。现在杨秀梅的病情总算告一段落,万事大吉。可是,牛远昌将旅游度假村交由杨丽丽独自经营打理后,现在他就是一个无业游民。他很奇怪,每次在他最无望无助之时,总会有秀梅陪伴在他的身边。下一步,他该去往哪里呢?他该去干什么呢?当然,他完全可以沿袭父辈们的足迹,回家去种地,老婆孩子热炕头,那样其实也挺好的。但那是一种他认为的年老后的状态,现在他还年轻,还想在这人生未知的荒坡上开垦出一片属于自己的全新天地。他实在不甘心,那样一来,不是犹如行尸走肉般地白活了一回人吗?

他该去干什么呢?这是他每天起来便要扪心自问的一个大问题。就这样一天又一天地过去了,他还是没有任何结果。怎么办呢?孤男寡女凑在一起,要吃喝穿戴,要有花销,总不能就这样一天天地混日子吧?

这一天,他低价从别人那里买回了一辆旧三轮车,没有踏进门,就给秀梅说:"咱们终于有车了!"

"有车了?不会是真的吧?!"秀梅欣喜地跑出了门,不由得笑弯了腰,"的确是辆车。至少我是再不用走路了,我有车坐了。"

"好。我就是你的专职司机了。"牛远昌也笑出了声,笑容拥挤得满眼泪光闪闪。

有了这辆三轮车后,牛远昌和杨秀梅就再也闲不下来了。每天鸡未叫,杨秀梅就起床做好了早点，然后将饭碗端在牛远昌的枕头边，轻轻地将他叫醒，招呼他吃饭。往往是牛远昌宁可多睡一会儿，也不愿去吃饭。她就像对待自家的宝娃一般，哄着他，用勺子喂着他，将饭全部吃完。然后，她自己匆匆地将已经凉了的饭食扒拉入口，三下五除二地清洗了碗筷后，就异常幸福地坐在了远昌蹬着的三轮车上，借着灰暗的路灯飞快地向着菜市场奔去。他们的主要工作，就是为几家固定的商场超市送菜。每天五更起，半夜睡，急急忙忙来回奔波，钱虽然挣得仅够糊口，但他们认为自己责任重大，因为三轮车上的这些蔬菜关乎着每个人口中的吃食。如果他们这辆菜车子不能提前按时进入商场超市，那么老百姓的菜篮子就会无菜可装。巧媳妇难为无米之炊呢，想想他们不准时准点去拉菜，一旦耽误了百姓的吃食，那就不单是损失老板们的钱袋子那么简单，还会成了掐断老百姓食物链的罪人了。牛远昌每天一旦从床铺起来，就像一头浑身使不完劲儿的野驴，驾着他那辆吱吱乱叫的破三轮车，在这陌生城市的大街小巷里，风雨无阻地穿行着，欲与轿车比个快慢。

杨秀梅常没好气地说他："你这是狼追着呢，还是狗咬着呢？你就不能慢着点儿吗？"

"哎呀，老婆大人，这你就大错特错了。千家万户的老百姓，中午还等着这些菜来下锅呢，你还在这儿四平八稳不忙不慌的，就一点儿都不去体谅老百姓的疾苦吗？这也不像是你的为人呀！"

"哼，就你高尚，那还不给你挂个劳模光环？"

"你别说，这光环迟早还真的要挂的。"牛远昌一股子牛劲儿上来，三轮车加速向前，将一直在后面推着这辆装得满满的三轮车的杨秀梅远远地甩在了后面。

这是牛远昌第一次喊她老婆，她心里不由得一颤。这是她今生所能够听到的最神圣的字眼。原来总是碰霉运的她，如今这般美满幸福，这是真的吗？她使劲儿控制着自己，不让激动的泪水夺眶而出。

晚上回到家里，她故意问道："今天白天你叫我什么？"

"老婆！"

"什么？"

"老婆！老婆！老婆！"牛远昌大声地喊叫着，一如一对老夫老妻般地流畅顺口。

杨秀梅的泪水再也忍不住了，她嘴唇颤抖着说："可是我们还没有结婚呀，你怎么就能这样子胡喊乱叫了呢？"

牛远昌将双手一摊："我们都这个样子了，难道还和结婚有啥不一样的吗？"他接着又说："我们就差那个红本本了！"他见秀梅哭得伤心，就心疼地走过去，轻轻地拍了拍她，又抱着她说，"结婚对我们来说，那是迟早的事，难道你对我还不信任吗？我是想，等咱们闯出一片天地，奋斗到有启明星升起的那一刻，咱们就体体面面、漂漂亮亮地举办一场盛大的婚礼，绝不能让别人小看了咱们，甚至瞧不起咱们，再说咱们可怜、寒酸，再说咱们没有出息、没有志气，再说咱们死猫扶不上树、活人让尿憋死……"

杨秀梅突然捂住了他的嘴。她岂肯让他说出这么不吉利的话语。她忙说："我相信你。咱们的事，你说了算，谁要是胆敢难为你，让你受委屈，我绝不会放过他！"

"你就这样听我的话？这样偏向我？"

"你都是我的了，我不听你的，我不偏向你，那我不是和自己过不去吗？"

"你真傻！"牛远昌在秀梅的脑门上用手指轻轻地一点，与她相拥着早早地休息了。明天，还有更繁重的任务等着他们去完成。

昨天，锦江国际的朱老板答应他，今天早上卸完菜，让他去财务部领取前三个月的拉菜费用。在牛远昌给拉菜的这几家超市，别的老板都是按月结账付款，唯有这个朱老板是按季结账。但是有一点，他比其他老板给的运费要高。利大伤本，朱老板好多钱总是欠着，总是催要无数次后，才能勉强到手。所谓勉强，就是好多零碎的小钱都被忽略不计，要来的只能是个大概，仔细算来，吃亏的还是自己，有时甚至并没有比在别处挣的多。

他想，自己就是凭受苦受力挣几个辛苦钱，这汗水就如同自己的血水一般，是不能轻易白白流淌的呀。朱老板这人表面上应承得斩钉截铁，让人生不出半点儿质疑，但兑现时，总是掺和着水分，就像眼睛里揉进了一粒沙子，让人觉得特别地不舒服，特别地想把它给清除掉。

今天是朱老板终于通知财务人员给他付款的大好日子，他们小两口起得要比平常早些。牛远昌早早地醒了，并起床吃了早饭。

秀梅笑着说："怎么不多睡一会儿呢？现在还早着呢。"

"今天必须要和朱老板将钱要到手。房主已经催要房租了，咱可没有朱老板那样的厚脸皮，能抹下脸面，总把钱拖着。我们和人家房主低头不见抬头见，我们可磨不开那张脸皮呀。"

"就是嘛！这个朱老板就是个一锤子买卖的主，这点儿钱到手后，咱们再不能给他拉菜了，千辛万苦挣点儿钱，还担惊受怕的，图啥呢？"秀梅也没好气地说。

"也行。咱们还是趁早远离这种不靠谱的主。"牛远昌说着，撂下饭碗，两个人便出发了。

来到菜市场时，市场小门还没有开。

牛远昌有些着急："怎么还不开门呢？"

"这也不到开门的时间呀，是你太着急了。心急吃不了热豆腐，就安心等等吧。"杨秀梅轻声说着，安慰他少安毋躁。

"那我就吃了你！"牛远昌说着扑向秀梅，吓得她"啊——"地叫出了声。

这时，门终于开了，他们赶紧进入市场。

进门后，却还是不能装菜。他们得等人家卸了菜才能去装。

杨秀梅将水壶递给他，让他别急，先喝口水。

他摆了摆手，无奈地说他不渴。接着，却又接过大水壶，咕噜咕噜地喝掉了大半壶水。唉，心急火燎的，浇浇水，总该不错。

终于可以装菜了。今天装菜非同平日，意义重大。今天的这菜装起来，

拉过去，卸下后，他就可以拿到钱了，不是一天两天的钱，也不是十天八天的钱，这可是三个月的血汗钱！一想到这三个月的血汗钱，他能不着急吗？

杨秀梅今天装菜也显得特别卖力和迅捷。相比较着来看，倒是牛远昌也许是心里有事的缘故，不是把菜品装错，就是把袋子提反了。多亏秀梅及时纠正，才没有出乱子。菜装好后，便火速装车，秀梅还在扛最后一袋子菜，牛远昌就已坐在了车座椅上，待他感觉到车子一颤时，便知道菜已经全部上车，遂直起身子，双脚使劲儿地踩在了两个脚蹬子上，弯腰弓背，拼力向前蹬着，车子终于缓缓地启动了。

正吃力地前行中，眼看着就要到达锦江国际时，突然"砰"的一声响，一个女孩端直倒在了他的三轮车旁，他连忙费尽了全身的气力猛然拉起了紧靠大腿边上的手刹，三轮车从女孩身边绕过。牛运昌刚松口气，没想到没有保持住平衡，三轮车翻倒了，一车菜即刻哗啦啦地倾倒在了马路边上，有几包菜像不长眼似的端直向着女孩砸去，令他当即傻了眼。

杨秀梅在这段上坡路途中，正低垂着头吃力地在后面帮着推车子，突然"喱"的一声响，她一头扎向了菜包，挤出绿汪汪的一片浓汁。她脑袋受到碰撞，一时间还没反应过来这是怎么回事，她下意识地出于本能般地搜寻着远昌的身影，就看见他的怀里抱着一个女人。牛远昌看见她后，急忙喊道："快上医院！"

杨秀梅不知道发生了什么，也不知道自己该去干啥。她看到车子前面，菜已撒落一地，本想上去先将菜拾到车上，却看见牛远昌眼睛如滴血般地瞪了她一眼，她这才明白：闯祸了！把人给碰了！她似乎才明白了什么是"快上医院"。这时，她远远地看见来了一辆出租车，赶忙挡在了车子前面，要不是这出租车司机刹车利索，她的一双脚定会被车轮撞上。但她此刻一点儿也未曾胆怯，反倒是将前后车门全部打开后，她先上了副驾驶位，牛远昌紧接着抱着女孩坐在了后座上。她对司机说："快去医院！"司机见她坐上来后，突然看见一个人又抱着另一个人也上来了。本不想拉，但为时已晚，只能一脚油门踩下，急速向前驶去。

眨眼间，车子就到了上次救她性命的那家医院，她在心里暗暗惊喜：有救了！有救了！

这家医院，她比牛远昌熟悉。她抬着这个受伤女孩的一双腿，和远昌一起将姑娘抬到了急诊室。

一番检查后，结果总算出来了，女孩伤在了头部，并且颅内有瘀血，大夫开了送 ICU 的住院单，力求通过重症监护的一系列措施施救，尽快让病人能够清醒过来。如果瘀血不能通过药物清除，还需要做开颅手术呢。

这可怎么办啊？ICU 病房，每天的费用少说三五千，多则万元以上，这就是个烧钱的大火炉，多少钱放进去，"哗"的一声，亮光闪耀，连点青烟都不曾冒出，便消失得无影无踪了。牛远昌一个蹬三轮车的民工，连自己的生活有时都难以维持，哪会有钱来顶托起这塌天大祸？他平时都不敢生病。就算有病，也绝不敢去看病。他的病都是在被窝里扛过来的。有一次他高烧到四十摄氏度，浑身颤抖不止，像是被无常鬼拖走了一般，迷迷糊糊好几天后，才死里逃生地缓了过来。他也没有钱去买药，白开水就是他最好的药物，生病了就挣扎着拼命去喝水，一股劲儿地尿尿。每次尿尿，他都想象着病毒、毒素被带出了体外，渐渐地，病毒就真的消了、散了，他就奇迹般地站立起来，开始活命了。而这一次，这个姑娘是无论如何都要活命的，可一下子哪有这么多钱？这可该怎么办呢？

怎么办呢？

杨秀梅这时气喘吁吁地走过来，对他说，她在女孩随身携带的包里找到了女孩家人的电话，她已经联系过了，家属马上就到。

"到了就好！到了就好！不管怎样，救人要紧。"牛远昌长长地舒出一口气来，焦急地等待着。

女孩的父母亲赶过来后，牛远昌急忙上前。还未等他开口说话，一个异常响亮而又古怪的耳刮子就将他打得晕头转向，顿时无语了。他想上前帮忙，但女孩的母亲焦灼而痛惜的神情令他不忍直视，也不敢再靠前，在

女孩母亲面前，任何人都显得有些多余。他一下子失去了所有的勇气。好在，医生说女孩有救了，女孩终究没有被耽搁。他舒畅地呼出了一口气来，默默地坐在 ICU 病房外面走廊的椅子上，轻轻地闭上了眼睛。

他的脑子里立刻又浮现出了女孩受伤时的样子，惊悚之余，不觉冒出了一身冷汗。

秀梅不知从哪里搞来一桶方便面，泡好后，递给他。他不吃，痛苦地随手一扬，方便面"啪"的一声，摔在了地上，倾倒得一片狼藉。

杨秀梅焦急地看着他，却不知如何去安慰他。夜半时分，她只是将自己红色的外套脱了，轻轻地盖在他的身上。他好像缓过来了一些，又将外套披在了她的身上，示意她去躺一会儿。她就拉着他，一块儿蜷缩在了那张长椅上。

每见有大夫、护士从病房走出来，他们就会上前询问女孩的情况，但得到的回答却总是：还没有醒过来。

怎么还没有醒过来呢？这已经是第三天了呀！隐隐约约间，牛远昌感觉自己也快要倒下去了。但，即便是大山压顶，他也要扛住。他让秀梅回去休息，可他不回去，秀梅也不回去。她要想办法照看着他，不能让他有个三长两短。她从医院租了一张简易的小床，放在了走廊尽头，让他躺上去眯一会儿，他却让她去躺。她说："我回家睡去，你去躺吧。"说完便走了。

她走了，他就上去躺下了。她远远地看着他躺上去，一直到确定他睡着后，将一条毯子悄悄地盖在他的身上。看着他的嘴唇干裂出了一道道的口子，她赶忙去和护士要了一支干棉签，从杯中蘸了水后，轻柔地涂抹在他的唇上，让他的嘴唇看上去湿润了许多。

"艾丽娅醒了！艾丽娅醒过来了！"突然，一个女护士在 ICU 门口叫着。

杨秀梅这时才知道，这个姑娘叫艾丽娅。她正在犹豫是否叫醒远昌，却见他已经醒来了。

他醒来后，就端直奔向了病房。她也紧跟其后。艾丽娅的父母不知什么时候已经到了病房。艾丽娅看了看围着她的一圈人后，就将目光锁定在了牛远昌身上。

艾丽娅的父亲狠狠地瞪了牛远昌一眼，可这时却听见女儿流着泪喊道："恩人，是你救了我一命！"他想，肯定是女儿还未彻底清醒过来，不然，怎么会把恶人当恩人来叫呢？

"……爸，妈！那天，我被一个骑摩托车的染着黄头发的青年迎面撞倒后，多亏了这位蹬三轮车拉菜的大哥相救。……当时，这位大哥从地上抱起我时，我还能记得，但后来我就什么也不知道了。"艾丽娅断断续续地说着，但是，她说得很清楚。她应该是完全清醒过来了。

艾丽娅的父亲这时是既欣喜又悔恨。他恨自己不分青红皂白将恩人当成了罪人，还打了人家几巴掌。人家既没有争辩，也没有还手，更没有咋样，倒是他这个手腕子，现在还有些发疼。真是人在气头火气大，这次可把人家后生给打疼了。

"小伙子，对不起！对不起！唉，你怎么不早说呢？好像你撞了人似的，还整天守在这里，这不是你撞的，也说不过去呀。"艾丽娅的父亲有些内疚而激动地说，"我还没有见过你这么能忍耐又好心的年轻人。"

"叔叔，其实我也是有责任的，当时被撞时，我正好经过，可是由于我当时骑行太快，紧急刹车时有几包菜就滚落向前，刚好砸到了您女儿的身上。"牛远昌如实地说着，明明是滚落向前的，怎么会是砸着呢？杨秀梅走上前去，顺着他的布衫后襟扯了扯，提醒他别再惹火烧身。她原来也以为是远昌撞人了，搞了这么多天，原来是别人撞人了，他却在这里替人受罚呢。如今好不容易当事人醒过来，为他洗清了罪责，他却还非要给自己招揽一些祸端，真是……人家女孩的头脑没有被撞坏，倒是他的头脑先坏了。

"小伙子，听你的口音，好像不是本地人吧？"艾丽娅的父亲突然转口问他。

杨秀梅心里一惊：坏了！这下真要惹祸了，人家已经开始刨根问底了。

"我是耿县石崂村人。"牛远昌说。

"耿县？太好了！我在那里经营煤矿。那个地方好啊，资源富足，人也耿直爽快，忠勇善良。你怎么不在那里发展，却到了这座南方的城市里？难道这里比那里好吗？"艾丽娅的父亲看了看他，感觉他有难言之隐，便连忙改口说，"以后有啥困难，你就来找我。"说着，他将一张名片递给了牛远昌。

牛远昌谦卑地双手接过名片一看，这个老板原来是通玉煤矿的董事长艾善国。

艾善国说："我们通玉煤矿就在你们耿县的五崀梁乡，井田面积大概有两座山那么大，原来是个村办矿，在当地属中小煤矿。前年，煤矿亏本，经营不下去了，人家就将煤矿卖给了我。如今，我在你们耿县还有几座煤矿，有的是参股，有的是在别人名下入股。下一步，我打算依托煤矿，搞煤炭深加工，做煤化工产业，提升煤炭附加值，向煤炭业多方向发展。"艾善国看了看牛远昌后，特意问他，"你不打算回到自己的家乡去发展吗？"

牛远昌低垂着脑袋，不好意思地说："我在这边挺好的。我给几个大型的超市在拉菜，挣得也不算少。回去也没啥好做的。"

"你是拉菜，又不是在给人家供菜。你挣的是辛苦钱，是要出大力、流大汗的。唉，小伙子，你是什么文化水平？"艾善国问他。

"他可是个大学生呢！"杨秀梅引以为傲地抢先回答道。

"哦，挺好的！"艾善国想了想后，郑重其事地对他说，"你看，小伙子，是这样，你是我女儿的救命恩人，我却误会了你，还出手打了你，这是我犯的严重错误，我向你表示深深的歉意！我现在和你商量个事儿，就算我对你报恩，也希望你能好人做到底，算是帮我个忙，好吗？"

这话说得让牛远昌丈二和尚摸不着头脑，杨秀梅似乎听出了一些门道，忙说："艾总，请您说说看。"

"我的那个煤矿换了几任总经理了，可是一直不尽如人意，主要的问题就是，我们这里去的那些人，由于不熟悉你们那里的情况，有好多本来应该是顺顺当当能办的事，却总是办不成，总得我再出面去周旋，搞得我常常焦头烂额，忙乱不堪。你既是本地人，各方面情况要比我们熟悉得多，而且还是大学生，人又那么善良忠厚，由你来出任我们通玉煤矿的总经理实在是再合适不过了。我希望你能走马上任，我艾善国绝对不会亏待你的，小伙子！"艾善国说着，走上前去，轻轻地在牛远昌的肩头拍了拍，显得十分友好与信赖。

杨秀梅一听艾总这话，当即便欣喜若狂，不知该说什么好了。她扯了扯远昌的衣衫，示意他立马答应。

牛远昌第一反应是：这煤矿工作我也不熟悉呀。不熟悉的环境，让他去做个煤矿工人，靠着自己的一身力气，也许还能应付，但要让他去领导并管理煤矿，他是有心也无力呀！他连忙十分诚恳地对艾总说了自己的这些情况，希望艾总能够理解。说来说去，他还是觉得自己拉菜挺好，好像他天生就是一块拉菜的料。

"不行，你一定要去！你不熟悉情况，就先去熟悉熟悉。一个堂堂的大学生，当个煤矿总经理就如同放羊一般，鞭子一抽，羊指哪儿是哪儿，没有你想得那么复杂。就这样定了！大材小用，委屈你了！"艾善国不容置疑地说着。

杨秀梅看不下去了，她赶忙说："没问题，艾总，就这样定了！"回过头来悄声对牛远昌说："你真是个书呆子！"

第二十三章

艾丽娅在医院住了不到十天，就说什么也要出院。她是家里的独生女，说她是父母的掌上明珠，一点也不夸大其词。如今，她不愿再在医院住了，她母亲朱文静也详细咨询过大夫。大夫说，她就是在碰撞的时候，脑部渗出了少量的血，现在经过治疗，瘀血已经彻底消除，目前恢复得不错，没有留下一点儿后遗症。如果想出院，完全可以。就是要少活动，多休息，尤其避免剧烈运动。朱文静听后大为高兴，就领着女儿出院了。

出院后，艾丽娅的父母也未再去追查那个骑摩托车染着黄色头发的年轻人，现在唯一让艾善国上心的，就是一股劲儿地催促着牛远昌早日去煤矿上任，就如同牛远昌是这一事故的罪魁祸首，现在就硬逼着他去煤矿遭受"惩戒"。

牛远昌前去上任的这一天，是农历八月十六。昨天他们和艾丽娅一家人共同度过了这一生当中最令他难忘的一个中秋佳节。这一晚也是他在南方的这座城市里熬过了近一年时光之后的挥手告别之夜，他不由得感慨万千。在艾总一家人的盛情款待之下，他不知不觉间便喝得有些多了。艾丽娅在给他敬酒时，一个劲儿地称他为恩人。他就不好意思地说："我是个有罪责的人，怎么能是你的恩人呢？以后可千万不要这么称呼。不然，我可就不认你这个妹子了。"艾丽娅说："好，好，那我就叫你哥，总该可以了吧？"

"这就好！这就好！"他一口将艾丽娅端过来的杯中酒喝得一滴不剩，

表现得异常爽快而热情。

"哦，哥，听说你和秀梅姐并没有结婚，对吧？"艾丽娅突然靠近他，偷偷地问。

他喝完酒，轻轻地对她点了点头，算是对她的作答。他心想，她肯定接下来会问：你们打算啥时结婚？他就会对她说：马上！可是，艾丽娅只偷偷地问了他这一句话后，就若有所思地走开了，令他将早已准备好的这句台词，只好浸在这浓烈的酒香里。

"快！快！赏月去喽！……远昌哥，咱们到外面去赏月。"艾丽娅大声召唤着众人，又过来拉起了他，挽着他的那条瘦胳膊，欢喜着走出房门，来到了庭院。

院子宽敞而整洁，一张石桌上，早已摆好了西瓜、月饼、坚果等各种美食，大家在石凳上纷纷落座，边吃着美食边赏月。

今晚，天气出奇地好，正是明月今夜有，举杯共赏月。

牛远昌邀着秀梅，给艾总和他的夫人文静及女儿丽娅恭恭敬敬地献上美酒，嘴里说着真挚的感恩的话语。话虽笨拙，却情真意切，显得尤为激动。

艾善国工作忙碌，难得能在家与家人赏月共饮，今天他十分开心。

牛远昌红着脸说："艾总，不能喝了，不能喝了！"

"你叫我啥？"

"艾总啊。"

"不行，叫我叔叔，叫我叔叔！"

"好，好！叔叔，叔叔！"牛远昌一张红扑扑的脸，在月光的照耀下，泛出了西瓜瓤般的色彩，他说："叔叔，我们这个中秋节实在是过得好。时间也不早了，咱们就休息吧，明天还要动身去矿上呢。"

说到要回矿上，艾总果然就不再喝了。大家收拾着去睡觉了。

牛远昌由于喝多了，被安排在艾总家的三楼休息。丽娅挽着他，他几次不好意思想挣脱，却终未能成功。躺下后他问丽娅："秀梅呢？"

"在一楼卧室。"丽娅说，"让她上来吗？"

"哦，不用，大家都早点儿休息吧。"牛远昌说。

牛远昌喝了酒后，倒头即睡，他一点儿都没有觉察到睡在他隔壁卧室的丽娅，一晚上为了照顾他，基本上就没有睡觉。人家一个娇生惯养的大家闺秀，怎么能做到这一点呢？

此时秀梅也想照料他，却因住在一楼，不便走动，怕打扰大家，就只好不知不觉间沉沉地睡去了。

艾善国在通玉煤矿领导大会上宣布牛远昌为煤矿总经理时，原来的煤矿总经理就被解聘了。牛远昌心想，他会不会有一天也像今天这样被解聘了呢？若那样，他还不如现在就及早请辞，免得到时候，也像今天这样，搞得尴尬异常，如同做了啥丢脸的事情难以见人似的。因此，在宣布他为总经理时，他一脸的不适，就像被人公开审判一般，身子缩着，头低着，给人感觉，这当经理是多么痛苦而艰难的一件事情啊。前车之鉴，如利剑悬顶，时时提醒着他，鞭策着他，使他不敢有丝毫懈怠。

话说牛远昌虽然生在煤都之乡，但对煤矿却陌生得很。如今赶鸭子上架，让他来管理一座煤矿，他根本就管不了。这该怎么办呢？尽管艾善国董事长在离开之时，给他面授机宜，并且把主管生产、销售和财务的几个最得力的副总经理叫到他的身边，让他们全力辅助总经理，希望通玉煤矿在新任总经理的带领下，尽快扭亏为盈。几位副总经理当场在艾总面前表示，没有任何问题！

牛远昌却觉得问题成堆，却又找不出问题的症结所在，有如他手握着粗实的麻绳，却不知从哪里去扎紧那一个又一个敞开着的口子。此时他只是默默地倾听着艾总的美好期许，却没敢做出任何的承诺。他思考着，自己该怎样挑起这副重担，迈开脚步向前。

几位副总经理随着他在煤矿的各个环节走动，每到一处，他们就向大家介绍说："这是我们煤矿新上任的总经理。"他纠正说："是矿长。我叫牛远昌，大家以后叫我小牛就可以了。"他虽这样说，但全矿没有一个人敢叫他小牛，大家都开始管他叫牛矿长，而不是刚开始时称呼的牛经理。

由总经理到矿长，这是大家自他上任后所能感知到的最明显的称呼变化，其余却还是老汤旧药，几乎没啥改变。不但没啥改变，关键是，自他上任后，就没有组织过一次会议，往往是有啥事，他就亲自走过去，问个没完没了，而后将主管人员叫过去，吩咐怎样怎样。渐渐地，大家也就不把他当个领导看了。这主要是牛远昌压根儿就没有将自己当成个领导。

本来，矿上一贯是给领导们开小灶的。他来之后，只去过小灶一次后就将自己的碗筷取了，改到大灶上和工人们一起吃饭去了。吃饭时，他和工人们东家长、西家短地谝个没完，间或还不经意地问询些矿上的事情，工人们就像遇到了知己，帮着牛远昌答疑解惑，提出些领导们都根本不会有的好主意和好办法。牛远昌不由得感叹道：真是高手在民间呀！

这样一来，他就更是在办公室待不住了。人不是在井下，就是在去往井下的路上；不是在磅房，就是在储煤场；不是在机电口、采掘口、通风口，就是在经营口、运销口、安全口；不是在生产技术科、机电管理科、调度所，就是在通防地测科、安建环卫科、矿件供应财务科；不是在供电保运绞车队，就是在综机运输信息处；不是在综采综掘注浆队，就是在测气放炮木工队。煤矿这地方就像个小社会，他这样疯跑开来，哪有时间在办公室里喝茶闲聊。这时，大家才突然发现，这也是他和前任总经理的不同之处。人们给他起了一个外号叫"疯跑矿长"，也有叫他"疯牛矿长"的。

对他这个"疯牛矿长"，人们还是有意见的。主要是矿上的一些领导，去办公室找他签字或要决定个事情，总是找不到他。一问工人，说他刚离去。真是只在此矿中，井深不知处。渐渐地，矿上一些人就有一些怨言："这样一个蹬三轮车出身的云游四海的矿长，不见也罢。他一个年轻后生，还能将我们这些元老级主帅怎么样呢？既然他这么能瞎跑，那就让他来找我们吧，我们还屁颠屁颠地去找他，那成何体统？真是没有个王法了，讨吃子扣了顶官帽子，竟然称不出自己有几斤几两了，还不愿意和我们在一

张桌子上吃饭，啊呸！你算几根毛栽的个牙刷子呢？你算是老几呢？你连个小几都算不上！"

这样，有好些要处理的事情，牛远昌就在办公楼里不停地穿梭，成了个地地道道名副其实的"疯跑矿长"了。他进了各位副总的办公室还总是谦卑地向人家道歉说："是我的不对，让你们找了半天，以后我出去了，就让办公室的人员给你们打声招呼。我初来乍到，有什么不对的地方，你们就当面指点批评，我一定调整改正。"

副总们就说："你是矿长，我们就是给你打工的，一切你说了算，我们哪敢批评指正。"

牛远昌还是笑着说："哪里，哪里，这不都是为了咱们矿上好嘛，煤矿有起色了，大家都有光彩，都是功臣！"

副总们却说："煤矿办好了，都是你矿长大人的功绩，我们哪敢抢了你矿长的功劳。再说，和领导抢吃抢喝，也从来就不是我们的特长呀。"

牛远昌终于将通玉煤矿的角角落落、沟沟岔岔跑遍了，也摸清了。现在他还是跑，但只要一有时间，他就在读《毛泽东选集》。这也是他出任矿长以来的一个尤为明显的不同。《毛泽东选集》共四卷，他从第一卷读到了第四卷，而且还标有批注，摘其内容，是精读、细读、埋头苦读。他对选集里的矛盾论、实践论、辩证唯物主义等，更是倾心研究，还写有读后感。看看，这样的矿长你见过几个？《毛泽东选集》是在创建社会主义新中国的伟大实践中完成的一部伟大著作。牛远昌阅读它，也许是他工作之余的一种学习和爱好，也许是他对伟人的一种敬佩和崇拜之举，也许是他在不如意之时的一种自我减压和突破。

这样又过去一个月有余，牛远昌突然召集全矿除正在生产一线的员工外的所有人员开会。这是他出任矿长以来的第一次会议，而这一次会议是一次至关重要的大会，说它是挽救了工人，挽救了煤矿，使煤矿扭亏为盈，开创未来全新局面的一次大会，一点儿也不为过。

在开会之前，牛远昌多次电话请示了董事长艾善国，主要就煤矿的人事安排等，和他进行了细致的交流。对牛远昌提出的一系列改革创新举措，艾董事长大为赞赏地说："你还一直自我谦虚说当不了矿长、当不了矿长。现在，就按你这样的打算和设想推行下去，落实到位，我们煤矿不出一年，一定会收到绝好的效果。就这么干，到时候我也参加，看有谁还敢瞎捣乱，我就给他连根挖断，将他的股份给退出去，让他立马拿钱滚蛋！"

开会的这一天，秋雨连绵，间或还可听到雷声隆隆。

可是，艾善国董事长在开会前突然打来电话，说他在外面还有点儿生意上的事，暂且不能赶过来了，让他们先开，不要等他。最后，他也没有明确他是否能赶过来，就将电话挂断了。

会议如期按时召开。未曾开过大会的牛远昌，一旦开起会来，便既是主持人，又是发言人，自始至终，就他一个人在那里唱着这出独角戏。他先是宣布了煤矿的改制方案、措施和实施细则。改制的宗旨是实行矿长责任制，由矿长全盘领导，负责全矿的一切工作，确保各项工作做细、做实。为了使矿长的各项指令落实到位，由矿长聘用各级管理人员，主要是管生产的副矿长、管销售的副矿长、管安全建设环保的副矿长和管理财务办公室后勤等的副矿长，然后再由副矿长聘用各部门的负责人，统称为部门主任，各部门再聘用自己的班组长及员工。通过层层选拔和聘用，各个岗位的团队就重新组合起来了。尤其是牛远昌宣布取消矿内小灶，实行全矿一个灶，领导和员工同工同酬。全面提高一线员工工资水平和生活劳保等待遇标准，对值夜班人员另外给予夜班补助，加强班中餐营养，切实提高一线吃苦受累员工的各项待遇。

这次会议开得很顺畅，员工们一片欢呼，感觉给这样的矿长干活，即使是脱掉十八层皮也心甘情愿。

这次会议却也开得很"失败"。几个没有被选聘上的副总，在会议还没有开完时便将桌子一拍，气急败坏地走掉了。无形中，使大家对新任矿长产生了难以言表的质疑。

但是这次会议也开得慷慨激昂而又斩钉截铁，会议到最后，牛远昌瞪

着血红的眼睛，手指着新上任的几位副矿长说："……生产上出现啥纰漏，我就只找你高仁玉问话；销售上完不成任务，我就陪着你李明玉去打天下；安建环拖了煤矿的后腿，我就和你张怀玉没完；财务办公室后勤保障不了在前线冲锋陷阵的弟兄们的供需，我就剁了你马文玉的马脚。当然，只要各位矿长大人以矿为家，以矿为业，以矿为荣，我牛远昌就是你们随叫随到、给你们牵马坠镫的马前卒。你们现在就只管干好你们各自的事情，只要是为了干好工作，一切的困难和乱子都由我牛远昌来为你们兜着。干成了，一切的功劳属于你们；干不成了，一切的屈辱，我来承担！用人不疑，疑人不用。你们个个钉是钉、铆是铆，你们就只管大胆放心地去干！"

牛远昌动情地讲完这些话后，大声宣布："散会！"

在宣布散会之时，董事长艾善国缓缓地走进了会场。大家齐刷刷地将目光聚焦在了他的身上。他双手示意大家原地坐下，很客气地对大家说："对不起，我因手头一些当紧事情，没有能及时赶到参加会议，希望大家能原谅。"他双手抱拳，表示了歉意后，接着说："我们通玉煤矿自建矿以来，一直处于维持状态，近两年来竟然出现了亏损的局面。同志们，我们的煤矿真的到了最危难的时刻，是该拿出壮士断腕的狠心、刮骨疗伤的决心，出实招、出真招，不掩饰问题，不讳疾忌医，对症下药，真正从思想上、制度上、工作上把我们煤矿的问题解决好，让我们通玉煤矿在以牛远昌同志为核心的领导团队的带领下，焕发新活力，呈现新气象，开拓新天地，迈出新步伐！也算是我艾善国拜托大家了！拜托了！"说着，他再次向大家抱拳示意。

众人纷纷站了起来，向着主席台抱拳回敬。

艾善国笑着对大家说："今天是个大好的日子，接下来我请大家吃饭，给各位敬杯酒，希望我们通玉煤矿，能像酿酒的高粱一样，节节高！"

众人高呼："节节高！节节高！"

事情像是在预想中扭转着。过去从来不开会的牛远昌，自那次召开了全矿大会之后，好像一下子便对开会产生了浓厚的兴趣，有种乐此不疲的劲儿头。他每天会不定时地在他的办公室里召集"四玉"（高仁玉、李明玉、张怀玉和马文玉）以及相关负责人员开会，听取他们的工作汇报，商讨问题及处理对策，及时确定解决方案，即刻分头行动，投入各项工作之中。

有好事者将此会称为"通玉会议"：一是指通玉煤矿召开的会议；二是指由矿长牛远昌通知"四玉"去干什么、怎么干的会议。说来也真是有趣，这通玉煤矿的四位新任副矿长就如同亲兄弟一般，姓名最后一个字都是"玉"，人们将这"四玉"和牛远昌一起合称为通玉煤矿的"五虎上将"。大家都期望他们能将通玉煤矿引上一条通往财富的畅通大道，道路的尽头定会是金玉闪烁的富裕之地。

有一件事情，令牛远昌很是为难。由他主导并推行取消了的煤矿小灶，如今又不得不再次开张了起来。想来也是，上级部门来煤矿检查工作，你总得给人家管顿饭、敬杯酒吧？人家来和你谈生意、说事情，你总得尽地主之谊，给人家接个风、赏个脸吧？各位领导的朋友或生意上的伙伴们来了，你总得摆个饭局和人家聚一聚吧？大家有事情相互商量沟通、放松，也得聚一聚吧？

看来，这个小灶不但不能取消，而且还必须尽快利用起来。要不然，到外面饭馆去，既浪费钱财，还很不方便。因此，他和马文玉副矿长商量，小灶还是得再开起来。不过，平常他们还是都在大灶上和工人们一块儿吃饭，只有来人时，他们才在小灶上去招待人家。到小灶上去吃饭，其实是最令大家头痛和煎熬的一件苦差事，可作为矿领导，你不去又不行。到小灶上去吃饭喝酒，实际上是在搞工作，吃什么、喝什么，根据客人的喜好，要安排得合理妥当。一些重要部门的领导，不但作为矿长的牛远昌要来作陪，有时候，董事长艾善国也会亲自到场。如此一来，通玉煤矿的小灶作用还是蛮大的，它是通往成功的一条捷径。小灶虽小，却起到了不可忽视的神奇效用。这令牛远昌大长见识、大开眼界。

牛远昌好像天生就是个贫贱命，每次去小灶吃饭前，他总要先到大灶

上垫个底，或是吃碗米饭，或是吃碗白面条。他说，大灶上的饭吃得饱、吃得舒服，小灶上看着摆得山珍海味、七碟八碗的，他却总是费时费力的，仍吃不饱，也没有大灶上的饭吃得爽口过瘾。但是，他又不得不去小灶上吃饭，那是他的工作，是他的一项重要任务。不但要去，而且还必须要圆满地去完成好任务，最起码酒不能少喝。诚如那句地方谚语：要想客人喝好，先把主家放倒。而偏偏牛远昌又不胜酒力，人又老实，所以是逢酒必醉，也实在是难为他了。

后来，大家就给他出了个主意：由服务员用两个一样的酒壶，一个装酒，给大家添；一个装凉白开水，专给他添。表面上看，都是酒，但喝到口里，别人会辣得直吐舌头，而他却可以平静如水，只是却要装出一副被酒刺激得很痛苦的模样。

牛远昌却说："这怎么行呢？酒品就是人品。我虽然酒量不行，但是，这点人品我还是有的。总不能一场酒喝下来，别人都醉得东倒西歪地起不了身，而我还清醒如初。这样一来，别人怎么看先不管，我自己首先就瞧不起我那副卑鄙而丑恶的嘴脸。这是世人皆醉我独醒吗？再说，人家怎么能不知道你在做鬼呢？现在的人，有几个是犯傻的呢？若说人家傻，那也是我们自己在掩耳盗铃的缘故，是我们自己在做傻事。"

"这以水当酒来倒，就是个典型的装傻的事情。若这样，我们还不如不招待人家呢！既然要招待人家，就要以诚以礼待人。我再说一遍，酒品就是人品！"牛远昌没好气地说道。

牛矿长的这酒品，也真是太过实在。别人要替他喝酒，尤其是"四玉"副矿长要替他喝时，他却又害怕别人喝多了误事，从来就不让大家代替。后来管后勤的马文玉副矿长就偷偷地想出了一个绝妙的招数，他在每个人的面前放了个一次性的纸杯子，在过关喝酒时，输了的酒就倒入纸杯里，一轮结束后，喝完杯中酒即可。在发给牛远昌那个纸杯子时，马矿长不经意间用一个大头针在杯底穿出个针尖样的小洞，这样倒入的酒便会神不知鬼不觉地向外流出。牛远昌不知情，还尤为感慨地说："任何事情都是一个锻炼的过程，我过去是滴酒不沾的一个人，现在大家都看到了吧，酒量真是见长啊！"

与牛远昌酒量一同见长的是通玉煤矿的产销量。对于一个煤矿来说，这当然是天大的好事。但作为矿长的牛远昌，此时考虑最多的却是煤矿工人们的安危。

牛远昌常听祖辈们说，过去采煤主要是靠人工拿镐挖，用筐驮，用骡子、牛、马等来拉。后来机械化有所发展，支架也从过去的木头变成了金属，但主要还是炮采，采煤风险大，工作环境差，效率低下。本地由于煤层浅，个体小煤窑大多是平硐式巷道开采，用防爆四轮车将煤从井下运输到地面。井下装煤，过去主要靠人工，后来用上了小型装载机，现在大型装载机也可以下井装车了，从而极大地减轻了人工负担，提高了采煤效率。

通玉煤矿现在就是这种采煤模式。而此时，国有大型煤矿已经实现了综合机械化开采，即综采。其在液压支架的保护下，实现采煤机割煤，皮带式运输，形成采煤机、液压支架和运输机综合运用的成套设备。采用了综合机械采煤的先进技术后，既保障了安全，又提高了效率，而且用人量减少，事故数量明显下降。可以说，这是采煤史上的一次跨时代的变革。与此同时，央企、国企煤矿还自主研发了长距离带式输送机系统、运人运料的高效辅助运输系统、煤巷快速掘进与锚杆支护系统和安全生产检测系统，使综合机械化开采的安全、高效、高产得到了有效保障。

牛远昌在县煤炭局的组织安排下，系统参观考察学习了当代最先进的采煤技术之后，感觉自己所在的煤矿采煤技术确实陈旧，和人家相比，差距实在是太大了，是地下与天上之差，是小河与大海之差。和人家比，自己的煤矿就是个小作坊。

这次考察学习，令牛远昌深受启发，心里不时掀起阵阵波澜，人家是央企，通玉煤矿没有办法去照搬，但有一条路是可行的，那就是尽可能地去借鉴现代化企业高效快捷的管理模式。如果条件具备，他有个梦想，就是及早为矿上安装一套现代化的综采设备。但那不是一句话的事情，那可

是动辄上千万、上亿元的设备呀！他想，他现在所见到的这是煤炭企业的制高点，也是未来煤矿发展的目标，这些刚性的东西，并不能切实地贴近自己的煤矿，头脑发热、生搬硬套是行不通的，必须要找到一条符合他们煤矿实际情况的生产道路。出于这样的思考，他又抽空去各兄弟矿井考察走访了一番。

这一次考察之后，他逐渐有了一个大胆的想法：购买几处相邻的小煤矿，然后将这些小煤矿重新组合并实现资源整合，逐渐引进现代化综采先进设备，走节约高效的现代化煤矿发展路子。他之所以要购买，是因为这里的小煤窑实在是太多了，一座山头有时就有两三座煤矿，各矿之间各自为战，有时这边还在生产，隔壁却在点炮，这样一来存在着诸多安全隐患。一山不容二虎，要想有所发展，就必须要将瞄准的这片地段的所有煤矿都购买整合在一起。可这需要大量资金。怎么办呢？一是银行贷款；二是民间筹资。

此时的煤炭市场还是实行国家指导价，但市场行情蠢蠢欲动，牛远昌似乎已在冥冥之中感觉到了这一忽隐忽现的曙光。他想，国家就像是一列飞速向前的火车，它要想奔驰向前，就必须要有煤炭这些基础能源来持续为它提供动力支撑。从长远来看，煤矿业就是个最可靠的行业，因为在任何时候，总不能缺少了煤炭这一基础性的支柱型产业。他现在是没有钱，如果有钱就只干一件事情，那就是购买煤矿股权。耿县有可观的优质煤炭资源，搞煤矿有着得天独厚的超强优势。市场好，就多挖；市场不好，就不挖。这是个包赚不赔的好买卖。

机遇总是青睐于有想法和有准备之人。

这一天，海逸煤矿的池胜祥矿长找到了牛远昌这里。他早听人说，原来和他们一样面临亏损状态的通玉煤矿，如今扭亏为盈，并呈现了产销连续翻番的良好势头。

牛远昌很友好地接待了池胜祥矿长，并详细给他介绍了通玉煤矿的基本情况及管理模式，陪着他在矿上及矿井各处看了看。看了之后，池胜祥就觉得，自己的海逸煤矿无论哪一点都无法和人家通玉煤矿相提并论，他突然就对办煤矿失去了信心，加之银行的贷款马上就要到期了，管理费、税收、工人工资、水电运营等各种费用，逼得他实在是走投无路了。他突然开口央求牛远昌说："牛矿长，我们的那个煤矿实在是办不下去了，你能帮我一把吗？"

"怎么帮？"牛远昌不解地问。

"我那个煤矿按长远市价估值，少说也值五百万元，但我现在因缺乏资金，实在难以再投资将这个煤矿办下去了，你现在如果能给我三百万元，我就将这煤矿卖给你！"池矿长不无遗憾地说，"搞煤炭这一行，兄弟，你也知道，它就是一个打持久战的过程，谁支撑到最后，谁就会赚得盆满钵溢，我是实在扛不下去了。但说实话，一般人我还真不卖给他，你我相识也很长一段时间了，今天我就忍痛割爱给你了，兄弟，只求你以后不要忘了我池某人就好！"池胜祥说到最后，竟然哭出了声。

同样是搞煤矿的牛远昌感同身受，他完全能理解并想象得到池矿长进退两难的苦闷煎熬的处境。砸锅卖铁硬着头皮扛下去，也许你就能迎来云开日出的那一刻，可这中间困难重重。中途畏缩出卖转让，虽然能摆脱一时的烦恼，但却会留下终身的遗憾。正所谓，半途而废，难成大事。

其实，牛远昌也是爱莫能助，他哪里会有钱呢？他只能求助于他的老板艾善国。

艾善国听他说明情况后，却不屑一顾。他认为，一个年产二十多万吨的煤矿，规模太小，不值得去购买。但他分明听出了牛远昌有购买的打算，便说："你如果想买，我可以给你垫付二百五十万元。"

牛远昌异常欣喜地说："那就太感谢艾总了！谢谢您！"

可剩余的五十万元怎么办呢？

他在通玉煤矿的工资、奖金等，年底差不多够十万元。那另外的四十万元就成了他真正的拦路虎了，和那三百万元比，虽然它仅是个零头，却是他真正的难解之题，也成了要压垮他的最后一根要命的稻草。

这个时候，杨秀梅将父母身上的所有钱财，包括刚刚卖掉的一篮子鸡蛋的九十八元五角也拿了过来，总计凑来了一万二千六百三十六元五角。一下子能为他凑来这么多钱，这在他们石岇村已经算是天文数字了。杨秀梅还准备再去为他筹钱时，他却坚决制止了她，他想到了一个人。为了不引起她的疑虑，他说："钱已经够了。"

　　这个人就是石岇海子民俗度假村的董事长杨丽丽。他本来不想再打扰她，但现在除了她，还真再找不出一个可为他切实提供帮助的人了。

　　石岇海子民俗度假村在杨丽丽的打造经营之下，现在规模宏大，气势如虹，已成为当地小有名气的旅游度假胜地，茂原市及耿县的好多政府招商接待及大型的会议、活动等，都选择在这里举办。牛远昌在杨丽丽的办公室见到她时，她正在给手下的几个人安排布置一项重大的接待任务。他和她打招呼时，她先是微微一怔，随即便异常欣喜而又激动地给他又是泡茶又是拿水果递小吃，显得有些惊慌失措。他看在眼里，眼角不由得溢出了泪花，千言万语都已无法表达他内心的波澜，只希望她能过得越来越好，只希望她能幸福美满。在她面前，他也不必寒暄，端直说出了想和她借钱的事。

　　杨丽丽惊讶地看着他说："好事情呀！两三年不见，你就当老板啦！这要再两三年不见，可能就认不出你来了，更不敢和你相认了！"

　　"都火烧眉毛了，还开我的玩笑，你好意思吗，杨总？"牛远昌苦笑一声说，"我现在就是个标准的乞丐，还如同那热锅上的蚂蚁，煎熬得很呢！"

　　杨丽丽看他心急火燎的，便没有再和他开玩笑，转身拿出一张银行卡递在了他的手上。但又觉得他取钱会有麻烦，便吩咐财务人员将她卡上的钱直接转到他的卡上。人家没有说给了他多少钱，他也没好意思再问。回来后，他一查，惊呆了：丽丽竟然不动声色地给他的卡上打过来五十万元。

　　牛远昌眼里涌出了两股热泪，人一下子就哭得稀里哗啦。

第二十四章

当艾善国将二百五十万元钱打到牛远昌指定的银行卡后不久，牛远昌就从池胜祥的手中，将海逸煤矿购买到了自己的名下。这令艾善国多少有些吃惊，心想：那缺少的五十万元钱虽然不多，却也不少，即便是我，有时候也是很难一下子就能筹到的。看来，在不到一年的时间里，这牛远昌就由当初蹬三轮车拉菜的受苦汉出落成一个小老板了，真是不简单啊！虽然有我艾善国在拉扯帮衬，但牛远昌是我女儿的救命恩人，在被任命为通玉煤矿矿长之后，马上就让煤矿扭亏为盈。说是我在帮他，可到头来却是人家小伙子帮了我。现在人家想购买个小煤矿，我当然应该出手去帮一把。对于别人买煤矿，艾善国肯定不看好，但牛远昌要搞煤矿，他认为肯定能行，因为在这一年多的时间里，牛远昌已经将煤矿经营这本经了然于心。唉，只可惜这牛远昌已经有未婚妻了，不然，我就将女儿丽娅嫁给他了。

牛远昌在买到海逸煤矿之后，便很是为难又很不好意思地向艾善国提出了要辞去通玉煤矿矿长的职位，辞职的理由自然是要去经营自己的煤矿。牛远昌说，他知道自己这样做，简直就是忘恩负义，但现在事已至此，他只能先去发展自己的事业，待以后做成功后，定会加倍偿还亏欠艾总的一切。

艾善国不以为然地看着他说："两个煤矿你都要经管。想当年，我同时还管理过五个煤矿呢，你完全有这个水平和能力来搞好这两个煤矿，这两个矿离得也不是很远，你完全能跑得过来。回头我再让他们给你整一辆车，

配个司机，就辛苦你了。"

话说到这个份儿上，牛远昌也只能全部应承了下来，但他却怎么也不同意艾总给他配车。艾总虽然嘴上说不配就不配，但没出几天，一辆半新的桑塔纳轿车就开到了他的面前，为他开车的司机是艾总特意挑选的聪明干练的小伙子訾双和。

訾双和的到来，使牛远昌的生活似船借东风，极大地方便了他的出行和办事效率。时间长了，訾双和就如同他的左膀右臂。好多人看他有车有司机，很是羡慕，他却觉得自己过得一点儿也不比从前轻松自在。整天事务缠身，废寝忘食，各项行程安排得满满当当，没有丝毫喘息的机会。两个煤矿的事务，都要他来安排和处理，通玉煤矿基本磨合打理得顺当了许多，只需给"四玉"副矿长重点强调关键环节即可。

只是海逸煤矿刚刚接手管理，好多环节还在调整改造之中，正所谓万事开头难。而牛远昌购得这一煤矿，仅仅才是他的开局之棋。接下来，他正在谋划着要将这一山头的另外两座小煤矿也一并购到手，然后准备合三为一，引进现代化综采设备，办一个年产百万吨级以上的大矿井，争取做个煤炭行业的翘楚。不过，这还只是他的一个远大理想。要实现煤炭现代化，就要有上规模的煤矿为基础，而后才能投入重型现代化综采装备。而此时，这样一座小煤矿显然是不值得那样大的投入的。眼下，他必须要将这第一座到手的煤矿经营好，然后才能谋划着将相邻的另外两座煤矿逐一收购，这叫作边消化边吸收。

买煤矿最难的就是没钱。就如同一个人找到一个支点，只要能给他一根足够长的杠杆，地球也是可以撬动的。牛远昌现在就有要撬动这个"地球"的野心。

牛远昌打算要购买的这两座煤矿位于这座双梁山的东北角和西北角，而他的海逸煤矿则位于双梁山的南边。这三座煤矿各居于双梁山的一角，分属三个乡的五个村子，呈三足鼎立之势，各自虎踞，各自为战。牛远昌就想着要效仿司马炎，合三为一，实现"占山为王"的梦想。

　　牛远昌深感机会稍纵即逝，必须紧紧抓住。他现在一边和信用社的领导们交涉申请贷款的事，一边和那两家煤矿的老板商谈购买煤矿的事。贷款因为有海逸煤矿作抵押，贷个三四百万问题倒不是很大。只是，随着煤炭价格略有上涨，这两座本没有他的海逸煤矿大的小煤矿，卖价竟然都比他当初购买海逸煤矿时的售价要高，都已超过了三百万元。即便是这样，他也觉得越早买下越好，否则夜长梦多，隔得时间久了，也许就永远也买不到手了。经过这两三年的探索，他对经营小煤矿已经没有兴趣了，他只想着手经营一个较大的煤矿，这已成了他日思夜想的一件头等大事。

　　在牛远昌软缠硬磨之下，信用社的濮主任终于答应给他贷款五百万元，他又马不停蹄地在各处筹款近二百万元，终于凑足了钱将双梁山北边的这两座小煤矿买到手，与他原有的煤矿，合称为海逸煤矿，只是将原来的海逸煤矿称为海逸煤矿一号井，将另外两座煤矿分别称为海逸煤矿二号井和三号井。整座山头，占地面积约为二十五平方公里的矿井，经过他两三年的努力，逐一攻克各个壁垒难关，现在，终于让他稳稳地拿到手了。今后，他将从这一山头出发，树起自己在煤炭行业的这面旗帜，倾力打造地域煤炭品牌。

　　时势造英雄。就在牛远昌将这三座煤矿陆续买到手后不久，国家不再实行煤电指导价，而是将煤炭全面推向市场，实行市场调节价。这样一来，煤价由最低时的每吨十元，一下子如同涨潮的海水一般，迅速地攀升到了每吨一百元、二百元、三百元甚至四五百元，而且看样子，还在一股劲儿地往上涨。过去几百万元的小煤矿，一下子飙升到了几千万元。随着煤价的上涨，与煤炭相关的行业纷纷火爆了起来，储煤、贩煤、运煤都成了香饽饽，过去和煤打交道叫倒霉（煤），现在只要和煤沾上边，那就是福气，就是到美（煤）。

　　煤价疯狂上涨，使牛远昌一下子由一个到处借债的穷光蛋，变成了一个日进斗金的大富商。更重要的是，他现在拥有的这一块井田，原本不仅井田面积大，边边角角全部估算进去，少说也有近三十平方公里，而且储

量大，煤质好，上下共有三层可采煤层，开采储量达一亿多吨，总储量达三亿多吨。

牛远昌在不知不觉中坐拥了双梁山这片金山银海之后，他的进军势头便越来越强，就如同他当初蹬三轮车拉菜一般，正挥汗如雨般地行进在路上，干劲儿十足，信心满满。

现在，抓住煤炭市场回暖的大好机遇，他的双梁山的三个井口正开足马力，火速向外送煤。如此，仅一个季度，他就将贷款及借款全部还清。半年之后，他煤矿的账户余额就可以买一套中型的综采设备了，他准备先在一号井安装一套综采设备，便着手联系厂家。厂家是为央企提供大型综采设备的那家公司，为了保险可靠，他委托央企人员来为他们负责招标引进。年底前，海逸煤矿一号井便正式上马了综采设备，采煤量是过去炮采的四倍，而且所用人员仅是过去的四分之一。他非常庆幸自己的煤矿就他一个股东，关键时刻就自己一个人说了算，否则，这次近亿元的大宗设备投入引进使用，别的合资矿由各个股东开会研究、论证考察，也许一年、两年甚至三四年都不会上马，而他的煤矿说干就干，仅仅不到半年就开始运行了。虽然投入是大了点儿，但产量高、效率高，相当于又增加了几个煤矿一般，仅用几个月的时间，投入的资金就赚回来了。他甚至觉得，这哪里是在挖煤，这分明就是在挖金掘银啊！

一般人，尤其是像他牛远昌这样昔日一贫如洗的穷光蛋，此时应该满足了吧？如果这样看待牛远昌，那么就大错特错了。牛远昌现在想的不是要挣多少钱的事，更不是有了多少钱，就能让他小富即安。他现在想的是有多少钱就要办多大的事，他就是那个给个支点就想撬动地球的人。现在，他又和县经委等部门争取，谋划在双梁山创办全县乃至全市第一家工业园区，以煤炭资源为依托，搞煤炭加工转化，变直接挖煤卖钱为发展煤炭精细化工产业，增加煤炭高附加值，全面拓展煤业大道。

自从国家煤炭市场放开之后，省、地、县各级政府又出台了一系列加快民营企业发展、扶持搞活民营经济的大好政策。为了适应形势，开拓视野，耿县政府多次组织民营企业家们到沿海各地去考察学习。

大多数老板仅仅是出去瞧一瞧、看一看，并未有真正大的触动，权当是旅游，对碧水蓝天很感兴趣，却对招商引资、项目科技等不屑一顾，甚至嗤之以鼻。有些考察，也的确是走马观花，到一地，听人简单介绍一番，再看个大概，达不到深入探讨和交流的目的，留不下什么深刻印象，也得不到什么启发。

每次考察完后，牛远昌总有种意犹未尽的感觉。和沿海各地相比，他感觉差距实在是太大了。改革开放的春风从沿海各地率先刮起之后，虽然北方各大城市也广受影响，但因思想观念严重滞后，好多都是口头说说而已，内在动力不足，缺乏奋起直追的目标和方向，没有拼搏进取的勇气和决心，萧条和落后仍然是北方城市难以褪去的主色调。

后来，他就干脆自己带了司机訾双和出去，对一些看好或是感兴趣的企业再来个回访。他先后详细考察了多个城市的经济技术开发区，又去往山东、浙江、福建等多个地方看了看。他的视野逐渐放开了，见多识广，思路也活泛了许多。

这一年的九月初，他和訾双和又去了趟大连。他们从烟台坐船，在大海上漂流了一夜，第二天他们顾不上游览，先搭了一辆出租车直奔大连的经济开发区。

在开发区管委会的楼上找到接待处，一个叫张军的干事接待了他们。张军把他们领到房里，请他们坐下，一边为他们俩倒水，一边热情地与他们聊天，问他们从哪里来，来大连出差还是旅游，问他们需要什么帮助。

牛远昌被这名热情的小伙子所感染，诚恳地说："上次我们随耿县考察团来过你们这里，感觉你们的经济开发区办得很好，我们这次是专门再过来参观学习，求取真经的。"

"取经谈不上。不过，你们学习的精神值得称赞。"张军笑着说，"那我去向我们领导汇报，让他们来，你们想了解什么，由他们讲。"

"不，我们就想和你聊。"牛远昌忙说。

"和我聊？"张军不解地说，"不知道两位要问什么？看我能不能说清楚你们想要了解的情况。"

牛远昌说："就请你给我们参谋参谋，要在这里学习，应该看些什么，找些什么人谈，怎样才能全面了解你们开发区一路是怎么走过来的。"

"哎呀，你们的要求挺高的。"张军惊讶地说，"不知道你们要在大连住多长时间？"

"需要住多长时间就住多长时间，只要能取得真经。"牛远昌笑着说。

张军略一思索，说："你们来一趟也不容易。这样吧，我这里有一套关于开发区的资料，你们先拿回去看。看了以后，有哪些不明白的，咱们再说；需要见什么人，我再给你们联系。"

张军的热情和干练给牛远昌留下了十分深刻的印象，通过与张军接触，他对开发区有了更多的了解。

与张军分开后，他就回到了宾馆，认真地阅读资料，一边读，一边琢磨，需要记录的东西，逐字逐句地抄写，就这样整整辛苦了一天，把开发区产业模式这块"硬骨头"啃了下来。

第二天，牛远昌跟着张军去看开发区的入区企业。他们一个企业一个企业地跑，看完以后，就询问企业的新技术、新工艺、新产品。

第三天，牛远昌让张军帮忙找了几个涉煤企业家聚会，他来做东。

牛远昌和大家边吃饭喝酒，边聊天并交换名片，他打破砂锅问到底，大家一个个是怎么进开发区的，都遇到过什么问题，这些问题是怎么解决的……

这顿饭没少喝酒，但比喝酒更让牛远昌舒心的是，他知道了许多他想知道但却一直没有办法知道的情况。

这一次大连之行的受益超乎预期：拿到了资料，开阔了眼界，尤其是结交了煤炭化工业的朋友，了解了许多平时根本就无法了解到的煤炭行业方面的信息，懂得了许多平时无法获得的煤炭深加工方面的知识。如果说，第一次跟耿县考察团来大连仅仅收获了一些表面经验，那么，这次就是探寻到了开发区内部的实际情况。大连开发区的模式，真正地在牛远昌的脑海里留下了深深的烙印，让他有了创办大型企业的灵感，有了更深一层的思考，尤其是一个有关煤炭化工的循环产业链条，逐渐在他的心中开始一点点构建。他要按照沿海搞工业的理念、思路和办法去操作，首先就是解放思想。只要敢想敢干，就有可能成功；如果胸无大志、墨守成规，那么就什么也干不成。

当然，在敢字当头的前提下，还得遵循科学规律，还得根据具体情况因地制宜。比如，他在南部沿海城市考察时发现，江苏有许多企业项目，都是从上海请技师，让他们利用周末时间到企业做技术指导，周一又回原单位照常上班。这种办法在他们耿县套用，显然时间赶不来，是不可能的。还有，同样是缝纫机架子铸造厂，有一个厂的环境非常漂亮，周末就有上海技师来指导，而另一个铸造厂却请不来人。牛远昌就问他们，为什么不搞好环境；回答说，没钱。牛远昌心里想，这就像一个姑娘长得丑，人家看一眼之后，就没有了下文。如果在自己的双梁山有一个类似的开发区，先得搞出一流的环境来。企业也要做好规划和布局，实施棚户式厂房化遮掩和挡盖，既节约资源，又美化环境。

牛远昌对自己的所见所闻认真分析，仔细梳理，并对沿海改革开放的模式有了全新的理解和把握，概括起来一句话，就是实事求是拼命干！没有太深的奥妙，也不是高不可攀，只要不怕困难、多想办法，就一定能办成功煤化工这条产业链式的循环企业集群，就能办起一个从未有过的大型企业！

牛远昌想给政府提建议，争取在这里也能创办一个类似的开发区，其实是醉翁之意不在酒，他真正在意的是他的一系列煤化工企业。开发区就是一个龙头，有了这一龙头作招牌和引领，他设想的一系列入园企业就可以轻松成立起来，并且能够获得政府扶持，获得税收减免和优惠，最主要的是能获得银行贷款和利率贴息等的扶植，在起步阶段，政府还会通过参股的形式免费提供企业用地并做好筹建初期的"三通一平"等基础性工程，

从而使企业加速建成，早日投产，及早见效。

牛远昌每天就由訾双和开车拉着他，马不停蹄地奔波于政府的各个部门，为实现他的理想奔忙着。与他们一块儿跑手续的，还有新近招聘来的一个名叫栗子明的山西籍的本科大学生。当时，大学毕业生很少有到民营企业来就业的，牛远昌为栗子明解决了住房问题，并且是高薪引进。他也是本地当时在民营企业就业的第一个大学生，他的到来引来了许多人的好奇与观望。在当时，给个铁饭碗都不要，毕竟还是很难让人看明白、想得通的，那就不仅仅是吃螃蟹的第一人，简直就是在吃老虎了。有着虎胆雄心之人，岂有办不成的事？

现在，牛远昌有啥事都会吆喝小栗。栗子明对老板牛远昌交代的事当然是言听计从，而且对他没有交代的事，也是提前规划布局，一切事情都在紧张忙碌、有条不紊之中稳扎稳打地向前推进着。牛远昌甩开膀子要大干一场了，栗子明忙得不可开交。这一晚，他照例又在加班、写材料、打报告，然后再拿去办资质，天天省、地、县各部门跑，找相关负责人，每天守在人家门口等候，看到人家了，就和牛远昌急忙走上前去，用他们的真诚，配合着三寸不烂之舌，抓住机会，极尽所能地去游说。

也算功夫不负有心人，他们的举动意外地把人家打动了，这位善良的官员帮助了他们，经过县、地、省的层层上报，他们创办焦化厂的资质终于获得了批准。

牛远昌高薪聘请了山东的老师傅，年产六十万吨的焦化炉，一次性点火成功，试生产一个月后，正式投入运营。这也是本地建起来的第一条大型机焦生产线，一改过去土法炼焦造成的资源浪费及环境污染。但是，现在炼焦所产生的煤气仍然直接向外白白地排放掉了。

附近的村民这一年因农业歉收，就将焦化厂投诉给了环保部门，说他们的焦烟熏黑了蓝天，挤跑了白云，赶走了要下雨的乌云，从春到夏一点儿雨未滴，地里庄稼颗粒无收，这可让以种庄稼为生的庄户人怎么活呀？牛远昌的焦化厂必须得赔偿，否则，就将他的厂子关掉，炉子停了！

没办法，牛远昌就让司机訾双和开车给每家每户送去了白面、大米，送去了煤炭，挨个道歉。当村民们家家户户的烟囱里冒腾起了做饭的炊烟之后，这场风波总算平息了。但是，牛远昌却觉得这黑烟里不是只有有毒有害的气体，更有可利用的宝贝。他已经问过好多外地师傅，他们都说，这煤气最直接有效，也最省时、省事的利用方式，就是将它通过管道收集起来，用作燃料进行发电。

牛远昌问："这个技术成熟吗？"

"人家早就在回收利用了。""你可以先出去考察一下。"……师傅们你一言我一语地说。

牛远昌就真出去考察了。

回来后，便抓紧时间又要建电厂了。

电厂是双梁山开发区自创办以来的第一个大项目，也是废物循环再利用的开篇之作。

但万事开头难，曲折已经成了他的工作常态。他自然又是与他的左膀右臂栗子明和司机訾双和开始跑国家计划申请。省计委的高利东处长专程来双梁山做了调研，初步认为可行，省计委表示支持。但这属于自办项目，必须自筹资金，股本金需要七千多万元。筹资的投资者有省电力公司、省农电局、耿县人民政府、双梁山开发区。这四家共同组建了股份公司，牛远昌兼任总经理，负责项目部的具体筹办工作。虽说省上支持，也搞了股份公司，但项目大，需要政府牵头召开会议，做出纪要，才能开始操作。

牛远昌找到了耿县县委书记蒋正耀商量，请他一同去省上向李副省长汇报。蒋书记甚是欣慰地说："只要需要，我就去。"

虽是三月天，但天气还很冷，树木都尚未发芽。牛远昌与蒋正耀迎着冷风赶到省城。

这天，天气突然变得很好，春日的阳光分外明媚，柔和的风儿温煦地轻拂着人的肌肤，省政府的大楼里正在召开省长办公会议。省计委、省农电局、省投资公司、耿县人民政府、双梁山开发区等有关部门的领导都来

参加会议了。

牛远昌先做汇报。他说，双梁山开发区已与国家计委沟通过，办电厂条件成熟，可以启动这一项目。组建股份的建议比例为：省电力公司占百分之二十五，省农电局占百分之十，耿县人民政府和双梁山开发区共占百分之六十五。对于这一汇报提案，与会单位一致通过。

李副省长随后讲了两条意见。

他说，第一，这个项目不算大也不算小，总投资需要两亿多，筹资难度比较大，除了股份本金，还需要国家投资贷款，要找国家银行联系，同时要与国家计委再沟通，保证项目不要落空。第二，利用废弃物来发电，是一个新的尝试和探索，从环境优化、资源节约等角度来看都很需要。但从发展趋势看，必须走自发自用的路子，要搞与电厂配套的高耗能项目，不然，小电厂没有出路。要走出一条循环产业链的路子来，尽量延伸煤炭产业链条，做到东方不亮西方亮，提高企业应对和化解市场风险的能力。李副省长的话高瞻远瞩，后来很快就被证实了。

会议结束后专门起草了相关文件，这个文件就是一柄尚方宝剑，可以拿来进行具体操作和实施了。

五一国际劳动节这一天，双梁山电厂基建工地"三通一平"的开工仪式在这里隆重举行。茂原市市长施恩玉和副市长李道武都来参加，亲自奠基并发表了讲话。为了造势、扩大影响，双梁山开发区请来了耿县晋剧团连唱三天大戏，还唱陕北民歌、二人台，嘹亮高亢的旋律一直在双梁山的上空飘荡，仿佛空气都变得炽热了起来……

这是牛远昌办的第一个关键性项目，也是目前为止整个茂原地区自办的一次性投资最大的项目。这一项目引起的冲击波犹如一次大地震一样立刻向着四面八方迅速扩散。当时的耿县，你说开发区，许多人还不知道；但你说牛远昌的发电厂，没有人不知晓。你说发电公司，许多人不知道；但你说牛远昌是发电公司的总经理，所有的人都知晓。牛远昌的名字与双梁山发电厂紧紧地联在了一起，传到了耿县的角角落落。

开工之后，他们继续申办各种手续，牛远昌和司机訾双和及秘书兼项目办主任栗子明，到北京、茂原，以及各行各业的有关单位，办项目批准的全部手续。光是报计划立项、环保环境影响评价、土地批复、水资源批复、国家计划的项目规划，以及投资规划等手续就整整跑办了一年。

本来很顺利，跑到七月，就把所有的文件准备好了，但到了相关的一位审签人那里，卡了壳。

牛远昌想说什么，又没有敢说，忍了忍，离开了这个让人郁闷的办公室，憋了一肚子气出了政府大院，急急忙忙赶回了耿县。那里还有一大堆事等着他回去处理。

按照人家说的时间，十天后，牛远昌又赶到了省城，又来到了那间办公室。他堆出满脸的笑容，怯声问道："领导，怎么样了，文件能签了吧?"

"还没签哩。"

牛远昌心里打定了主意，这一次必须得设法把文件审批的事办成，否则，如此惊天动地的一个大工程就如竹篮打水要一场空了! 看着对方那满不在乎的表情，他没好气地又问了一句："能不能批?"

"不能。我要开会去。"对方回答得很干脆。

牛远昌实在没了办法，只能再一次求助耿县县委书记蒋正耀，想通过他逐级向省政府汇报一下这个情况，引起领导关注，早点儿通过。

终于，牛远昌得到回复，说审批的事情相关部门和领导已知晓，此事应当大力支持。他又一次找到了上次的审批部门，这次，经办人没有为难他，顺利地签字盖章。至此，一块石头落下来，一河水终于泛开了涟漪……

第二十五章

省上的相关文件签发后，牛远昌就开始跑银行贷款。这项审批先得由省计委给国家计委打报告，请国家计委把一亿元贷款规模列进年度计划，才能去银行办理贷款手续。最终他拿着省计委的报告去国家计委报批，先是与主办人详细沟通了一番，但商谈的效果不好，主办人不表态，让放下文件，说他们再做研究后处理。他再次遇到了和省上一样的困难。

为了立项，开发区已经起草了二十四份文件，如果这次弄不好，前边报批的所有文件就变成了一堆废纸。牛远昌放下新带来的文件，离开国家计委，心里很不踏实。他一直思谋着能够解决问题的途径……

牛远昌思前想后，决定再去一趟北京。这天刚刚入夜，他就叫醒訾双和开车出发。北京的街道上霓虹灯闪烁，车水马龙，五光十色，分外多彩。牛远昌顾不得也没心思去欣赏，径直来到了主办人家里。

牛远昌特意带了一点土特产表达心意，同时，又认真地和主办人讲述了他办厂的初衷，还有他为办厂所付出的努力，以及各种审批规划文件的内容。主办人听了也不由得深受感动。

主办人这次对牛远昌说："你不要再跑了，你们的事我办就是了。"

牛远昌说："那就太谢谢您了！您可给我们帮了大忙！"

第一个问题终于解决了，可是，贷款的问题一样迫在眉睫。四台2.5万千瓦机组的电厂，先建两台需要一亿多元贷款规模。贷款需要国家相关部门出文件。这段时间通货膨胀，信贷收缩，一个县级单位要贷一亿多元款，可不是小事。

牛远昌这次来，刚好耿县县委书记蒋正耀也到北京出差。他和蒋书记电话上说了一下办厂又遇到了贷款难的问题。

蒋书记安慰牛远昌："别担心，既然我刚好也在北京，这次我陪你找一趟投资司领导，一起讲明情况。"

两个人约好地方，坐在僻静处，等待负责人的出现。十月的北京，天气有了丝丝凉意。蒋正耀一根接一根地吸烟，吐出来的烟圈缭绕着，慢悠悠地飘荡，仿佛是他们那颗悬着的静不下来的心。

就这样干坐了许久，忽然看见一辆小车在楼门口停下，还好蒋书记很早之前就认得这位负责人，车门开了，走出来的正是投资司负责人张为民！他们连忙跟上，等张司长正要关门的一刹那，还没等蒋书记介绍，牛远昌急忙解释道："张司长，我们来看您来了。我是牛远昌，这是我的名片。"说着递上名片。

张司长接过名片，略有几分惊诧，却也很和气地把他们让进了门。

"什么事情？"张为民问。

"想恳请张司长帮忙，把我省报的 2×2.5 万千瓦机组的电厂项目列入年度计划。不上这项目，我们资金没办法解决。"牛远昌说。

"银行你们找没找？那边要联系好。"张司长关切地说。

"联系过了。"牛远昌说，"那边不成问题。"

"那你们的文件哩？"张司长问。

"已经放在你们司的电力处了。"

"那你们回去等。不要再跑了，你们那里艰苦，我尽快审核。"张为民司长很能体察老区人民的苦衷，让牛远昌和蒋正耀心里热乎乎的。

这是国家计划中第一次出现耿县贷款一亿元的规模。也是牛远昌为开发区在计委系统办的最顺利的一件事。接下来要找的就是银行了。银行怎么办？不知建行王行长能否也这样痛痛快快地审批通过呢？

功夫不负有心人。在一次闲谈中，有人告诉牛远昌，五峁梁乡的乡长武忠勇，与王行长是中南大学的同班同学。这真是踏破铁鞋无觅处，得来全不费功夫！牛远昌喜出望外，立刻找到了武乡长的门上。

　　"武乡长好，我是双梁山电厂的牛远昌。听说建行行长是您的同学?"

　　"是哩。我们是中南大学同学，学历史，毕业后被分到省博物馆工作过，后来他调到了北京。"

　　"太好了！太好了！"牛远昌兴奋地告诉武忠勇，"双梁山开发区拟建一处电厂，已经拿股本金在启动之中，又从国家计委要了一个亿的贷款，需要去建行办理手续。能不能麻烦您带个路，一起去趟北京找一下您的老同学?"

　　"行哩！开发区办电厂是好事，遇到挑战，大家共同来应对，我愿意帮你把这件事干成。"武忠勇痛快地答应。

　　十几天后，牛远昌和武忠勇飞赴北京。飞机一落地，武忠勇立刻与行长联系。电话里约好在建行的办公室见面。

　　武忠勇一进门便喊道："老同学!"

　　"哎呀！老同学，你来了！"王行长亲热地握着武忠勇的手。

　　他们来不及叙旧，武忠勇就直奔主题，说明了这次来京的意图。

　　王行长听罢，爽快地说："可以办。按程序进行，国家计委已经立项，银行贷款没有问题。"

　　武忠勇说，办贷款的老乡就在大门外面。

　　"快叫上来!"

　　牛远昌上来后，三个人一边喝茶，一边亲热地交谈。

　　王行长问牛远昌："你们开发区主要搞什么项目?"

　　"搞煤炭深加工。"牛远昌说道，"您知道陕北的情况吧?"

　　"知道。听说现在挖煤污染得很厉害。"

　　"对。不搞深加工不行，就是要搞煤炭转化，搞发电，搞化工。我们的焦化厂已经建成投产，电厂就是要利用焦化厂的废煤气来发电。电厂建成后，下一步我们还准备建电石厂，将发出来的电一部分上网，一部分自己消化掉。我们走的是煤炭循环产业链条模式。"

"你们现在的电厂大不大？"

"不大，才开始搞。"牛远昌说，"解决了贷款，我们就会发展得快一些。"

"一度电产值多少？"王行长专业地问。

"两元五角。"

"那这项目可行，没问题。"

王行长立刻打电话叫来了秘书小宋，指着牛远昌叮嘱道："他们的事，我不在，你就给协办。"回转头，他又对武忠勇和牛远昌说："你们再来要是找不上部门，就叫小宋领你们。"

真有一种一步登天的感觉，牛远昌兴奋地对着王行长连声说道："谢谢王行长！谢谢王行长！……"

第二年的三月份，建行正式批复的消息传来，一亿元贷款办成了！

这不光轰动了耿县，而且轰动了茂原市，到处都有人在说：牛远昌办成了件天大的事！一个靠蹬三轮车打工的牛远昌，进省城、跑北京能做成大事了！

虽然经过如此多的艰难曲折，但这仅仅才是开端，万里长征刚刚才迈出了第一步。

双梁山开发区工业项目的发轫之作——双梁山电厂，现在在贷款落实之后，基础工程也全部上马之际，要做到万无一失，就必须要找一个既懂行又能力超强的人来管理运营。

干任何事情，选人、用人都是重大决断。我们又不是孙悟空，到哪里去选出这一定海神针呢？

为这事，牛远昌一度愁得夜不能寐，双鬓添了好些白发。

杨秀梅看着他为难，却爱莫能助，只能寸步不离地守候在他的左右，精心伺候他的饮食起居。

　　这一天，艾丽娅也从南方赶来，一见牛远昌就惊呼："呀！你怎么又黑又瘦的，这才几天的工夫，就让人家快认不出来了！"在艾丽娅的一再要求下，她从今年的四月份开始便从她父亲的集团公司总部财务会计岗位上脱离出来，加入到牛远昌的双梁山电厂筹建处，从事会计工作。本来，牛远昌是不打算要她的，他说："我们这是在长征路上爬雪山、过草地，有时还得硬着头皮去摸索，你哪里能吃得了那样的苦头？你要来，当然也可以，但得等到我们将厂子建成，一切整顿规范之后，你好来享受那风和雨润的美好时日……"

　　艾丽娅一听，当时就火了："牛远昌，你把我看成是什么人啦？我是那种只图享受，吃不了苦的人吗？不行！我现在倒要让你看看，我这弱女子能不能赛得过你这把倔骨头！"

　　无奈之下，牛远昌又和艾丽娅的父亲艾善国充分协商后，便安排艾丽娅在电厂财务科从事会计工作。她毕竟是个女孩子，更是自己辉煌事业得以起步的大恩人，他真的害怕她会受到啥委屈、遭遇不顺，他不敢让她吃苦呀！

　　艾丽娅来时，被招标的单位已进入工地，工程也已经全部铺开。大家住的都是用油毛毡搭起的工棚，开挖土方时，刚好是春天，大风刮起来，沙土飞扬得遮天蔽日，白天如同黑夜，鼻子耳朵都让沙子填满了。黑夜睡觉，工棚的每条缝隙都往进灌沙，就着一点灯光，躺着都能看到沙子就像鬼影子一样不停往进钻。

　　为了艾丽娅的安全和生活考虑，牛远昌在工地不远处专门租了一间知根知底的农户人家的房屋让她住下，并千叮咛万嘱咐要照顾好她的一日三餐。艾丽娅对这一切却满不在乎，她只在乎自己所从事的财务这一项工作。双梁山电厂是耿县当时投资额最大的一项工程，这些投资与主管财务工作的艾丽娅是分不开的。

艾丽娅从苏州财经学校毕业时又考上了江西财经学院本科，学财政税收专业。毕业后，她分配到当地县财政局，参与县上企业的财务管理，进行全县每年的财税大检查工作。

后来，因父亲的企业财会人员紧缺，她就辞职帮父亲管理企业财务。听说牛远昌创办双梁山电厂，她就主动请缨，要来帮他。在艾丽娅的心目中，牛远昌是她的救命恩人，他现在创办这么大的一个项目，又是几家联合投资的，一定得有个专业的财务人员来管理。她认为，由她来负责此项工作，协调银行贷款、项目资金筹集、日常财务工作，是再合适不过的了。倘若让别人来负责电厂的财务管理，她还真有点儿不放心。

那天，她将自己的这一想法和父亲说了之后，父亲也初步表示同意，只是让她将这里的工作交接好，而且还要由她定期回来指导督查，财务一旦出了漏洞，那损失的可是真金白银啊，千万马虎不得。

初来乍到，艾丽娅人生地不熟，但这些她都无从顾及，一切从零开始，全身心地扑在了电厂的财务工作之中。按基建规定，她严格制定了具体的财务管理制度，按各个环节的审批程序管理，严把各项支取费用的审核关。合同签订、工程造价、各项费用平时就审下来了，与另一家同样机组的工程相比，人家花了三亿多元，他们的电厂只花了两亿七千万元。两台机组竣工，按资产额度分配审计费需要花十几万元，她坚持按效益收费，最后只收了七万多元。她一手搞的工程计算，比其他单位节省了十多个人半年多的审计费用。

艾丽娅发扬坚韧不拔、奋斗不息的精神，为电厂的创建立下了汗马功劳。年底电厂建成时，第一台机组发电；第二年四月，第二台机组也开始并网发电。从焦化厂通过管道输送而来的煤气，通过锅炉燃烧，带动机轮运转，将光和热源源不断地传送到千家万户。

牛远昌望着烟雾升腾，听着机器轰鸣，禁不住感慨道："终于活成个

人了！"

在庆功宴上，他特意端着酒杯给艾丽娅敬酒时，艾丽娅却委屈地说："你牛远昌欠我的太多了，你必须要给我一个拥抱！"

牛远昌二话没说，上前就将艾丽娅紧紧地抱在了胸间。在抱紧她的一刹那，艾丽娅的眼泪就像是决堤的洪水，肆意地溢流而出……

杨丽丽在不远处，有意无意地看到了这一幕，眼角不由自主地也溢出了热泪。

在今天的庆功宴上，牛远昌还要特意感谢的，就是他为电厂在筹建之初选定的筹建主任高仁玉。

高仁玉原本是通玉煤矿主管生产的副矿长，曾是牛远昌的老搭档。当初，在万般无奈却十万火急之下，牛远昌做通了艾善国的工作，终于将高仁玉高薪聘请过来，让他做了电厂筹建工作的掌舵人，在电厂千头万绪、错综复杂的筹建工作之中，立起了这根定海神针。

高仁玉本是化学系的本科生，毕业后分配到县水泥厂，后由于水泥市场疲软，厂子倒闭，他便被招聘到了通玉煤矿任职。在此之前，他还与别人做过煤气化实验，把耿县的煤放到煤气发生炉里燃烧，用仪器记录数据，并起草了《耿县地方煤工业气化科学实验报告》，经过北京煤炭科学研究院的审查后做出了肯定的科学结论。后来，耿县推广气化煤，用的就是他的这份报告。这在当地矿区算是一件开创性的工作。

高仁玉到双梁山电厂筹建处的第二天，就与筹建处的王利永去金陵为电厂预订汽轮机。这是主设备，必须提前订，否则，到安装时再买就来不及了。他们在金陵一住就是近一个月，谈合同、谈价格，很是消磨时间和精力。他们一趟趟地跑地区、上省城，邀请投标单位，考察施工企业，编制招标文件，做预算，编标底，与投资股东单位进行错综复杂的协调和沟通工作。

招标办法在国内刚刚试行，一切都还在摸索之中，所有事情进行得十分艰难，在外地一住一两个月是常有的事。进行工程招标经常会因为一些费用问题引发新的矛盾。高仁玉年轻气盛，说话不婉转，惹得对方发火训斥，造成种种不愉快，可他也只能硬着头皮撑着。但该坚持的，他也会像牛远昌一样，绝不后退半步。

创业艰难百战多。双梁山电厂就这样在生活条件艰苦、工作头绪复杂之中，紧张而艰难地发展着……

年底，主厂房、烟囱、冷却塔、主控楼、化水楼等重大工程的基础部分，全部按计划完成。在国家加强宏观调控、压缩基建规模的形势下，他们克服重重困难，落实了两亿多元的项目建设资金，保证了工程建设的顺利进行。与此同时，本着比选择优、保证质量、保证供货时间、价格合理的原则，汽轮机、发电机、锅炉三大主机和部分重要辅机的订货工作，也在有条不紊地进行着，他们先后和全国各地的有关生产厂家签订了近三十份订货合同。紧接着又组建了办公、计划、财务、基建、供应等五个科室，形成了企业管理机构的初步框架。各科室借鉴有关单位的企业管理先进经验，结合自身的工作职能及任务，讨论制定了相应的管理制度，正式招聘各路贤能，开始付诸实施。筹建处又陆续出台了劳动管理、安全管理、计划管理、质量管理、物资管理、财务管理、施工管理等十几项管理制度。这些制度的贯彻实施，有效地理顺了内部关系，提高了工作效率。同时，也为电厂推行快捷高效的标准化管理奠定了良好的基础。

经过严格审查，首批招聘了一百五十六名人员，先是安排在大学接受汽轮机、锅炉、电气、化水处理、热工自动化等专业培训。年底一号机组安装就绪，培训结业的人员回厂上岗，机组准备投运。

高仁玉和现场人员两天两夜没有睡觉，实在困得不行了，就在车间小桌上趴一会儿。

牛远昌也睡不着，隔一会儿就起身遛上一圈。

安全门的整定，咋也弄不好，不能不叫人担心。从先一天白天整到晚

上，再整到第二天晚上，整了两天两夜还在提心吊胆。

牛远昌是启动验收委员会主任，高仁玉是机组调试指挥部总指挥。设备安装，机器调试，运行人员上岗，几家联动，这些工作千头万绪，技术性极强，容不得丝毫疏忽和大意。

几年辛苦付出，机器启动能否成功，谁手心里不捏着把汗？谁的心不吊在喉咙口？

第二十六章

总指挥一声令下，人人屏住了呼吸：

安全门定砣；

汽轮机扣缸、冲转；

锅炉试验水压；

点火！

发电并网……

一次性启动成功！所有人禁不住大声欢呼起来。

啊！等待了多少时间，终于看到了这片光明！

这是茂原市一次性投资最大的工业企业，也是装机容量最大的利用焦化炉外排煤气及煤矿废煤矸石来发电的环保节能型企业，这成为当时茂原地区建设史上造价最低、速度最快、质量最优、安全性最好的样板工程。面对如此骄人的业绩，谁能不感到激动和自豪呢！

然而，办企业如同生养一个孩子，你的身家性命就和他紧紧地捆绑在一起，不仅时时事事要关心、体贴、照顾，还得在他长大成人后，为他的出路和前景着想，力求为他谋求到更好的发展空间，创造一个美好的未来。

当初创办双梁山电厂时，李副省长就讲过，将来电力会过剩，要办高耗能项目。电厂一投用，果然电力用不完。怎么办？

求人不如求自己！牛远昌决定在双梁山开发区再上一个电石项目，用自己电厂发出来的富余电能，生产电石。

说干就干。此时的牛远昌，已非昔日的牛远昌。他先派人去搞电石项目调研。

派出的人回来告诉他，生产一吨电石，要用三千五百度以上的电，电石应用广泛，市场前景看好。他一听，就着手让人去跑项目论证，跑审批手续。

这一年的秋天，电石厂开始土建，购买了1.5万千瓦时的电炉和两条电石生产线设备。

第二年，电石厂投产后，果然效益喜人。牛远昌心中不由得感慨：有钱真好！瞅准的事，再也不用左右犯难、磨工费时地去摇尾乞怜。最关键的是，有钱时，可以迅速地抓住市场机遇，待别人觉察醒悟过来的时候，我们早已吃去了头茬的韭菜，正有滋有味地谋划着下一个冲刺浪潮的到来。如此良性地循环发展，我们总是比别人超前了那么一点点，而多出来的收入却绝不是那么一点点。正所谓，早知三日事，富贵一千年。

真的是富贵险中求。仔细想来，牛远昌觉得，如果他当初没有胆大冒险去买煤矿，没有做"借鸡生蛋、借梯上屋"这等大买卖，试想，等到现在煤矿火起来，都值好几个甚至十几个亿的时候，你再吼喊着要去买，却早已错过了这大好时机。他真正大展宏图，也不过就这关键的三五年的光景，机遇也罢，命运也罢，他觉得自己算是赶上趟了。冥冥之中，他总是比别人早行动了那么半步、一步，正是这半步、一步，才成就了自己今天的事业。其实，他自己本身并没有什么可圈可点之处。他就是遇上了几个贵人，赶上了这趟通往成功的末班车，一鼓作气地成就了这番事业。

说到底，他之所以能一步步从无到有地做起来，还是因为他穷怕了，节俭惯了，因此，要想方设法地去节约，才成就了他。当初买到煤矿后，因为煤卖不出去，害怕被糟践和浪费，就有了办焦化厂的想法；由于土法炼焦，焦油、煤气、煤烟都白白地被倒掉、外排，从而造成了更大的污染和浪费，于是他又硬着头皮办起了电厂；电厂办起来，电又卖不出去，于是便自我消耗，办起了高耗能的电石厂。如今，煤矿、焦化厂、电厂、电石厂形成了一条可循环的节能环保型煤炭产业链，企业由过去只卖煤，发展成了现在可同时卖焦粉、焦油（轻油、重油）；同时，收集外排的煤气与过去一直废弃的煤矸石、煤粉末等废料发电后，再上网卖电；然后再用卖不出去的剩余的电来炼电石、卖电石，从而形成了一个煤的小气候。东方不亮西方亮，这么多的节点上，总有几个点是可以亮堂着的，完全甩脱了过去那种只卖煤的单一格局，破解了煤价下跌便没有了回旋余地的困局。现在，就算煤价跌了，还可以卖焦油、焦粉、电石；焦油、焦粉、电石跌价了，还可以卖电。电，是变废为宝，是没有多少成本的，电价相对稳定，稳扎稳打，每年可以轻松获利一亿多元。也就是说，牛远昌现在哪怕所有的煤及其副产品都贴光赔尽，他的电厂也会为他保赚一亿多元的，更何况其他厂其实也与电厂平分秋色，不差上下。尤其是煤矿，他的那三座矿，每年都可为他轻松赚得好几个亿呢，而且随着煤炭价格日渐上涨，前阶段，电煤已经涨至每吨七八百元，焦粉、焦油、电石的价格也是水涨船高。

按照如今的市场行情，大家粗略估算，牛远昌各厂矿每年的产值有近百亿元，他每年净利润有十亿多元，真可谓是富得流油了。

为了便于对各厂矿统一管理，牛远昌决定创立双梁山投资集团有限责任公司，简称双梁山集团，各厂矿为集团公司的子公司，各厂矿的经理、副经理由集团公司直接聘用，直接统一领导、管理。牛远昌自然是集团公司的董事长，由他来聘任集团公司的总经理和副总经理。双梁山集团总部设立在耿县新区，新建的办公大楼，就如同牛远昌的创业过程一样，也是从一片荒滩之中耸立起来。后来以这一大楼为中心，逐步发展成了耿县的一片新城区，充分显示出改革开放社会发展的突飞猛进、日新月异。

当牛远昌从有关部门购得这块地皮，准备修建办公楼时，因一家建筑开发商要价过高，牛远昌决定亲自设计并建造集团大厦。因为过去在杨有为的房地产开发公司干过，他对房地产这一行也并不陌生。后来，他就干脆自己成立了双梁山房地产公司。房地产公司成立后，在建办公楼时，他又扩充购置了地皮，外围是办公楼和商铺，里面又建起了二十栋二十八层

高的商品房。有人就说，别人建办公楼是投入，而牛远昌建办公楼却是在赚钱呀。牛远昌回答说："也不全是在赚钱，其中有七栋楼房是我专门为职工们修的，只要是我们双梁山集团的职工，每人免费分发该商品房一套。"

这消息一出，立刻在广大职工中引发强烈反响，牛远昌感叹道："人呀，是永远不能忘恩的。我们要感谢我们的党，没有共产党改革开放的好政策，能有我们翻天覆地的今天吗？这一点，我们人人都有切身体会，可要有良心，可不能忘记这一根本啊！"职工们一致赞同，齐声说道："那当然！那还用说！"

牛远昌决定要买地建楼为职工解决住房，首先，源于他出身苦寒，对受苦人的种种艰难困苦深有体会。其次，他觉得自己的这帮工人兄弟们实在是太辛苦、太劳累了。每当他半夜三更从暖乎乎的被窝里醒来，听到从焦化厂、电厂、电石厂等处传来的隆隆的机器轰鸣声，仿佛万匹骏马从遥远的天边由远及近地奔腾而来，又好似飞速行进着的列车有节奏地从这里飞驰向远方，就再也没有办法平静地睡去了。他就激动异常地穿着件大衣从厂房的办公楼出来，顺着焦化厂、电厂、电石厂依次看过，他深深感受到了这里热火朝天的景象。

他看到了值夜班的工人弟兄们，在焦化炉前戴着防尘口罩满面黝黑地忙上忙下，在电厂监控盘前目不转睛地盯着各项数据，在电石高炉前不停地用一根烧红了的大铁棒对着灼热的冶炼炉膛狠劲儿戳着，飞溅而起的火星迅即扑向周身，发出了吱吱啦啦的落地声，听着都令他心惊胆战。他就在想，工人们每天辛辛苦苦，夜半三更都还不能睡觉，而在这里如此卖命地干活，究竟是为了什么呢？还不是生活所迫，才在这里黑白颠倒地拼命吗？

同样是受苦人出身的牛远昌，一心想着为这帮受苦的工人弟兄们极大地提高工资及福利待遇水平。各厂的总经理和副总经理们却认为，提高工资当然可以，但却不能高得太多，因为各行各业都有市场行情，你比别人高得离谱了，会招来同行们的谩骂，甚至挤对。牛远昌便没再说什么。

正当牛远昌的双梁山房地产公司为修建集团办公大楼、职工家属楼、商品房及酒店等事情忙得热火朝天时，他曾经打工的房地产开发公司的老总杨有为突然找到了他。

过去在他最穷困潦倒时，杨有为和他之间的种种恩怨，让他心里有着太多说不清、道不明的酸甜苦辣，但不管怎么说，他毕竟是杨丽丽的二爸，看在自己的大恩人杨丽丽的分上，他都会对杨有为礼敬三分。

杨有为见到他和他主动握手的那一刹那，似有几分尴尬。原来，昔日有钱有势的大老板杨有为，近年来由于涉足暴利性的典当行业，忘记了自己当初创办企业的初心和宗旨，将自己的全部资产和从别人手里高利吸收来的钱款，尽数贷给了几个号称是煤炭大鳄的老板们。如今，随着新一轮煤炭价格的突然下跌，过去所谓的老板们资产纷纷缩水，他们露出了真面目。贷他钱的那几个老板，如今音信全无，好像一下子从这人间蒸发了一般，再也找不着人了。而别人却抓住他不放，将他起诉到法院，逼着他来还钱。可他哪里有那么多钱呢？现在杨有为只好通过卖掉自己的公司，将卖公司的钱用来还钱抵账，不然就得去蹲大牢了。他也真是走投无路了，才想来请求牛远昌帮忙。目前，在他所认识的这么多的人里面，也只有牛远昌才具有这个能力和实力。

牛远昌说："我怎么帮你呢？"

"将我的房地产公司收购了吧！我的债主太多，实在是没有办法经营下去了。"杨有为不无遗憾地说，"我办公楼的门只要一开，就会有人来闹事。这个公司你也曾经待过，之前经营得一直顺风顺水，你现在收购了，和你现有的这个房地产公司合并在一起，定会做得风生水起。"

牛远昌本想说，我现在已经有这样一个房地产公司了，已经没有必要再去购买别人的公司了。但是，仔细一想，这是杨有为的公司，是他昔日的起步之地，这样的公司，现在他收购回来，意义非同小可，将来自己的双梁山集团办公大楼修建起来之后，专门设立一个双梁山集团发展展馆，在这里将他打工、创业、建厂的艰辛和集团经历的辉煌原原本本地展示出

来，这也是很有价值的一件事。

他心里一阵激动。他应该感谢杨有为，是杨有为成就了他今天的伟业！他甚至担心杨有为会反悔，于是当即答应："我买！我买就是！"

杨有为先见他犹豫不决，似有难色，后却见他异常痛快地答应购买，非常感动！那一刻，他给牛远昌跪着感恩的心思都有。杨有为已经求过好几个大老板了，人家都不屑购买，怕惹纠纷，就像躲瘟疫似的躲避着他，真是凤凰落架不如鸡，令他这个昔日的大老板被羞辱得颜面扫地。最后，实在没有办法，他也是抱着试试看的想法，才硬着头皮找到了牛远昌这里来。他内心感慨万千：想当年人家是自己的手下，而如今自己却要乞讨到人家的门上。真是三十年河东，三十年河西，世事无常，人生难料啊！

送走了杨有为，牛远昌隐隐有些头痛。

他感觉当一个成功的老板实在是太难太难了。老板们从创业之初投资的那一刻，就将自己的身家性命和事业紧紧地捆绑在了一起，抓生产、降成本、拓市场、搞创新……哪一样都不能落后，否则便会被市场淘汰出局。别人欠你的钱，你得去催去要；要回来钱，你得发工资、交税收和管理费等；面对市场的跌宕起伏，你更要有超前的预见性的策略，好似带兵打仗，要确保百战百胜，胜而不骄，败而不馁。

今天杨有为的到来，对他是一种警醒，他必须时时、事事保持一种谦虚谨慎和不骄不躁的作风。顺风顺水时，要想着时刻准备应对迎面而来的狂风恶浪；身处困境时，要想到终会有云开雾散、丽日晴空的时日。遇事要看得开、想得远，这也算是他切身的体会。

人们现在见了他都会奉承，多数人是出于真诚和友好的敬佩和认可，但也有不少人充满了忌恨。这些，他心里都很明白。

他的压力也是真实地存在着的，甩不脱，也摆不掉，他已经不单是在为自己的生存而奋斗着了，而是在为手下两千多名职工在挑担而行，负重向前。如果只为他自己，他现在完全可以周游世界，衣食无忧，快乐轻松地度过每一天。可是，现在好多事情已经由不得他了，他已身在江湖，力求顺风顺水地闯过一个个的激流险滩，力求平安通畅地越过一个个浅海暗礁。他明白，自己孤立无援，因此，他绝不敢迷恋于沿途的风光秀色，他只能目不斜视地紧盯着前进的目标，不敢有丝毫的懈怠。他的那根弦一直在紧绷着。到目前为止，他都还没有将娶媳妇这件终身大事给办了。

不过，他已经和未婚妻杨秀梅说好，等到自己集团公司的办公大楼落成之后，他们就在自己的酒店举行盛大的新婚庆典。

他的办公大楼共有二十五层，其中，靠东边呈"7"字形拐过去又加盖了六层高的门面房，作为酒店的正门，办公楼负一层至十五层为酒店停车场、游泳中心、健身房、宴会厅及客房等，设计装潢都按五星级标准打造，建成后也算是本地首家五星级规模的酒店了。酒店的名字也已经起好了，就叫"双梁山国际酒店"。

杨秀梅本来早就打算和他完婚的，可牛远昌自从买到海逸煤矿开始，便像钻了牛角尖似的，只认准了办企业这一件事，又像被打了鸡血一般，接二连三没完没了地办起了一个又一个企业。好像办企业上瘾了一般，那股子干劲儿谁都未曾见过。这像极了他们一起蹬三轮车拉菜的时候，他就是那样低垂着脑袋，撅着个屁股，一股劲儿地埋头向前。按照杨秀梅的设想，在他的循环产业链的最后一个节点——电石厂成功创办并投入正式生产之后，牛远昌总该能轻松地舒一口气了，是时候完成他们的婚姻大事了。可是，他却又要建办公大楼，建酒店，盖家属楼，盖商品房……唉，有钱了真不是个好事情，这还不硬生生地要把人给拖累坏吗？但是一想到要在自己的酒店举办他们俩的终身大事，她一下子就又觉得，那可是自己做梦都不会有的大好事情啊！那才是自己最期盼的大喜事情啊！想来，自己也真是付出得太多太多了，为了他的事业，她一直吃着避孕药，听人说，这种药吃多了会导致终身不孕的。后来，她就不吃了，不过也一直没有怀孕的迹象。关于这一点，她都没敢告诉给他，他还一直以为她在吃着药呢。

这可怎么办呢？她绝对不能害了自己亲爱的人啊！牛远昌如今这么多的资产，那必须要有继承人呀，不然，他这不是白白地忙活了这一生吗？

这不行，这绝对不行！

杨秀梅痛苦地思索着，内心纠结着，眼看着公司的大楼在一天天地高耸入云，她却如同坠入了万丈深渊，怎么也高兴不起来。

她甚至产生了一个真切而又大胆的想法，她想让既有才华又有品位和气质的艾丽娅来代替她。

她在默默地一步步地付诸实施……

杨秀梅给牛远昌多次提议，让艾丽娅成为双梁山集团办公室主任兼集团董事长秘书。这可是艾丽娅做梦都没有想到过的事情。

虽然艾丽娅因为财务上的事，过去经常有意或无意地和牛远昌打交道，但牛远昌和她仅限于工作之间的交往，除此别无他意。有时候，她有意和他谈些生活上的事情，他却一点儿都不能体会一个女孩子的心意，总是板着个脸，最多冲她淡淡地一笑。

她说："你牛老板可是我的救命恩人，我这辈子该怎么来报答你呢？古人对自己的救命恩人都是以身相许的，我这辈子虽然在感情上和你无缘，但是，我这辈子也不打算嫁人了，我就伺候在你的身边，直到老了、死了的那一天。"

牛远昌很不理解地看了看她，将双手一摊，很是无辜地说："可我已经是个有妇之人了，虽然没有和你嫂子正式举办结婚仪式，但我们却一直生活在一起，也算是老夫老妻了。"

艾丽娅努了努嘴，却说："这我不管。没有结婚，别人就有追求的权力，我这是合理合法地追求。"

牛远昌笑了："哎呦，你还有理了？还不依不饶了？"

"反正我不管！"艾丽娅耍出了小姐的脾气，甩门而去。

如今，接到集团公司的通知，艾丽娅马上将相关财务手续移交给新招聘进来的一名大学生，便异常欣喜地到集团公司总部报到了。

此时，集团公司总部大楼已经竣工并装饰一新，双梁山国际酒店也已开始了试营业，并做好了开业准备，各种设施一应俱全，环境一流，条件非常好。正面的办公楼富丽堂皇，楼顶正中"双梁山集团"五个金色大字光彩夺目、熠熠生辉。但是，人们对这五个大字并不怎么感兴趣，而是张口闭口都在说："这就是牛远昌的大楼。这就是牛远昌的公司。这就是牛远昌的……"

按照杨秀梅的吩咐，艾丽娅到集团公司楼前，给她先打了一个电话，说自己到了。不多时，杨秀梅便从楼上下来，十分热情而又亲切地接她上去。到了二十三层，她们径直来到了董事长的办公室。

牛远昌正在和人谈事，见艾丽娅来到后，不觉一怔，心想：秀梅真的要让艾丽娅来当我的秘书？那天，秀梅和他在床上躺下后，说他工作太累了，要给他配个女秘书来照顾一下生活，缓和一下工作节奏。牛远昌有些诧异地看了看她说："我又不值夜班，现在也不操啥心，一切都挺好的呀。配那个秘书是人家大老板们讲究排场和体面，咱们一个农村受苦人出身，要那玩意儿，还不让人家笑话嘛。"

"那不行。你现在就是一个大老板了，必须要装扮起来，这样才好做生意。听我的，没错！"杨秀梅说着，用滚烫的身子捂住了他的心窝，他轻轻地嗯了一声，便再没有顾得说话。

今天，杨秀梅将艾丽娅带到了他的身边，并对他说："丽娅姑娘是一个搞财务的大学生，她一直将你视为救命恩人，是我们最靠得住的好姑娘。今后，她就在你的身边，对你的事业肯定会大有帮助，尤其是一些账务方面的事情，她会随时帮你理得一清二楚。"

杨秀梅姐妹般亲切地拉起了艾丽娅的手，接着说："以后你的生活起居也由丽娅来负责打理。你就只管一心扑在事业上，别的生活上的琐事就放心地交给丽娅来经管。外出办事等，都由丽娅来陪着你，随叫随到，做到心领神会，不让你操任何的闲心。"

牛远昌此刻说不出来是担忧还是害怕，他有些陌生地看着杨秀梅，却找不出一个合适的理由拒绝，只能任由她摆布。

现在，集团公司的好多内部事务都是杨秀梅在打理。人们在私下里称

她为"皇后娘娘"。说起来，她这位"皇后娘娘"也还真有那么几把刷子。她现在亲自出任酒店总经理，管理所有酒店员工，并且聘用了来自大城市大酒店有着酒店管理和从业经验的一流团队，将酒店搞得有声有色、红红火火。她还将老大牛定昌聘为保安队队长，由他来坐镇指挥二十余名保安人员，将公司、酒店、小区的安保等工作做得滴水不漏、万无一失。她还准备将老三牛吉昌也聘用到酒店来，但人家早已经在海逸煤矿当矿长了，根本就瞧不起她这小酒店。

这一天，是双梁山集团办公大楼落成和双梁山国际酒店开业庆典的大喜之日。早在一个月之前，公司及酒店就在为这一盛大的庆典活动做着方方面面的准备工作。今天，大家各就各位，按照既定的程序各自做好工作的同时，又有条不紊地做好对突发事情的应对，从而给到来的政商各界嘉宾朋友们留下了很好的印象。

今天，应邀前来参加这一庆典盛况的有国家投资司领导、省政府副秘书长，茂原市的市委副书记、副市长，耿县县委书记、县长、人大常委会主任、政协主席等各部门领导，原五峁梁乡、现已改为五峁梁镇的党委书记、镇长，石峁村的支部书记、村主任等各乡镇村组的负责人及村民代表等，还有各煤矿、各企业的负责人及多有生意往来的大客户等。反正从中央到地方，从各级政府官员到普通平民百姓，从各类企业老板、生意人到受苦种地的庄户人，可谓高朋满座，贵客盈门。这样的场面令牛远昌都有些眼花缭乱，多亏有艾丽娅在那里为他迎接引导着各位贵客到指定的位置落座。

艾丽娅人长得端庄秀丽，面容透露着南方女性所特有的温婉如水。加之她从小在殷实之家长大，又是有文化修养的大学生，也算是见识过大世面的人，应付今天这等场面，显得从容自然、轻松得体、恰到好处。牛远昌看在眼里，喜在心上，觉得有艾丽娅在这里帮他负责接待各路贵客，真是如虎添翼。他更觉得秀梅真是独具慧眼，考虑周到，使他省去了多少烦心事，并且收到了意外的欣喜，获得了绝佳的效果。他越来越觉得，能有今天并不是自己有多少能耐，而是他周围的这些贤能干将实在是太可靠、太有水平了。没有他们，他牛远昌还真就是个只会蹬三轮车的打工人，什么都算不上。

按照开业安排，庆典仪式的一项重要的内容便是牛远昌讲话，由他来介绍双梁山集团的发展历程及远景展望，讲话稿在半个月之前就已经为他拟好，后经反复修改而成。

牛远昌拿着稿子走到发言台上，他眼含着泪水，神情凝重地注视着台下，自始至终却没有看一眼稿子，动情地说着："……我牛远昌就是一个农民，就是个为别人打过工、蹬过三轮车、下苦出身的受苦之人。我能有今天，第一，要感谢的就是党的改革开放的好政策；第二，要感谢的就是我的大恩人艾善国先生！"说着他就邀请艾善国走到了台上，并当着大伙的面，异常恭敬地向艾善国深深地鞠了三个躬。他这一弯腰二低头的，可把艾善国给惊吓住了。艾善国赶忙上前扶住了他，不想让他在这么多有头有脸的人物面前丢脸。而牛远昌却继续在台上讲述着艾善国对他的大恩大德："……纵然我真的是一块经商的好材料，但是如果没有艾总当初将我由一名蹬三轮车的车夫提携到煤矿，并大胆甚至是冒险地让我出任矿长，那么我肯定不会涉足煤矿，也更不会顺着这条煤路一直走下去，创办起焦化厂、电厂、电石厂、房地产公司、酒店等，一步步发展到今天年产值过百亿的双梁山集团……"牛远昌说到这里，几近哽咽。他顿了顿，底下响起了雷鸣般的掌声。他接着说："双梁山集团能有今天，离不开各级领导们的大力支持和帮扶。可以说，今天来到这里的所有人，都为我们双梁山集团的发展出过力、流过汗。在这里，我向大家三鞠躬，谢谢诸位！谢谢了！谢谢！"牛远昌说着，先向主席台在座的各位领导三鞠躬，再向着台下三鞠躬。众人掌声雷动。牛远昌满含热泪，泣不成声，只能一再向着全场抱拳致谢，致谢，再致谢！

牛远昌最后说："我们双梁山集团，是我这样的穷人创办起来的企业。今后，我们更要时刻为广大受苦大众着想，为广大吃苦受累的工人兄弟们

着想。我常给公司领导和厂矿领导们讲：当我们坐在幸福的毡毯之上，享受着美酒之时，我们应该想到，这里还有我们可爱的矿工兄弟，他们正在两块石头夹着一块肉的漆黑环境之中，没日没夜地挥汗如雨；当我们踏青赏花游山玩水，享受着舒心畅意的生活之时，我们应该想到在那烟雾四起、煤尘飞扬的焦化炉前，有我们可敬的工人兄弟们，正在隆隆的机器轰鸣声中，不分昼夜地创造着一个个骄人的战绩；当我们在明亮的灯光之下怡然自得地品茶时，我们应该想到在那机转人不停的发电厂里，有我们可亲的工人师傅们，正在上下四五层的庞大精密机房中，不论白天与夜晚，严密地操控与值守；当我们莺歌燕舞欢快地放飞美好梦想之时，应该想到在千百度高温的电石熔炉处，有我们可亲的电石工人们，正在烈焰四起的炉膛前，为我们没日没夜地翻搅着可令钢铁都即刻烟消雾散的火球……"

牛远昌说到这里，眼泪再次扑簌簌地落下来了。艾丽娅急忙走上前去，将一块方方正正的新手帕递在了他的面前。牛远昌不好意思地接过了手帕，却用手背将眼泪悄悄地拭去后，接着说："我们的工人兄弟们，为我们创造了如此巨大的财富，创造了如此巨大的价值，他们理应享受幸福的成果。今后，我们双梁山集团的工人兄弟们不但要有房住，而且要不断提高工资水准，至少要比周边企业员工们的工资高出一大截。同时，作为省人大代表，我今天借此向大家表个态：我们双梁山集团在搞好企业自身发展壮大的同时，还将全力做好扶贫助困事业，首期计划为石峁村投资两亿元，修建新农村。之后，以石峁村为样板，对周边村组逐一改造建设、合理规划，逐步实现大家集体富裕的美好梦想……"

底下再次响起了雷鸣般的掌声。石峁村的村民们难以抑制激动的情绪，纷纷站了起来，有几个村民将头上的羊肚子手巾一把扯脱下来，攥在手心里，彩旗般地挥舞了起来……

那天，庆典活动结束后，牛远昌喝得烂醉如泥，几乎不省人事。尽管当时有好多人在替他挡酒，但他却尽可能逐一应对，一一感谢，自然便将自己灌醉了。多亏丽娅和秀梅一起上手，才将他劝着、哄着搀离了宴席，回到了寝室。

秀梅说，她先出去招呼客人，让丽娅细心照顾远昌。

丽娅和上次中秋节远昌在她家喝醉时一样，一会儿帮他盖被子，一会儿给他擦洗，一直到看见他浑身的红晕逐渐消退散去，她才不知不觉中将一只手轻轻地搭在了他的腰身，跟着他一同昏沉沉地睡去了。在丽娅的心目中，远昌就是她的救命恩人。诚如大夫所说，如果她当初没有能被及时送到医院，她可能早就没命了，即使被救了过来，也很可能会终生卧床不起……多么可怕啊！她现在只认准一条：不管怎样，她就希望一直陪伴在自己的恩人身边。还好，秀梅嫂子好像有意无意地在安排她和远昌在一起。显然，嫂子也觉得，只有她才是能照顾好远昌的最可靠、最值得信赖之人。

艾丽娅沉沉地睡去后，做了一个梦：

那天夜晚，也许是喝了酒的缘故，待秀梅回到房间时，艾丽娅和牛远昌已是相拥而眠。不只是艾丽娅拥着牛远昌，而且牛远昌也在紧紧地拥抱着艾丽娅。这让艾丽娅感到既深沉又舒坦，这一切太甜蜜、太幸福了！

秀梅将艾丽娅和牛远昌相互拥抱的样子偷偷地拍照后，便和牛远昌彻底地翻脸了。

这一次秀梅好像是被彻底地惹恼了。但是，她翻脸和别人有着天壤之别，她只有一个条件，那就是让艾丽娅和牛远昌两人结婚。否则，她再无脸活在这个世上。好像只有结了婚，她才能被撇清了，这一切就与她无关了。

牛远昌自然是极不情愿这样莫名其妙地被安排。他说："你和一个醉汉在这里较真，有意思吗？"

秀梅说："我今天就是要在这里较真了，如果你牛远昌不服气，我就发动酒店的全体员工来和你对质。我是酒店主管，这点我有信心能做得到。"牛远昌被秀梅逼到了这个份儿上，最后，他只好糊里糊涂地答应了这事。

秀梅一听他同意了，竟然像她自己结婚了一般，高兴得一跳三尺高，张罗起婚事来。

婚礼仪式当天，秀梅拉着艾丽娅的手说："我希望你能为远昌生出一大堆儿女来！"牛远昌拉着艾丽娅的手，步入装饰豪华的酒店婚礼庆典大堂，他眼泪哗哗地对她说："原本说好，待到酒店修好后，我和你嫂子要在这里举办结婚典礼。现在也是结婚庆典，却已物是人非了。"艾丽娅说："你是我的救命恩人。我和你在这里完婚，是上天注定，是我们的命运。你就是我的人，别人抢不了，也不敢抢。"

牛远昌再未说话。在婚礼台上，杨丽丽最先上来给他们献花，她贴着牛远昌的脸颊说："老同学，祝福你们！迟饭是好饭。"

当秀梅抱着一束花向他们献花庆贺时，牛远昌一下子扑上前去，紧紧地抱住了她，眼泪哗啦啦地滴落在她的肩膀上。秀梅极力克制着没有哭出来，但她的身子剧烈地起伏着、抖动着，好似被万剑穿心，又似被激流裹挟。

一阵门响后，艾丽娅突地惊坐了起来，感觉刚才的那个场景是梦非梦……